思想觀念的帶動者

文化現象的觀察者

本土經驗的整理者

生命故事的關懷者

心靈工坊 PsyGarden

STORY

在奔馳的想像中尋找情感的歸屬
在迷離的經驗中仰望生命的出口
在波動的人性中釐定掙扎的路徑
在卑微的靈魂中趨近深處的起落

蘇格拉底的旅程

The Journeys of Socrates: An Adventure

作者—丹・米爾曼 Dan Millman
譯者—野夫

本書獻給我稱之為蘇格拉底的那個人
以及你，我的讀者們，
你們希望我敘述他的故事。

要是我知道我這位老師所面對的考驗、
所承受的痛苦，我會更仔細地聆聽，
更珍惜我們在一起的時光。

我希望，在分享這位慈愛智者的生命旅程、
這位寧靜戰士〔註〕的靈魂之時，
沒有辜負他，沒有誤解他。

——丹・米爾曼

註 「寧靜戰士」，原文為peaceful warrior，直譯為「和平的戰士」，在《深夜加油站遇見蘇格拉底》（*Way of the Peaceful Warrior: a Book That Change Lives*）書中譯為「和平勇士」。然而時空的遞移，讓peaceful warrior顯露了更深層的意涵，即蘇格拉底的旅程，最終追尋的是一種內心的寧靜，因為寧靜，而能超脫愛恨情仇，立於不敗。故本書將peaceful warrior譯為「寧靜戰士」。

每一趟旅程都有
一個祕密的目的地
是旅者所不知的。
——馬丁・布伯

前言

我殺了迪米崔．柴可耶夫。

這個念頭，這個殘酷的事實，一再於賽傑的腦中重現，這時他正趴坐在長滿青苔的浮木上，盡可能安靜地划著水，越過庫格羅葉湖的冰冷水面。湖位於莫斯科北邊二十五公里處。他剛逃離了涅瓦斯基軍校，以及他的過去——但他逃不了柴可耶夫死亡的事實。

沿著與湖岸約略平行的方向，賽傑凝視黑暗中在霧裡若隱若現的樹林山丘。黑色的湖面上，倒映著微弱的月光，在每一次撥水中閃爍著。水的擾動與寒冷稍微分散了賽傑的心思，然後他又想到了柴可耶夫躺在泥濘中的身體。

賽傑的手腳已經失去知覺——他必須在浸飽水分的浮木下沉之前抵達陸地。只要再前進一些，他想，再一公里，我就可以上岸。

這種逃脫的方式既緩慢又危險，但有一個明顯的優點：水不會留下任何痕跡。

他終於轉向岸邊，從浮木滑下，涉過齊腰的水，踏過淤泥與水邊的尖銳蘆葦，上了沙岸，進入黑暗的樹林。

賽傑十五歲大，已經是個逃犯。他的顫抖不僅是因為寒冷，也因為一種宿命感，彷彿他這輩子的一切都是為了此刻。他撥開茂密的松樹與樺樹，想到了外祖父告訴他的，這一切是如何開始……

❦

一八七二年的秋天，寒風朝西吹襲西伯利亞長滿青苔的凍原，越過烏拉山脈，朝北掃過西伯利亞針葉林帶、廣袤的樺樹與松樹、青苔與灌木，這片浩渺接壤著聖彼得堡，這俄羅斯祖國皇冠上的珠寶。

就在冬宮外面，亞歷山大二世的警衛穿著羊毛大衣，沿著涅瓦河巡邏，這條河所屬的九十條水道流經八百座橋樑。然後他經過一排排的小公寓與教堂尖塔，塔頂立著東正教的十字架。離河不遠是市立公園，裡面聳立著彼得大帝、凱瑟琳女王與普希金的雕像——沙皇、女沙皇，與文學大師——它們全都是站崗的哨兵。四周是街燈，在日光將盡時就會點亮。

刺骨的風從稀薄的樹叢吹下最後一片黃葉，吹起女學生的羊毛裙子，也吹亂了涅瓦大道附近兩個孩童的頭髮。這兩個男孩在兩層樓住家的前院扭打。一陣強風吹開了二樓的臥室窗簾，娜塔莉亞．艾文諾娃就站在窗前。她把圍巾披在肩膀上，稍稍關上窗戶，往下望著小院子裡的兩個男孩——她的小兒子沙夏正在與朋友安納托利玩耍。

安納托利衝向沙夏，想要撲倒他。就在最後一刻，沙夏側移一步，把安納托利從腰部推倒，就像他父親教他的。沙夏非常得意，像公雞一樣啼叫。真是個強壯的孩子，娜塔莉亞想——就像他父親。她羨慕兒子的活力，尤其是現在，她自己已沒有多少體力可言，大多數時間很疲倦，因為她隆起的肚子裡懷著第二個孩子。娜塔莉亞的疲憊完全在意料之中。她的鄰居、朋友兼接生婆亞娜．瓦拉可娃警告過她：「妳這樣虛弱的女子不應該再生小孩。」但是她孕育了這個新生命，每天祈禱有力氣懷孕足月，即使她已經開始不時感到暈眩，沉重的倦意似乎穿透到骨子裡。

娜塔莉亞抱緊自己，顫抖著，不知道孩子們怎麼能在這樣冷的早晨外出玩耍。她從窗戶往外叫喊道：「沙夏！安納托利！快要下雨了。你們快進來！」她微弱的聲音幾乎被風吹散，何況六歲大的耳朵只能聽到自己想聽的。

娜塔莉亞嘆口氣，回到剛剛與亞娜坐著聊天的小沙發椅，梳理起黑色長髮，她與亞娜剛才在聊天。賽傑快回來了，她要讓自己看起來美麗。

瓦拉可娃說：「妳休息，娜塔莉亞。我出去叫孩子們進來。」她下樓後，娜塔莉亞聽到雨水打在窗台的聲響，然後聽到其他聲音出現在頭頂上——那是年輕的腳步與惡作劇的笑聲。他們又爬棚架上來了，她想。孩子總以為自己永遠不會受傷。帶著天下所有母親共有的恐懼與擔憂，娜塔莉亞對屋頂喊著，「你們立刻從屋頂下來！小心一點！」

笑聲與更多扭打聲傳來。孩子們在屋頂上角力。

「現在就下來，不然我要告訴你父親！」

「好啦，親愛的媽咪，」沙夏甜甜地叫道，討她的歡心。「不要告訴父親！」更多笑聲。

娜塔莉亞轉身放下梳子——突然間，巨變發生了。年輕的笑聲變成下墜的尖叫。然後靜止。

娜塔莉亞跑向窗口，驚恐地看到兩個男孩躺在地上。

才一轉眼間，娜塔莉亞已身在屋外，跪在泥雪中。她懷抱著已沒有生命氣息的男孩，眼淚滑下臉龐，來回搖晃著身體，陷在身為人母無盡的痛苦之中。

然而腹部一陣劇痛，把她從深淵拉回，娜塔莉亞隱約察覺到瓦拉可娃與一個男人站在身旁。瓦拉可娃扶娜塔莉亞站起來，那個男人則試著把她懷中的負擔移開。娜塔莉亞掙扎著不願意放手，但突然一聲男孩哭聲讓她僵住——她不禁看著懷中的沙夏，然而哭叫的是另一個男孩安納托利，他的腿摔斷了。

瓦拉可娃扶娜塔莉亞進屋時，陣痛再次襲來，讓她在門口彎腰倒下。沙夏呢？她想。他應該進屋。外面好冷，太冷了。

娜塔莉亞醒來時，發現自己在床上，接生婆在一旁照顧著。她立刻知道：孩子要誕生了……太早了……提早了兩個月。還是兩個月過去了，我都不知道？她想。我在哪裡？賽傑在哪裡？他會知道這是不是夢。賽傑會微笑，撫摸我的頭髮，告訴我沙夏沒事……一切都很好。

啊！好痛！是什麼不對勁？我的沙夏呢？賽傑呢？

賽傑・伊凡諾夫回到家時，看到鄰居們冒著雨站在他的前院。他看到他們的臉色，立即衝進屋內。瓦拉可娃告訴他：沙夏死了——從屋頂上摔下；娜塔莉亞臨盆了……出血不止……束手無策。兩人都離開了人世。

但他們的寶寶還活著。然而這麼早產，可能無法繼續存活。瓦拉可娃看過許多的誕生與死亡。死去很容易，她想，但對存活下來的人很難。教士很快就會抵達，為娜塔莉亞與沙夏做最後的儀式——可能包括嬰兒在內。

瓦拉可娃把賽傑的瘦小嬰兒放在他懷中，告訴這悲傷的父親，嬰兒太虛弱了，無法吸食奶水，但用布片沾濡一點點羊奶餵給嬰兒，也許能維持他的生命，只要能熬過今夜就沒事了。

男嬰緊緊裹在娜塔莉亞縫製的毯子裡，賽傑望著那張萎縮的小臉，幾乎沒聽到瓦拉可娃太太的話：「娜塔莉亞臨終之前最後的遺言……說她全心愛你……要你把兒子交給她父母照顧……」

臨死之際，娜塔莉亞依舊掛慮著孩子與丈夫的幸福。她知道賽傑身為沙皇護衛隊的一員，無法照料他們的小兒子。她是否也預見了，每當他看到這個孩子，就會想到這黑暗的一天？

教士抵達，為男嬰施洗，讓他萬一無法存活，死後靈魂可有所歸依。他問男嬰的名字，悲傷的父親以為教士是問自己的名字，回答：「賽傑。」於是將就這樣決定孩子以父親為名。

接生婆瓦拉可娃向賽傑表示願意照顧嬰兒度過這一夜。

賽傑慢慢點頭。「如果他能活到早晨……請把他交給他的外祖父母。」他把他們的姓名——賀修與艾莎．拉賓諾維茲——與住址告訴她，他們是猶太人。賽傑不太願意這麼做，但他們會愛這個孩子，好好扶養他長大，所以他遵照娜塔莉亞的囑咐。賽傑永遠無法拒絕娜塔莉亞——不管是生前或死後。那個秋日，是賽傑·伊凡諾夫殞向死亡的開端，但他弱小的兒子正掙扎求生。

八年後，一個黑暗的十月夜晚，賀修·拉賓諾維茲一個人，坐在前往莫斯科的第三節火車車廂裡。他望向窗外沉思，如老人般地半睡半醒，窗外經過的樹林或囫壂小屋，在第一道曙光中隱約可見，他卻幾乎視而不見。賀修一路上不是打著盹、做著夢，就是瞪著窗外。回憶流經他的腦海，如景色閃過火車混濁的車窗：女兒娜塔莉亞穿著紅色洋裝，明亮動人……沙夏的照片，他從未見過面的孫兒……還有他摯愛的艾莎，那年老而依舊美麗的臉龐。現在他們都走了，沒有一個留下。

賀修緊緊閉起眼睛，彷彿要阻隔過去。隨後突然表情放鬆，露出微笑，另一個影像浮現……一個三歲孩童的臉，大眼睛與瘦小的身體實在不成比例，伸手要找他的外祖父……

列車長宣布火車抵達，把賀修從沉思中喚醒。他打了個呵欠，痛苦地站起來，伸展關節，然後把舊大衣拉緊，抓抓雪白的鬍鬚，調整大鼻子上的金屬鏡框。下車的陌生人推擠著他這個老猶太人，但他不予理會。他把背包抱在胸前，有如帶著一個嬰兒，下車來到月台，穿過寒冷清晨的一陣蒸汽。他望向天空，不久就會飄下第一片雪。

賀修戴好小帽，集中渙散的精神，專注著北方。他必須找到願意載他一程的農夫，花費半天的車程進入山區。

這不會是一趟輕鬆的旅程。賀修經歷無數小時的彎腰工作折騰，現在他的背就像他用陳年槭木、杉木與烏木製作的小提琴一樣彎曲。賀修也製做精準的時鐘。他小時候學會了這兩項技藝，分別傳承自父親跟祖父。他不知道自己最喜歡哪一項，於是就先製作一把小提琴，然後製作一個時鐘，交替進行。到了這個年紀，儘管手指關節十分痠疼，他還是辛勤工作，每一把小提琴都彷彿是他的第一把，而每一個時鐘都是最後一個。

賀修學會了這兩項技藝後，他父親就把工作坊交給了他，自己旅行到東方去買賣珠寶。後來他父親慷慨地資助賀修，讓身為猶太人的他能繼續住在聖彼得堡，與妻子艾莎擁有一間公寓。

賀修追思著這些回憶，拿著背包離開火車站，步伐緩慢地走向離開城市的主要道路。幾小時之後，他背靠著一袋馬鈴薯，乘在一位農夫的馬車上，顛簸地行經一條狹窄、泥濘，滿是輪軌與馬蹄、牛蹄印子的道路，然後下車徒步到莫斯科北邊山丘一所位於克魯格湖邊的學校。

賀修走路進入村莊時，想到過去五年來他寫的許多信，以及同樣數量的回絕。數週前，他寄了最後一封信給總教官瓦德米爾．伊凡諾夫：「賽傑被帶去學校之後，我就沒有見過他了。我妻子已經過世，我也沒有其他親人。這也許是我最後一次見孫子的機會。」

一收到總教官同意會見的回信，賀修就立刻動身。

現在，風挾帶著雪吹襲賀修的脖子，他不禁掀起羊毛大衣的衣領。兩天，他心想，短短兩天，要如何把畢生的故事告訴一個八歲大的孩子。然後希萊教士的話在他腦中響起：「孩子不是要被灌注的容器，而是要被點燃的蠟燭。」

「我沒剩下多少火焰了！」賀修大聲喃喃自語，穿過樺樹與松樹林，走下冰冷崎嶇、覆滿雪花的斜坡。疼痛的關節提醒著他肉體的現實——以及這最後一件差事。風聲逐漸淡去，賀修的思緒退回記憶深處，回到五年前那一天，一個年輕士兵來到他們家門口，帶著一封賽傑父親的信，指示他兒子應該被送去涅瓦斯基軍校……

一小時之後，賀修來到學校的大門前。他環顧四周，這座學校像城堡一樣森嚴，有四公尺高的圍牆。圍牆的前方有一排簡單的房子，沒有籬笆或裝飾來美化石頭碉堡。賀修猜想，在這裡，是效率與功能塑造著年輕士兵的生命。

一位軍校學生帶賀修走過大操場，進入主要的建築，穿過一條長廊，來到一扇門，上面印著「瓦德米爾．伊凡諾夫，總教官」。

他脫下小帽，把稀薄的頭髮往後梳整，走了進去。

第一部

辛酸與甜美

我要說一個悲傷的故事，與一個快樂的故事。
到頭來，你會發現它們是同一個故事，
因為辛酸與甜美都各有其季節，
就像日夜一樣交替，現在也是如此，
當我度過這黃昏的時刻……

——摘自蘇格拉底的日記

・1・

在十月的那一天，賽傑被召喚到他叔父的辦公室時，心中不禁忐忑。受到召喚，對軍校生而言很不尋常——這通常意味著壞消息或懲罰。所以，賽傑並不急於面對總教官嚴厲的臉與緊蹙的眉頭，他以很不像軍人的步伐緩慢穿過校區。

他不應該把瓦德米爾・伊凡諾夫想成是他叔父，而應該把他當成總教官。他也不該提出私人問題——關於他父母與他的過去，雖然他滿腹這類疑問。總教官沒有透露什麼，除了四年前的某一天，他宣布說賽傑的父親過世了。

賽傑走過的學校操場每一處，都有他早年的回憶：他第一次騎馬，馬狂野地跳躍，而他死命抓住韁繩，或是血氣方剛而惹上鬥毆，然後因為體格瘦弱而慘敗。

他經過保健室與卡琳娜的小屋。卡琳娜是學校的老護士，在他剛來到這裡時照顧過他。當他生病時，她幫他擦鼻子，帶他去用餐，直到他熟悉環境為止。一開始，賽傑還太小，不適合住在軍營裡，所以五歲以前，他都睡在保健室側邊的一間小屋裡。那是一段很孤獨的時光，沒有屬於他的地方，也沒有適合他的位置。軍校生把他當成吉祥物或寵物——今天對他喜愛有加，明天卻揍他。

其他孩子大多家中有父母；賽傑只有叔父，所以他很努力想取悅總教官。但他的努力只招來學長的怒火，他們稱他「瓦德叔父的乖孩子」，一有機會就會絆倒他、推他或打他。只要稍不留神，他就會出現瘀傷或更糟。按照慣例，學長要整學弟，毆打是家常便飯。教官們都知道，但假裝沒看見，除非有人受重傷。他們容許打鬥，因為這樣可以讓孩子強硬起來，保持警覺。畢竟這是一所軍校。

賽傑第一次被一個學長盯上，被逼到學校的一個角落，當學長想要揍他時，他胡亂揮拳，知道如果退縮，以後就會沒完沒了。那個較大的孩子狠狠揍了他一頓，但賽傑也揮中了一兩拳，後來那孩子再也沒有找他麻煩。另一次，他碰上兩個學生打一個新生。賽傑滿懷憤怒上前攻擊他們，亂打一通，他們退開了，把整件事當成玩笑看待。但對新來的孩子而言，這不是玩笑；從此之後，這位名叫安德魯的新生就是賽傑唯一真正的朋友。

賽傑剛過完五歲生日，就搬去一個營房，跟七歲到十歲的孩子住在一起。較大的孩子住在樓上，超過十六歲的就住到另一棟建築。營房管理由較大的孩子擔任。每一個學生都畏懼搬上新樓層，因為這表示他會再次成為最年輕的學生，因此成為獵物。在這段時間裡，賽傑與安德魯彼此互相照應。

對於來到這裡之前的歲月，賽傑只有模糊的印象——彷彿他是被封鎖在另一個世界裡，尚未醒轉過來。但有時候，他搜尋自己的記憶，瞥見短暫的影像：一個高大的女子，有著柔軟如麵糰的臂膀，與一個白髮如光環的男子。賽傑想知道他們是誰；他想知道許多許多事情。

他曾經凝視著教室牆上的俄羅斯祖國與其他國家的地圖，用手指繞著老師桌上的地球儀，追蹤天藍色海洋與橘色、黃色、紫色、綠色陸地的線條。但他沒有想過要去那些地方，那些地方對他來說有如月球或星辰一樣渺茫。

他的世界大部分都是由涅瓦斯基軍校的石牆、碉堡、營房、教室所組成——直到一八八〇年十月的那一天。賽傑沒有選擇這個地方，但他接受了——孩童都必須如此。他的童年消耗在課程與體能訓練的規律作息中，周旋於軍事歷史、戰略與地理、騎馬、跑步、游泳與體操。

軍校生不是在教室上課或出勤務，就是練習戰技。夏天時，賽傑必須用一根空心的蘆葦潛泳在冰冷的庫格羅葉湖中；練習軍刀的基本技術；用他幾乎無法拉開的弓練習射箭。等他稍大後，就練習射擊手槍與卡賓槍。

這種生活不算壞也不算好，但是他僅知的一種。

§

快到主大樓時，賽傑把深藍色襯衫塞進同色的褲子裡，瞄瞄靴子是否乾淨。他突然想，是否該換上比較正式的大衣或手套，但又決定不要。其他較高的孩子穿起制服看來都很合身，但賽傑的衣服都是鬆垮垮的。等他終於穿不下某個尺寸的制服時，他們就又給他一套別人換下的。

賽傑一邊做白日夢，一邊穿過狹長的石頭走廊，走向他叔父的辦公室。他想起上次的召見，那是在四年之前，還記得叔父總教官削瘦的臉與嚴厲的神情，訓示他坐下。那時賽傑爬上一張椅子，雙腳垂吊著——他幾乎被桌子擋住了視線——他叔父說了幾個字，現在已然刻劃在賽傑的記憶中：「你父親，賽傑．波瑞索維奇．伊凡諾夫，不幸過世了。他曾經是亞歷山大沙皇的護衛。他是個好人，也是個哥薩克人。你要努力用功，將來像他一樣。」

賽傑不知道該如何回答，只能點頭。
「你有沒有什麼問題？」總教官問。
「他……怎麼死的？」
沉默。然後一聲嘆氣。「你父親酗酒而死。非常可惜。」然後賽傑被遣回。他很難過父親死了，但很自豪自己因為他而有哥薩克血統。有個想法第一次出現在賽傑腦海中——說不定將來有一天，他會像未曾謀面的父親一樣強壯。

賽傑終於走到叔父的辦公室，準備敲門。他隱約聽到叔父的聲音。「我願意批准這次見面，但其他人不同意……他們不喜歡猶太人——殺基督的兇手。」
「我也不喜歡軍人——殺猶太人的兇手。」一個老人的聲音說。賽傑不認得這個聲音。
「不是所有軍人都討厭猶太人。」他叔父回答。
「你呢？」另一個聲音說。
「我只討厭軟弱。」
「就像我討厭無知。」
「我沒有無知到會被你那猶太人的機巧欺騙。」總教官說。
「我也沒有軟弱到會被你那哥薩克人的魯莽恫嚇。」較老的聲音說。
隨後是沉默。賽傑鼓起勇氣，敲了厚重的橡木門三下。

門打開，他看到叔父與一個老人。賽傑的叔父很正式地說：「伊凡諾夫同學。這位是你的外祖父。」

白髮老人從椅子站起來。他似乎很高興看到賽傑。然後他輕柔地吐出些許聲音，幾乎像在說悄悄話——那聽起來像一個名字：索克拉提……蘇格拉底。

・2・

賀修伸手要擁抱孫兒，然後發現這個孩子並不認得他，便放下雙臂，較正式地跟孩子握手。「你好……賽傑。很高興看到你。我很久以前就想來了，但是……嗯，我現在來了。」

總教官伊凡諾夫打岔：「去準備你的東西，伊凡諾夫同學——我允許你放假兩天。」然後又對賀修說，「週日中午把這孩子送回來。我要他準備好受訓。他還有很多要學的。」

「他的確還有很多要學的。」賀修說，握住賽傑的手。「我們都是。」

總教官揮手示意他們離開後，賽傑連忙回到營房準備一些用品。然後他與外祖父展開假期，穿過黑暗的走廊，離開鐵門，越過原野，走上一條積雪的小徑，進入披著樹林的山區。

賀修已經八十多歲——自從艾莎過世後，他就不再計算他幾歲了——步伐有點緩慢。賽傑正陶醉於一種解放的感覺中，他跳到前方，然後停下來，把一棵樹上的雪打下來，或嗅聞著空氣，等待他年老的外祖父跟上。這孩子無法用言語來表達他對於這種新感覺有多麼興奮。彷彿他不再是個軍校生了，而是一個跟著外祖父的普通男孩。他擁有自己的家了。

他們在樹林中曲折前進，來到一處岩石裸露的地方，那兒有塊大圓石。賀修拿出一張地圖給孩子看。「你看到湖泊與學校了嗎？在地圖上，這是這塊圓石。這裡就是我們的目的地。」他說，指點著他用黑墨水畫的一個X。賽傑只學過基本的查看地圖方法，但他知道的已經可以了解外祖父的意思，而且牢牢記住。

賀修折好地圖，放回舊羊毛大衣中。他望著積雪的小徑，然後察看一下懷錶，皺起眉頭。「我們必須在天黑前抵達，」他說。然後他們開始爬上陡坡。

賽傑習於聽命行事，不多問。但爬坡時，他腦中充滿了好奇。「我們要去你家嗎？」賽傑問。

「我家在很遠的地方，」賀修回答。「我們這兩天將與班傑明與莎拉．亞伯莫維奇在一起。我認識班傑明許多年了。」

「他們有小孩嗎？」

賀修笑了，他預料到賽傑會問這個問題。「有的——兩個。艾弗隆現在十二歲，小莉雅五歲。」

「他們的名字……有點奇怪。」

「那是猶太人的名字。今晚我們要過安息日——」

「什麼是安息日？」孩子問。

「安息日是神聖的日子，用來休息與追思。」

「就像禮拜日？」

「對。但猶太安息日從週五晚上，三顆星星剛出現的時候開始。所以我們要趕路。」

他們往上爬著，老人專心地謹慎邁出每一步路，而靈活的八歲男孩像山羊般從一塊石頭跳到另一塊石頭。賽傑聽到外祖父在他身後喘氣說：「石頭很滑——小心點，蘇格拉底。」

又是這個名字。「你為何叫我蘇格拉底？」

「這是我們為你取的小名，那時你還是個嬰兒。」

「為什麼？」

賀修的眼神變得遙遠，心思回到了過去。「你母親娜塔莉亞還是小女孩時，我會讀猶太法典與教律給她聽，還有其他有智慧的書，包括偉大哲學家的論述著作。她最喜歡的是一個叫蘇格拉底的希臘人。他活在很久以前……是最有智慧、最優秀的人之一。」賀修望著群山與天空，說：「我們叫你小蘇格拉底，因為……這讓我們感覺更接近你母親——我們的女兒。」

「我媽媽喜歡蘇格拉底的智慧嗎？」

「對，但更喜歡他的美德與品格。」

「他做了什麼？」

「蘇格拉底教導雅典的年輕人更高的價值、美德與寧靜。他自稱是最無知的人，但他提出很聰明的問題，揭露虛假與真相。他是個思想家，也是個行動者。年輕時，蘇格拉底會摔角，他也是個勇敢的軍人，直到他終於放下了戰爭。我想你可以說他是個……寧靜的戰士。」

賽傑因為外祖父的答案而暫時得到滿足，轉身看積雪的風景。午後的陽光閃爍在白色的山坡上，照亮了樹木與苔蘚地衣。清爽涼快的空氣與這趟冒險激勵了賽傑，他再次跑跳到前方，然後又逼自己停下來等待外祖父。等待時，賽傑想到猶太這個字眼。他在學校裡聽過，最近則是在他叔父的辦公室聽過。

「外祖父，」賽傑對著小路喊道，「你是猶太人嗎？」

「是的，」賀修喘氣說，慢慢走上來。「你也是……你母親是猶太人，你父親……呃，他不是……但你有猶太血統。」

賽傑望著自己的手，因為冷空氣而紅通通的。原來他有哥薩克血統與猶太血統。「外祖父——」

「你可以叫我外公，如果你喜歡。」他說，邊往一塊積雪的石頭上坐去好休息片刻。

「外公……你可以告訴我關於我母親……與我父親的事嗎？」

聽到這個，賀修愣住，把另一塊大石頭上的雪撥掉，示意賽傑坐到身旁。一會兒之後，賀修說了賽傑出生的故事——他從接生婆瓦拉可娃那裡聽來的，她當天一直陪著娜塔莉亞。然後他說：「你是那個黑暗的日子裡唯一的一道光明，蘇格拉底。你的母親與父親都很愛你……」

賽傑瞄到外祖父擦拭臉頰上的淚水。「外公？」

「等一下，我的小蘇格拉底——我沒事。只是想到了你母親——娜塔莉亞……」

「她長什麼樣子？」賽傑問。

賀修的目光變得茫然；然後以深思的口氣繼續說：「每個女孩在她們的父親眼中都很可愛，但很少有女孩兒像你母親那樣聰明溫柔。她可以成為所有配得上她的猶太男人的理想對象──只要他不介意小小的爭論。」他笑了一下，但笑容很快消失。「我不知道她怎麼認識你父親──也許在市場──她帶他回家給我們看，我們知道他不是猶太人。更糟糕的是，他是哥薩克人，亞歷山大沙皇的護衛，不是我們同胞的朋友。」

「但他愛我母親，他對她很好。你說的──」

「對，對──但你要知道……你母親無法嫁給你父親，除非她放棄她的猶太信仰，改信……基督教會。」賀修停下來，讓賽傑能瞭解這個可怕事實的嚴重性。

「後來她不跟你說話了嗎？」

「不是。」賀修的臉又扭曲了一下，他說不出話。

「外公……你還好嗎？」

賀修抬起頭。「是我不再跟她說話。我當她已經死了。」他再次哭泣，這次毫不掩飾，伴隨他的言語傾洩而出。「我不指望你瞭解我怎麼會做出這種事，小蘇格拉底──我自己都不明白。但我的嘴說出了殘酷的話。我背棄她，因為我認為她背棄了她的同胞。我不知道還能怎麼做。你外婆艾莎沒有選擇，只能跟我一樣，即使她心都碎了。」

賀修逼自己說下去。「艾莎非常想跟女兒說話，很想再次擁抱她。她不知道我也想嗎……？」賀修自言自語，他的心再次飄到了過去。

等他再次開口時，聽起來很疲倦。「當娜塔莉亞寫信告訴我們，她為我們生了第一個孫兒，你哥哥沙夏，艾莎與我大吵了一架。她懇求我讓她去看女兒和孫子。但我不讓她去……我甚至不讓我心愛的艾莎回信給娜塔莉亞。

「我們從來沒有去看小沙夏，」他說。「我們只從娜塔莉亞充滿愛意的信中知道他的童年。我自己不忍心看……但你外婆艾莎會告訴我內容。我們再也沒有跟你母親說上話，也沒有見過她。在她活著的時候沒有。」

賀修擤擤鼻子，用大衣袖子擦拭濕冷的臉頰。

天空開始降下小雪，他們站起來繼續往上走。賀修握住賽傑的手，輕聲說：「你還應該知道一件事，蘇格拉底。把你帶來給我們的接生婆告訴我們……你母親在過世之前抱著你。」

賽傑想了一想，然後說：「她為什麼會死，外公？」

「人為何會死？我們無從得知。」賀修停下來一會兒，慢慢彎腰，從雪中摘了一朵血紅的花。「你母親很纖細，但很堅強，就像這朵冬天的花。這花純真無邪，但被我從雪中摘了下來。神把娜塔莉亞像一朵花一樣地摘了下來。她的時間到了。我只希望……」

賽傑的外祖父再次神遊到了其他世界，他的神情平靜了些。「對，艾莎，」他對著賽傑看不見的外婆魂魄說。「我知道……一切都會很好。」

賀修伸手扶著孩子的肩膀，他們一起在沉默中肩並著肩前進。賽傑又想起了外祖父告訴他的事情——他母親在死前抱著他。有一會兒，他感到不那麼冷了。

現在他知道了他出生時的故事，以及牽涉其中的死亡。以一個八歲孩子能夠感受到的程度，他也察覺到，他的外祖父將背負著自己的哀傷，如同他背包的重擔，一直到死亡，屆時所有的負擔才得以移除。但現在，孩子看到外祖父的眉頭放鬆了，他為此感到高興。

然後賀修從回憶中歸來，再次開口：「那就是事情的經過，小蘇格拉底——我失去了我的女兒與妻子；你失去了你的母親與父親。我們現在都孤伶伶的，但我們有了彼此。這就是真相，也許讓人難過，但真相會帶給我們自由……」

‧3‧

在這個寒冷的日子裡，太陽躲在雲幕之後，樹林中幾乎不見陽光。前方越來越暗的林木中，狼嚎聲宣告著黃昏降臨。一片空地出現了，然後是一間木屋。窗口流露出柔和的光芒，提供著舒適與溫暖的承諾。飄落的雪花，在夕陽下是灰色的，直到最後觸及地面的一刻，才閃現雪白的光芒。

木屋看起來很堅固，木板屋頂覆著木片屋瓦，石製煙囪冒出煙霧。賀修踏上陽台，脫下小帽，把靴子上的雪拍掉。賽傑也照著做，此時賀修堅定地敲敲橡木大門。

屋裡的人熱忱地歡迎他們，招呼他們梳洗。之後，賽傑與賀修坐在桌旁，加入賽傑記憶中第一個真正的家庭。母親莎拉把食物端上桌，她是一位嬌小的女子，褐色頭髮幾乎被白色頭巾整個包住，頭巾在下巴的地方打了個結。這裡很少有訪客，更少看到友善的臉孔。賽傑偷瞄了一下孩子們。艾弗隆是高瘦的十二歲男孩，看起來嚴肅但友善；莉雅是可愛的五歲女孩，一頭棕色的頭髮，害羞地回望他。

賽傑的眼睛盡情打量他們整潔的家。艾弗隆穿著外套與平整的長褲，莉雅則是深色的裙裝與白頭巾，跟她母親一樣，相形之下，他覺得自己平凡的穿著很寒酸。

父親班傑明．亞伯莫維奇對賽傑解釋道：「在我們的安息日，我們會把日常的擔憂擱置一旁，讓自己沉浸於文學、詩歌與音樂。這一天提醒我們，我們不是工作的奴隸。在安息日，我們得以擺脫這個世界。」

莎拉點亮兩根蠟燭，說了祝福詞。接著班傑明對酒說了祈禱詞，然後邀請賀修對兩塊糾結如麻花般的麵包祝禱。他們稱那種麵包為查拉。賽傑隨著莎拉的逐一說明，看著他們面前一整排食物：一碗濃麥湯、切碎的蛋、辣甜菜沙拉、餅乾、菜園種的蔬菜製成的沙拉、馬鈴薯煎餅、加了蘋果的米飯，與做為甜點的蘋果餡蜂蜜蛋糕。

大家都吃得心滿意足，但莎拉還是聳聳肩表示道歉。「在這種天氣，我應該要煮雞湯的，但現在沒有雞……」

原來母親是這個樣子的，賽傑想著，凝視著她。他羨慕這些孩子每天都能看到她，不知道自己的母親看起來是不是像莎拉．亞伯莫維奇這樣。

這是他記憶中最棒的一餐。歡聲笑語，輕鬆交談，爐火與散布四處的蠟燭讓這個夜晚散發出一種奇特的光輝，而他被接納為這個家庭的一員。這是他永遠不會忘記的一晚。

第二天過得很快。艾弗隆教賽傑玩跳棋。他們下棋時，賽傑注意到艾弗隆前額右眼上方有一道疤。艾弗隆注意到他在看，就說：「我爬樹摔下來——我想是被一根樹枝弄的，」他指著那道紅疤，「媽媽說我差點失去眼睛。現在她都不讓我爬那麼高了。」

下午，天氣放晴，一家人到樹林散步，班傑明指出他為賀修的小提琴與鐘所砍伐下來的木材。

他們回來後，賀修話說到一半就打起盹了。稍後他醒來時脾氣不太好，不太知道自己身在何處。莎拉給他一杯熱呼呼的茶，讓他清醒。

那天晚上，當三顆星星出現時，安息日就結束了，他們對著酒與蠟燭說了更多祝詞。班傑明重新點燃火爐，賀修伸手從背包裡拿出禮物——香料與蠟燭給大人，糖果給孩子。然後班傑明遞給賀修一把小提琴，那是賀修自己做的，於是賀修開始演奏起來。

賽傑張大嘴巴看著。他的外祖父彷彿重新活了過來。他不再是個凡人，而是音樂的創造者。這個樂器先唱出私密的哀傷，下一瞬間又振奮起他們的精神。莉雅跳舞轉圈，艾弗隆與賽傑為她擊掌助興。

外祖父演奏結束後，小屋充滿了光亮。賽傑躺在火爐前方，在家庭的溫暖中入睡，他夢見了音樂。

週日，天亮後不久，他們互相道別。賽傑努力記住所有的細節，好回到軍校後能慢慢回味。他記住了莎拉的臉龐與聲音……班傑明的笑聲……艾弗隆埋頭看一本書……莉雅坐在火邊……

他不知道自己是否有一天會像班傑明．亞伯莫維奇，有一個妻子像莎拉一樣，還有自己的孩子。

他們離開前，莎拉．亞伯莫維奇跪下來擁抱賽傑；小莉雅也擁抱他。艾弗隆與班傑明和他握手。「隨時歡迎你來這裡。」父親說。

「希望可以再看到你。」兒子說。

外祖父賀修穿起冬天大衣，扛起背包。賽傑抬頭望著賀修，知道這位慈祥的老人在空蕩蕩的寓所獨自用餐那麼久之後，也在這個家庭找到了溫暖。依依不捨地最後一次揮手道別後，他們轉身走下小徑，進入樹林。

身體會忘記種種生理感受。經歷數小時或數天的寒冷之後，只要在火邊坐幾分鐘，就彷彿寒冷從來沒有存在過。情緒則大為不同，它刻劃在記憶中，每次回憶就會重新活一次。賽傑對那家人的回憶——火爐中的火焰，石頭烤箱中剛烤好的麵包香味，艾弗隆與莉雅，他們不是軍校生，而是與他同年齡的正常孩童——這些回憶將幫助他熬過未來艱辛的歲月。

賽傑參加過學校的許多次彌撒，聽吉歐神父提到過天堂。賽傑從來不瞭解什麼是天堂

——直到與那家人在樹林木屋度過了那兩天。

空氣中迴盪著的，只有積雪壓斷樹枝的聲音，以及他們在雪中規律的腳步聲。賽傑與賀修沉默地走下山——言語只會干擾他們各自回味的思緒與感受。況且，他們必須注意每一步；下山的旅程更加危險。賽傑有一次滑了一跤，伸手抓住外祖父的手，賀修說：「你是個好孩子，蘇格拉底。」

「你是個好外公。」賽傑回答。

感覺起來，時間過得太快了，學校已經進入視野。賽傑看看外祖父的臉，現在顯得扭曲與疲倦。漫長的旅程等待著老人，他將要回到一個只有回憶棲息著的空盪公寓。賽傑突然感覺到一股衝動，想跟賀修外公回到聖彼得堡，但他無法鼓起勇氣說出來。他父親希望他在軍校中成長。況且，賽傑無法得到離開的許可。

他們來到校區的邊緣，然後接近大門。

他們站在那裡許久，秋天的太陽從頭上掠過。最後，賀修說：「我的小蘇格拉底，不管以後會怎麼樣，就算在最艱苦的時候，記住你不是孤獨的。你父母的靈魂——你的艾莎婆婆，與你的賀修外公——都會與你同在……」

望著自己的腳，賽傑感覺肩膀為這次別離的沉重而垮下。他知道他可能永遠不會再看到外祖父了。

賀修彎腰拉直孫子的襯衫與外套，然後把他拉近。賽傑擔心外祖父就要離開了，但賀修微笑說：「我有東西要給你——來自你母親與父親的禮物。」他伸手到外套裡面，拿出一條銀項鍊，上面掛著一個橢圓形的墜子。孩子眨著眼，銀墜子的表面反射著陽光。

「接生婆把你交給我們的那一天，也給了我們這個，」賀修告訴他。「這條項鍊是你母親的。這是你父親送她的禮物。接生婆告訴我，你母親要等你夠大時給你。現在你夠大了。」

賀修把銀項鍊放在賽傑的手掌中。它曾經碰觸過母親的皮膚……現在交給他保管。

「打開來。」

賽傑望著外祖父，不懂他的意思。

「來，我示範給你看——」賀修打開銀墜子的蓋子，賽傑看到裡面有一張小照片——一位黑色捲髮，膚色有如牛奶的女子，與一位顴骨很高的男子，目光逼人，黑色鬍鬚。

「我的……父母？」

外祖父點頭。「我想這是她最寶貝的物品，現在是你的了。我知道你會好好保管它的。」

「我會的，外公。」賽傑低聲說，深感震驚，無法把視線從父母的臉孔移開。

「現在，蘇格拉底，仔細聽好！還有其他東西，我無法帶來——另一個禮物，藏在聖彼得堡附近的一個草原裡。」他伸手到外套中拿出一張折好的紙，在胸前打開讓孩子看：一張地圖，標示著草原上的一棵樹。四周是樹林，靠近一條河邊。地圖上還有其他標記。

「你記得我在去木屋的路上告訴你的故事嗎？那個我在樹林中最喜歡的地方，在我學會游泳的涅瓦河邊草原？就是這裡，就在聖彼得堡北邊，」他說，用手指畫著路線。「這是城市……船塢……這是冬宮。如果你從冬宮沿著河朝北走十公里，離開城市進入樹林，你會來到一塊空地……」

他翻到另一面，有更詳細的河岸圖，上面有一棵樹與一個小X。「這是盒子埋藏的位置，在樹背對著河的一邊……草原中央唯一的一棵大杉樹。這棵樹是我的祖父小時候種的。這裡，盒子埋在兩根樹根之間，你會找到的。」

外公折起地圖，放在他手中。「地圖可能會遺失，或被偷走，蘇格拉底。我要你把它好好記在腦袋裡。把每一條路線與每一個標示都記住。然後毀掉地圖。你可以做到嗎？」

「我可以，外公。」

他們走向大門。「記住這個禮物。它有……很大的價值，會一直等待著你。等你找到它，要記住我們多麼愛你——我們是多麼愛你啊……」

賽傑點頭，說不出話。賀修望著天空，緩緩深吸一口氣——這是當他完成新的小提琴或時鐘，感到滿意時會有的習慣。「這樣很好，」他說。「這樣很好。」然後他往下看。「我要你知道，蘇格拉底……與你共享這個安息日，是我一生中最大的喜悅。」

說完後，賀修．拉賓諾維茲轉身，朝群山走去，喃喃自語，「對，艾莎……對，現在一切都會很好……」賽傑望著他，他的身影越變越小，直到消失在視線之外，離開了賽傑的生命，進入了他的回憶。

・4・

地圖收好後，賽傑進入大門。

這時上教堂已經遲到了，他跑步穿過無人的走廊到他的營房，把背包丟進置物櫃。轉身離開時，他注意到旁邊床位上的旅行袋，這個床位空了幾個禮拜了。旅行袋也許意味著有新學生。

他迅速把項鍊與地圖塞進床墊的一個洞裡——這是他能找到最安全的藏物處。然後他快速穿過走廊，朝教堂跑去。他的小跑步慢了下來，變成步行，因為他想起了外公這時正彎著腰，慢慢走上大路。

賽傑畫了一個十字，請求神保護外祖父安全，讓他有力氣完成旅程。這是他記憶中首次全心全意，按照吉歐神父所指示的方式祈禱。他以前從來沒有理由這麼做。

他希望祈禱能夠應驗，即使賀修外公是猶太人。

當他打開教堂大門時，突然生起一個念頭：那我是誰？猶太人？基督徒？哥薩克人？

賽傑快速通過走道。幾個男孩瞄了他一眼，有些是善意的微笑，有些則幸災樂禍，想看到他遲到受罰。他望向吉歐神父，神父穿著黑色長袍，站在高高的講壇上，後面的聖像有基督、聖母聖子、聖馬可、聖加百列，以及聖喬治——他們學校的守護者，也是俄羅斯的守護神。太陽透過彩繪玻璃窗灑下彩虹般的光輝。

讚美詩歌開始了；賽傑找到自己的位置，加入唱誦，但他的心思飄離。吉歐神父與他的賀修外公都說到一個他看不見的神。對賽傑而言，神是樹林中的木屋，天堂是母親的擁抱……

「外公，」他在回學校的路上問，「猶太人對於上天堂之路怎麼說？」

賀修聽到之後露出微笑，然後說：「我無法代表所有猶太人說話，我也不夠聰明，不知道答案，蘇格拉底。但我相信有一天，你會走出你自己的路……找到你自己的方向。」

ℰ

儀式結束後，賽傑從沉思中醒來，跟著隊伍離開教堂。此時他首次見到新學生——高大、沒有笑容，比他大三、四歲。他們剛好一起並肩穿過狹窄的走道，排隊離開教堂。門口一次只能讓一個人通過，賽傑準備讓新來的孩子先走，但較高大的新生粗魯地用肩膀把他推開，賽傑差點跌進旁邊的座位中。

這第一樁霸道行為成為他們以後關係的寫照。

果如所料，夾在賽傑與安德魯之間的那個床鋪上放著的旅行袋，的確是新生的。他名叫迪米崔·柴可耶夫。從那一天起，賽傑只稱他為柴可耶夫，這個名字將讓他感到恐懼與厭惡。

據說有一個人帶柴可耶夫到學校大門，把一個信封交給門口的學生，說：「這是費用。」那個人沒有再多說任何一個字，甚至連頭都沒回，就轉身離去。

十二歲的柴可耶夫被分到二樓的寢室，跟十一歲到十四歲的孩子們一起住。但樓上臨時缺少床位——因為床墊有蝨子，拿出去曬了。所以這個新生的第一週必須睡在他所謂的「小孩寢室」。他把難堪之情發洩到周圍所有人身上——尤其是賽傑與安德魯，因為他們的床位離他最近。

接下來的數週，柴可耶夫靠蠻力在學生階級中取得了特定的地位，並在同儕中得到一種不情願的尊敬——就像在路上看到一條蛇或一隻熊那種感覺。

柴可耶夫的一切似乎都很誇大。他有一雙大手，指節因為撞擊樹幹或石頭而疤痕累累，還有一對大耳朵，被稻草色的頭髮覆蓋住，他盡可能把頭髮留長，好遮住他的耳朵。柴可耶夫痛恨規定的髮型；他痛恨一切規定。他其餘的五官還算正常，但搭起來就是怪怪的。他的臉色蒼白，彷彿臉部的皮膚一直缺血。

柴可耶夫最引人注意的地方，是他的眼睛——冷硬的灰色，深陷在高聳的鼻子上方——這對眼睛讓你打哆嗦。這個奇怪的男孩微笑時，眼神絲毫不變。當其他人皺眉或哭泣，柴可耶夫臉上卻浮現一種可怕而陰沉的笑容，露出歪曲的牙齒。任何人若盯著那些牙齒看，就可能會失去自己的牙齒。也沒有人敢看他的胎記——脖子上的一塊紅白疤痕，位於左耳下方——這是他厭惡理髮的另一個理由。

在這個學校，力量帶來尊敬，柴可耶夫很快就在年幼的學生以及大多數同儕中建立威信。他有一種自信，贏得了一些同學的崇拜，他們爭取柴可耶夫的認可，但他吝於給予，以保持其稀有性與價值。賽傑厭惡這種屈膝逢迎，盡可能避開柴可耶夫，但卻逃不過這個惡霸的注意。

柴可耶夫讓人畏懼，不僅是因為他的粗暴，也因為他難以預料的性情。本來很安靜，突然就變得殘暴，不需要任何理由就會發作。他有一次親近一位較小的男孩，幫助他對抗其他霸道的同學；第二天卻痛毆那個可憐的男孩，比原先那些惡霸更加粗暴。

柴可耶夫似乎把學校所有人——學生與教官——都當成可能的追隨者或阻礙來對待。他很會觀察人性，對於所有年紀較大、較強或較有權力的人，都謹慎以待。他會欺騙或操弄這些人；對其他人則是恫嚇。

賽傑不知道自己為何會惹上柴可耶夫。也許因為他看穿了柴可耶夫的計謀，拒絕被恫嚇，但是也知道把這個惡霸惹火的後果，所以避免與他發生衝突。學校還有其他惡霸學生——也許三分之一的高年級生都是，但沒有一個像柴可耶夫那樣危險。

至於安德魯，卻成為柴可耶夫的出氣筒——被他視為「低層的雜碎」。安德魯對這個惡霸察顏觀色，就像小狗觀察主人，好知道何時會被餵食，何時會被毆打。賽傑也常受到欺負與羞辱。他盡力防禦惡霸憤怒的拳頭，但從不回擊，因為這樣會讓柴可耶夫發狂。

賽傑注意到，柴可耶夫制訂規矩，但自己卻無法無天，除非有教官盯著，這時他會假裝服從，等教官一離開就任意妄為。就有這麼一樁令人悚然的事件：柴可耶夫原本正無情地踢打一個倒地的同學，這時兩個教官剛好從轉角出現。柴可耶夫立刻跪下來，成為一個好心的天使，教官只看到他平靜溫柔地撫摸那個表情痛苦扭曲的學生臉龐。「我想他可能是痙攣發作了。」柴可耶夫以關切的語氣說。受傷的男孩不敢反駁他。當時不敢，後來也不敢。這個故事傳開之後，柴可耶夫多少就成為了老大。

他甚至能夠操弄一些高年級生。賽傑看到了他的手法：他會先提出很小的求助，讓他們習慣答應他，然後他的請求越來越大，直到變成了命令。有時候，某個高年級生受夠了，拒絕被威嚇，就會打起架來。柴可耶夫靠兩個原因取勝：第一，他完全不在乎公平競爭；第二，他似乎完全不在乎自己的安危。這使他成為可怕的對手——就像一隻被圍困的狼一樣凶猛。

在學生之間，尤其是年幼的，一種恐懼的氣氛瀰漫在走廊與操場上。柴可耶夫要求他們立刻服從他的任何「請求」；對於衝著他來的實際或想像的侮辱，他會立刻給予絕對的懲罰，無人能倖免。他從來不會遺忘或寬恕，所有的反抗都會遭到報復。臣服要比反抗容易多了。

在柴可耶夫搬到樓上之前的最後一晚，安德魯走過轉角時撞倒了柴可耶夫，火大的柴可耶夫使出全力給安德魯肚子一拳。安德魯倒在地上呻吟喘氣，柴可耶夫踩過他，走回到自己的床位，彷彿什麼事都沒發生，躺上床把手枕在腦後。

賽傑趕緊去幫助安德魯，他憤怒地握著拳頭，扶安德魯回到床鋪。賽傑抬頭看著柴可耶夫，柴可耶夫以冰冷的微笑回敬他。賽傑瞪回去——一次小小的反抗。

那天晚上，賽傑快要入睡時，渴望地想著樹林中的木屋——莎拉·亞伯莫維奇與班傑明、艾弗隆及莉雅，希望自己跟他們在一起。他夢見他在安息日早上醒來，躺在他們的火爐邊，學校只是另外一場夢。

早晨帶來的，卻是深深的失望。

柴可耶夫搬到樓上後的一段時間，一八八一年的冬末，學校回復了慣常的運行節奏：課程、格鬥訓練、用餐、上教堂、就寢。但一天早上，一個高年級生在破曉時喚醒了賽傑與他同寢室的同學，帶著這十二個睡眼惺忪的男孩——只穿著內褲，抱著毛巾與衣物——走進學校地底下的狹長地道。

地道在昏暗的光線下顯得更加冰冷潮濕。水滴聲在牆壁之間迴響，十二雙赤腳走在潮濕的石頭地板上。年輕的軍校生顫抖著，來到一扇厚重的鐵門前。高年級生推開鐵門，嘎吱作響。賽傑走出來，發現自己來到湖岸，第一道日光照亮了水面。淺水處還漂浮著碎冰，那是冬天的遺跡。東方山區還是一片黑暗剪影，萬籟俱寂。但為時不久。

「脫掉你們的內褲！」領隊下令，他也脫掉自己的衣服，踏進冰冷的水中，讓水淹到肩膀、脖子，然後沉入水中幾秒鐘。再從水面浮出時，他的臉頰通紅，接著回到岸上，發紅的皮膚上出現雞皮疙瘩。這個高年級生拿起毛巾，快速擦拭自己，然後下令：「你們全體下水！」但賽傑注意到高年級生強忍笑意，知道他們會受不了。

就像其他男孩，賽傑進入水中，喘著氣，呻吟著，然後是一陣陣發抖的笑聲。他沉入水中，寒冷刺骨的感覺鑽入他的皮膚，然後他趕快上岸，把自己擦乾。孩子們彼此指著火紅的臉頰、胸膛與手臂。賽傑忘不了那股暖意湧上來的感覺，還有暈眩的快感——但他不會想要馬上再次體驗。

他與其他孩子穿上衣服時，高年級生宣布：「你們以後每天早上都要來泡水！你們永遠不會喜歡，永遠不會習慣——但這會讓你們的身體與精神強壯。這種磨練會把你們塑造成軍人，保護沙皇與祖國抵抗外敵。你們之中最傑出的，會被挑選成為皇家護衛。」

皇家護衛……我要追隨我父親的腳步嗎？賽傑想。

·5·

數週後，賽傑的班級準備練習騎馬時，丹尼洛夫隊長喊道：「賽傑．伊凡諾夫，跟我來！」賽傑猜他們要去總教官辦公室。多年前第一次召見時，他得知了父親的死訊；第二次他看到了外祖父。所以他不知道該感到興奮還是擔心。

他很快就知道了。「我剛得知你的外祖父過世了。」總教官說，等了一會兒，讓賽傑接受這個消息，然後又說：「他應該是做了安排，讓你可以知道這個消息。你可以去教堂為他的靈魂祈禱。就是這樣了。」

賽傑沒有去教堂。他回到無人的寢室，確定只有他一人之後，他拿出母親的項鍊，凝視著照片。現在他的外祖父賀修已經與他父母重聚了，還有艾莎婆婆。這條項鍊讓他想起了他們所有人。

他把項鍊掛上脖子，決定只要不出狀況，他就要一直戴著它。

然後賽傑拿出地圖，把每一條路線都背下來，直到他可以閉上眼睛，用手指在空氣中畫出來。確定都記住之後，他把地圖撕成碎片，丟進幾個不同的垃圾桶中。

一八八一年三月的一個週一下午，學校被一個消息所撼動，賽傑的個人際遇相較之下無足輕重。這提醒了他，他屬於一個更大的世界——一個充滿了衝突與磨難的世界。在這個多風的日子，他與其他約十五個學生在操場上操練木製軍刀，一位蓄鬍的哥薩克人騎馬穿過大門。他們都停下來看這位高傲的騎士經過。

所有學生集合在教堂中，總教官介紹了這個哥薩克人，他名叫亞歷西．歐洛夫，曾經與賽傑的叔父一起在哥薩克軍團服役。然後總教官宣布，我們的小父親（the Little Father），沙皇亞歷山大二世，被暗殺了。

那天晚上教官與學生們回到教堂舉行特別彌撒，為沙皇的靈魂祈禱。就像其他孩童，賽傑穿上自己最好的制服——深藍色的外套上有閃亮的釦子與校徽，繡著一隻雙頭鷹，爪子握著一朵玫瑰與一把軍刀。

亞歷西．歐洛夫站得直挺挺的，身材高大，英俊的臉龐上帶著嚴肅哀傷的神情。他說：「哥薩克人是自由的民族，效忠沙皇與主教座堂。」他對吉歐神父點頭表示敬意，然後繼續說：「我是沙皇的皇家護衛之一。儘管我們盡一切力量保護小父親，他還是被炸彈刺殺了。沙皇解放了數以百萬計的農奴，改革司法系統，帶來了前所未有的自由，但不滿的革命份子依然懷恨在心。小父親獲知這樣的生命威脅，在我們的安排下改變了行程。當時我沒有值勤，但我的一個手下告訴我事情的經過。」

歐洛夫繼續說著：「沙皇的馬車來到城市運河的前段時，一個年輕人突然出現，對馬群丟出一個像是雪球的東西。炸彈引爆，但沙皇只受到一點輕傷。皇上堅持要下車察看受重傷的一位哥薩克人與一個送貨孩童。

「當沙皇轉身走回馬車時，另一個人突然衝出。又是一起爆炸。一個小時之後，刺客與沙皇都傷重而死。第一個丟炸彈的人供出了他的黨羽。我們知道，至少其中一個犯案者是一名叫吉兒曼的年輕女子——一個革命份子，也是猶太人。」

賽傑離開教堂時，發現自己走在叔父身邊。總教官看著他，低聲說：「要是你父親還活著，就絕對不會發生這種事……他絕不會容許。」

不久之後，賽傑聽到了沙皇亞歷山大三世加冕的消息——也聽到有人談到俄國與烏克蘭掀起一波激烈屠殺，只因為謠傳小父親是被「猶太團體」謀殺。這個謠言後來被證實是錯誤的：十六歲的懷孕少女吉兒曼後來死在監獄中，她是另一個革命份子的女友，天真而充滿理想，也是嫌犯中唯一的猶太人。但屠殺仍繼續發生。

學校裡繼續散播著有關革命份子與猶太人的耳語，尤其是柴可耶夫周圍的一群人。這些耳語讓賽傑警覺到自己的猶太血統。數週過去了，他開始擔心亞伯莫維奇一家人。在這段危險的時間，他們住在偏遠的山上也許有好處——但也可能對他們不利。萬一有一群強盜，或甚至哥薩克人，在樹林中碰到這一家猶太人，會發生什麼事呢？

賽傑決定要去警告他們。

§

那天夜裡，賽傑繞過幾個站崗的學生，穿過學校底下的狹長地道，來到湖邊的後門。他走過這個地道許多次，蒙住眼睛都知道怎麼走。就算真的被蒙住眼睛，其實也沒有多大差別，因為晚上沒有任何燈光。

賽傑推開厚重的鐵門，發出的響聲讓他咬緊牙關。他把一根小樹枝卡在門縫，讓它不會關上，然後迅速離開校區。他在原野中找到了外露的岩石，那是上山小徑的起點。現在他只能依賴記憶與直覺。幸好那個夜晚很晴朗，皎潔的月亮提供足夠的光線，讓他找到路。

雖然很暗，但他的腳步必須比上次更快。儘管他偷溜出來而沒有被發現，但現在他必須面對其他的危險：飢餓的狼群，或是迷路。要是迷路，他就只能在天亮之後才找得到學校，那時候別人就會發現他不在。不假外出是嚴重違反校規；他會受到嚴厲的懲罰。

兩年前，有幾個高年級生被逮到在晚上溜出去。他們必須走過兩列學生之間，被學生們用粗蘆葦鞭打，最後再被教官鞭打。然後受鞭打到流血的學生被關進禁閉室，三天都不准吃飯喝水。

後來，再也沒人敢溜出去——直到現在。

賽傑走在月光照亮的小徑上，想好了計畫：他找到木屋後，就告訴班傑明關於沙皇遇刺與屠殺猶太人的事，還有他外祖父的死訊。莎拉會堅持要他喝一杯茶，他們會擁抱一下——

然後他就要離開，在天亮前回到學校。

在陡峭的山路上賽傑喘著氣，但沒有放慢腳步。他輕巧的身軀與愈益增強的耐力很有幫助。他充滿了年輕人樂觀冒險的精神，腦中突然出現一個大膽的念頭：他可以乾脆永遠離開軍校。畢竟到底有什麼好留戀的？當然他會想念安德魯——甚至也可能會想念他的叔父。他對校園會有一點懷念。但他不會想念軍校的生活——他也會很高興能夠永遠拋開迪米崔．柴可耶夫。

賽傑戴著銀項鍊；他沒有其他值得保留的東西了。只要他有勇氣說出口，問山上的一家人，他能不能將艾弗隆與莉雅視為他的兄弟姊妹，而莎拉與班傑明是他的父母？這樣可能嗎？一定可以，他這麼想。他是個好幫手，不會帶來任何負擔。他會讓他們感到驕傲。這個可能性讓賽傑感到興奮，奮力往上爬。月亮幾乎在頭頂上。沒有多遠了——

下一刻，雲層遮住了月亮，樹林陷入黑暗中。賽傑幾乎看不到自己的手。他抬頭看到天際的群星。只有月亮被遮住。他蹣跚前進，雙手伸到面前摸索，感覺快要到了——

突然間，他的身體警覺地僵住：不是雲遮住了月亮。是煙霧。但不是火爐的煙——而是其他東西。

賽傑發現自己東倒西歪衝向木屋，跳過岩石，來到小草原，然後猛然止步，張著嘴。本來是木屋的地方，現在只剩下焦黑的殘骸。仍在燃燒的木炭點綴著這幅惡夢般的景象。

賽傑像喝醉了一樣，在這片廢墟中跌跌撞撞。他找不到任何活的東西。賽傑祈禱亞伯莫維奇一家人從樹林中出來迎接他。他們可以一起重建——

不對，他告訴自己——真相是：他們的生活，他的希望與夢想，都被燒成灰燼了。一邊咳嗽，一邊擦拭被燻黑的臉，賽傑在灰燼中尋找。他找到了他最害怕的證據：一隻手臂的枯骨，從焦木之中伸出來。

賽傑在炙熱與惡臭的空氣中瞇著眼睛，撥開冒煙的木頭，露出一具男性枯骨，還有些許血肉附著在上面。惡臭和那幅畫面讓賽傑撲在灰燼中嘔吐。這具遺體顯然就是班傑明．亞伯莫維奇。他強迫自己再挖下去，找到一隻小女孩的鞋子與木頭娃娃。他必須面對他想否認的事實：他深愛的這一家人都被埋葬在這堆冒煙的惡夢之中。

賽傑的雙眼被煙燻得刺痛。他沿著樹林叢生的山路往回跑。在路上某處，他沒有脫掉衣服，直接跳入冰冷的溪水中，想洗掉他頭髮與衣服裡的死亡氣息。但他無法清洗自己的心，許多問題洶湧冒出：我為何沒有早點來？我也許可以救他們！只要提早一天……

他的腦袋抽痛，氣喘不止。

天亮前一小時，無處可去的賽傑終於回到學校，進入鐵門。他心不在焉地移動，拖著步伐回到寢室，疲倦地倒頭就睡，進入充滿死亡氣息的夢境。

當他在白天的光線下睜開眼睛時，有一瞬間，賽傑相信這全是一場惡夢，然後他看到了手上的灰燼。

他無法告訴任何人他所看到的景象，連安德魯也不行。

第二部

適者生存

要想發光，必先忍受燃燒之苦。

——維克多．法蘭可（Viktor Frankl）

·6·

賽傑十歲到十二歲的三年歲月飛快掠過，日子本身就如一個優秀士兵的規律作息，每一天都如同前一天。他在學校中陷入一種恍惚的例行公事狀態，一個口令一個動作，體能增強、身材長高、技術增進。他執行所有的任務，但沒有任何真正的意義或目標感。他偶爾還會想起外祖父，想起亞伯莫維奇一家人。但每次一想起，冒煙殘骸的景象也會跟著浮現在腦海中。

學生之間沒有什麼改變，權力階級還是老樣子。柴可耶夫現在十六歲了，住在高年級的營房，有一次打鬥時差點把一位更高年級的學生打死。賽傑聽到兩個高年級生說，柴可耶夫發瘋似地用一把椅子毆打他們的朋友。學生的傷勢被當作是意外呈報給校方。

那次事件過後幾天，受傷學生的六個朋友堵住柴可耶夫，給了他一頓好打。柴可耶夫學到重要的一課：他也許能打倒一個人，但無法打倒許多人。之後，柴可耶夫似乎比較安靜，不那麼霸道。但接下來幾個月，六個學生中的每一個人都碰上了痛苦的「意外」。一個男孩被石頭絆倒；另一個被東西砸到；第三個在轉彎的時候撞上不明物體；第四個從樓梯上跌下來……他們都不願談他們的意外，擔心自己會有生命危險。

一八八五年的一個炎熱夏日，賽傑十三歲生日的幾個月之前，哥薩克人亞歷西·歐洛夫又來造訪。總教官很得意地宣布，經過與高層交涉後，他成功地讓歐洛夫教官被派到這個學校。

「你們很快就會知道，」他叔父繼續說，「亞歷西．伊格羅維奇．歐洛夫精通追蹤、野外求生、馬術、格鬥，他的能力不輸給世上任何人。我看過他站在疾速奔馳的馬背上，躍過樹枝，然後又輕鬆地落在馬背上。連我們的波迪諾夫教官都會同意，亞歷西是個難纏的徒手格鬥對手。」賽傑瞄一下波迪諾夫教官，他抓抓光禿禿的腦袋，點點頭。

叔父的高度讚美後來證明完全屬實。接下來數週，哥薩克佬亞歷西——這是學生給他起的綽號——有機會展現他的技能。賽傑發現，自己對這位新教官的看法，與他當初觀察叔父一樣。他敬佩這個哥薩克人走路時的輕鬆自信，與他的友善態度——他似乎不需要裝腔作勢或威脅他人，因為他知道自己的長處。

賽傑感覺自己彷彿從漫長的沉睡中醒來。他突然很想向亞歷西．歐洛夫學習；他想要成為他。對現在的他而言，成為一個戰士似乎很有男子氣概，也很浪漫——就像他父親一樣。

賽傑聽過其他高年級生談到女人，取笑男人與女人為了生小孩所做的事情。這個主題他本來毫不在意，現在卻很感興趣。大家似乎同意，為了贏得一位姑娘，男人必須能夠保護她，讓她不被其他不夠格的人騷擾；他必須擊退強盜，保護弱小。簡單地說，他必須像亞歷西那樣，成為強悍的哥薩克人，留著波浪般的褐髮與整齊的鬍鬚，微笑時整張臉都為之一亮。

歐洛夫唯一的身體缺陷，就是脖子上有一道長刀留下的疤痕，而這只讓他顯得更迷人。

他告訴孩子們，那道疤提醒著他練習的重要性，自此他不曾或忘。他再也沒有被人砍傷過。

哥薩克佬亞歷西不像其他教官，他對待賽傑與其他學生都很有禮貌，保持敬意。他認為就算是最遲緩的學生，將來也有一天會超過他，他讓學生相信一切都是可能的。「當我們在樹林中，」他告訴學生，「你們可以直呼我的名字，就像我們是同事或朋友。但你們必須努力才能贏得這份友誼。」

賽傑願意為他做任何事。

他得知亞歷西是在頓河哥薩克村長大。父親死於戰役後，亞歷西加倍訓練自己。父親的死讓他對死亡的現實有更深刻的感受，而且他也希望讓父親感到驕傲。最後，他獲選加入沙皇的皇家護衛。

「你們會成為俄國最優秀的軍人，」他告訴這些年輕人，「你們會在世上留下你們的印記。」學生們相信他說的每一個字。

「真正的戰士，」這位哥薩克人繼續說道，「只在必要時才帶來死亡。戰士永遠盡力保護生命，包括自己的。如果能在戰場上克敵致勝，卻被飢餓與寒冷打敗，那又有什麼用？拿破崙與他的軍隊不僅是被俄國軍人打敗，也輸給了俄國的冬天。所以我要教導你們的不僅僅是如何殺敵，也要懂得生存——如何靠最基本的條件活下去，只靠一己之力。但是，知道是一回事，實際去做又是另一回事，兩者有很大的差異。你們很快就會知道。」

自從多年前與外祖父徒步上山後，賽傑對野外的熱愛再次被喚醒，他開始渴望流浪，發現自己常凝視著遠方的山脈。他繼續在教室裡用功，並學習摔角、騎馬、游泳、軍刀與射擊——但野外求生成為他的最愛。

學生用松枝做成遮蔽處，學習如何狩獵、製作陷阱、釣魚。亞歷西示範如何找到可食植物——他稱為大自然的藥物，以及如何避開有毒植物與其他的危險，如熊、蛇與昆蟲。他們學習如何適應不同地形與各種氣候。「學會野外求生，並不等於忍受艱苦或困境，」亞歷西解釋道。「我們並不喜歡睡在冰冷的土地上，忍受不必要的不適。我們用自己的智慧與能力來軟化大自然的銳角。」

某天早上，在訓練開始之前，亞歷西在專注的學生面前，邊踱著步、邊揮舞著手說：「我們哥薩克人是和平而虔誠的民族，但如果被激怒了，就會很可怕。閱讀福音時，我們會把軍刀拔出一半，表示我們準備好要捍衛教會與國家。

「傳說哥薩克人在馬術與戰鬥上有神奇的力量。我們族人會模仿不同動物的步伐與叫聲；我們會模仿狼嚎，也會像貓頭鷹或老鷹一樣鳴叫，藉此傳達信息給同伴。但這些能力並不是魔法，而是訓練的成果。」

孩子們懇求他示範，他表現得非常精彩，所有學生也都跟著嚎叫起來，讓他幾乎無法繼續。「停止！」亞歷西假裝生氣地叫道。「你們聽起來像農場動物在發情。」孩子們不禁大笑起來。這是其他教官不會容許的——因此他們敬愛亞歷西。但歡笑一結束，就連最小的孩子都會安靜下來，因為他們希望能學到更多。

「哥薩克人不向任何人屈膝，除了沙皇。我們對抗沙皇的敵人，但除此之外，我們制訂自己的規矩。例如，我們不容許任何士兵逮捕逃跑到我們村裡、被我們收容的農奴，但我們會殺掉任何打劫的強盜。我們會形成一座城牆，有如中國的萬里長城，而且這座長城移動快速無可匹敵，能保護祖國俄羅斯廣大土地的前線與邊境。」

「士兵不會要你們交還農奴嗎？」一個學生問。

「士兵無法『要』哥薩克人做任何事。」亞歷西回答。

「我們發展出有效的戰術，可用在任何地形、任何氣候——結冰的河面、降雪的樹林，以及熱帶原野——對抗眾多不同的侵略者、不同的戰法以及武器。我會把這些技能傳授給你們之中最優秀的。」

賽傑笑了，看到有些較小的孩子坐得更直，想要顯得比較高、比其他同學更有紀律。接著亞歷西帶他們所有人再次進入樹林。有些較小的孩子當成是郊遊，彼此亂丟莓果，沒有好好注意聽。亞歷西看起來好像不介意他們胡鬧，直到他突然停下來，低聲說：「注意聽的人，才能活下來。」

學生們都僵住了，他又說：「要是你們有人失蹤或受傷，或在野外求生訓練時死掉，這將是你們的過錯。不要以為不可能發生。若發生了，也會是我的失敗……所以你們一定要小心。」

後來就再也沒有人胡鬧了。

透過哥薩克佬亞歷西，賽傑感受到了對父親血緣的驕傲。亞歷西的能力甚至贏得了迪米崔・柴可耶夫不情願的敬佩。儘管柴可耶夫素行不良，但他為了某個私人原因，比其他人都努力受訓。當哥薩克佬偶爾對柴可耶夫點頭表示讚許時，嫉妒的賽傑會更加努力，以爭取亞歷西的認可。

數週、數月過去了，賽傑贏得摔角比賽的次數開始超過他輸掉的，有些較量對象還是較大的孩子。他也學會在騎馬時射擊步槍與手槍，想像自己是偉大的哥薩克人。這段時間，賽傑經常需要替換更大尺寸的制服。他的制服看起來不會鬆垮垮的了；他感覺到新的力量灌注到他的四肢與胸膛。

賽傑十四歲時的一個寒冷早上，他聽到丹尼洛夫隊長與一個高年級生談話。聽到「猶太」這個詞，他提高警覺：「……沙皇的行政官，康士坦丁・波比唐諾斯托夫宣布……三分之一的猶太人將被迫改信，三分之一被驅逐……其他的都得死……被屠殺……哥薩克人。」──猶太人的日子越來越黑暗了──一如他外祖父所預料的。

週五下午，野外求生訓練課程之後，賽傑設法找到歐洛夫教官難得獨自一人的時候，問能不能陪他走到大門。亞歷西笑著點頭，讓賽傑有勇氣問：「哥薩克人在屠殺猶太人嗎？」

亞歷西沉默地繼續走，賽傑擔心教官會問：「你為何這麼關心猶太人？」但教官一開口，說的卻是：「你叔父告訴過我你的背景，賽傑。我瞭解你的關切……關於你的問題，是否有哥薩克人殺害猶太人……我必須回答是的。

「哥薩克人和沙皇與主教座堂有很深厚的關係。猶太人的生活方式在我們看來很奇怪，但我們是自由與寬容的民族。那些去燒殺掠奪猶太人的，不是哥薩克人，而是厭惡一切外人的民族主義者。真正的哥薩克人是有榮譽的，賽傑。我們所對付的是俄國的敵人；我們不會屠殺有信仰的人，就算他們與我們不一樣。」

他頓了一下才接著說：「但是就算在哥薩克人中，也有素行不良的人，在戰爭後強暴婦女，做出惡劣的事情。毫無疑問，猶太人遭受到更多暴行，攻擊他們的人有憤怒的農民，或祕密警察，甚至奉沙皇命令的士兵。也有少數哥薩克人會去攻擊猶太人的家園。真是可恥。」

與亞歷西談過之後不久，下課時間賽傑在廁所洗臉，柴可耶夫走進來，經過他身邊時擦撞了他一下，說：「喲，這不是好學生賽傑嗎？」

賽傑一時不知如何反應。柴可耶夫是這樣看待他的嗎？他應該怎麼回答？如果他置之不理，假裝沒聽到，可能下場不妙。所以他聳聳肩低聲說：「沒有那麼好。」然後趕快離開廁所。

賽傑並不想跟柴可耶夫打架——柴可耶夫比他大四歲，也很認真接受訓練。但他想：哥薩克佬亞歷西絕不會被惡霸威脅，我也不會。

之後他開始觀察柴可耶夫的徒手格鬥比賽，想要找出這位高年級生的弱點。

他從來沒想到，柴可耶夫也在觀察他。

幾天後，歐洛夫教官召集學生，告訴他們：「明天太陽升起時，你們將出發進行七天的野外求生考驗。你們將分成兩人一組，一名高年級生與一名中年級生搭配。」然後他指示高年級生開始挑選組員。

柴可耶夫選了賽傑。野外求生考驗有了新的意義。

·7·

第二天凌晨，歐洛夫教官對學生們說明：「現在你們都瞭解野外求生的策略了。你與你的搭檔將徒步到樹林深處，遠離其他人，找到你們地圖上標記的地點。同組的兩人要一起合作求生。現在脫掉你們的衣服。」

學生們不確定是否聽錯；現在是一八八七年四月底，雖然雪已開始融化，但地上還有積雪，也還很冷，尤其清晨。「你們可以穿著運動短褲，」亞歷西說，「但必須打赤腳，好瞭解鞋子的重要。你們每個人可以帶這些工具，」隨即發下一把帶鞘的獵刀給每一個學生，並發給每一組一把軍用小鏟子。「你們要在七天後的中午回到這裡——要精神飽滿、營養充足、健康狀況良好，並穿著你們自製的鞋子與衣服。有沒有問題？」

賽傑脫衣時，偷瞄了一下安德魯，安德魯知道賽傑要跟柴可耶夫共處七天，對他露出擔憂的眼神。

柴可耶夫已經拿了鏟子與地圖，朝樹林山區前進；賽傑必須跑步才追得上柴可耶夫。

四小時之後，他們沿著一條小溪進入濃密的樹林山區，來到了地圖上標示的地點。賽傑猜測這是正確的地點，因為柴可耶夫並沒有要把地圖給他看的意思。這裡看起來是個好地點——一小塊空地，距離溪水約五十公尺。有溪水就有魚，也意味著動物會來到水邊。一塊突出的岩石形成淺淺的洞穴，提供部分遮蔽，其餘部分他們可以自行建造。

賽傑檢查自己的腳，發現已經因為寒冷而發紅、麻木，還出了水泡，然後他準備尋找材料來製作陷阱，這時候柴可耶夫下達第一個命令：「為我們生火！」於是他找來一些乾苔蘚與小樹枝當成火種，然後用刀子敲擊幾顆不同的石頭製造火花，但沒有什麼用，於是他削出一根木棒，開始摩擦生熱，並輕輕吹氣。花的時間比他想得更久，但很快就有了熱度，開始冒煙，然後有了火星。儘管他手上的水泡跟腳上一樣多，賽傑還是感覺到一股原始的興奮。樹枝冒出了火焰——他在訓練時也生過火，但這次是來真的。這就是野外求生。

此時，賽傑發現柴可耶夫找了一些樹枝、石頭，與根莖類植物的纖維，可以編織成繩索來做成陷阱。賽傑把一些大樹枝放入火中，然後放更大的木柴，那是他用鏟子從一棵倒下的樹砍下來的。營火順利生好之後，他走向柴可耶夫，想協助製作陷阱。

「去找你自己的材料！」柴可耶夫說。「這是我的陷阱。」

原來如此。賽傑還算懂事，不會把那堆火稱之為「我的火焰」。

他迅速進入樹林尋找製作陷阱的材料。他一邊注意著太陽在下午漸漸拉長的影子，一邊努力工作，終於在黃昏之前建造了七個陷阱，沿著動物小徑放在溪水上游與上風處的適合地點。他又做了兩個捕魚陷阱，也設置了繩套與重物陷阱。在很多小樹的溪水邊，他也做了兩個彈力陷阱，並很小心地加以隱藏。

等他回到營地時，陣陣黃昏的冷風從北方吹來。他顫抖著，拍打自己的身體並四處跳動來取暖。他發現柴可耶夫用枝葉架在山坡上，完成了一個簡陋的遮蔽處，就在火焰的旁邊，空間只夠容納一人。

火焰現在只剩餘燼，需要更多木柴。賽傑找到了一些木柴，把一塊放入柴可耶夫佔據的火堆。然後他又找來一些樹枝，為自己生火。

在火光照耀下，賽傑設法用松枝編織出一個臨時的屋頂，架在另一塊石頭上。他才剛剛完成，天空就開始下起小雨。雲層像是一條保暖的毯子，讓夜晚不至於冷得刺骨。

賽傑顫抖著，渾身濕答答，身上只有一條短褲。他把自己夾在一層層的松枝中，移動著身體，尋找較溫暖的位置。在火光之下，柴可耶夫縮成一團的身影依稀可見，看得出來他也做了同樣的準備。

因為冷到睡不著，賽傑清醒地躺著一會兒，聆聽著雨聲，寒冷與飢餓讓他肚子咕嚕作響，但是一股滿足感卻灌注全身。他設好了陷阱、生了火，也找到了遮蔽處。目前他還活著，沒有生命危險。早上他會檢查陷阱，看看有沒有抓到什麼。這些念頭漸漸被深沉的倦意取代，把賽傑拉進了夢鄉。

賽傑睜開眼，他的氣息在寒冷的清晨空氣中化為霧氣。他爬出他的松枝床，希望能看到一點陽光，但因為是清晨，太陽還未露臉。他讓柴可耶夫繼續睡，輕輕用疼痛的雙腳小心地走到溪邊。他喝了點水，把冰水潑在臉上與上半身，再把水抹掉，並拍打全身，原地跑步直到身體變暖。然後他回到營地，拿起獵刀，前往上游處。

雖然賽傑在陷阱旁邊的樹上沿著眼睛高度的位置做了記號，但現在他找不到第一個陷阱了。亞歷西曾提醒他們：「大自然的教導很嚴厲，不容許犯錯。」我為什麼沒有更注意呢？賽傑責備自己的疏忽。他沿著路線找，終於找到第二個陷阱。空空的。

但在附近小徑上設置的一個彈力陷阱中，他找到一隻筋疲力竭的鼬鼠，吊在半空中，虛弱地掙扎。他小心靠近，伸手抓住鼬鼠時，鼬鼠低吼一聲，突然用爪子劃破他的手，還想咬他。

突然一股原始的能量，驅使賽傑抓住動物後腦，割了牠的喉嚨，力道大到幾乎割斷腦袋，差點就割到他自己的手腕。這隻動物踢了幾下，血液從頸部噴出，然後就不動了。

賽傑喘著氣，顫抖著，心跳劇烈。他力圖鎮定，要自己解開套繩，而不是割斷它；他還需要這個陷阱。他希望以後殺生會容易一些。但他又想，這應該要容易嗎？我有權利奪走其他生命嗎？沒有，他暗自決定，我擁有殺生的力量，但沒有權利。只是在這個情況下，他必須這麼做。他對這隻動物沒有敵意，牠只是想自保；他殺生只是為了求生。他感謝鼬鼠的生命，他將用來維持自己的生命。他不會浪費的。

殺了鼬鼠，他也放下了自己一部分的童年。他明白他自己的生命也可能隨時會被奪走。

與公不公平無關，完全是隨機的。但保持警覺、運用學校所學的知識與技巧，也許能增加自己存活的機會。這是他在荒野中第一堂真正的課。他安靜地走到下一個陷阱，不知道未來的旅程上有什麼陷阱在等待著他。

第三個陷阱是空的，沒有被觸動；第四與第五個也一樣。第六個陷阱捕獲了一隻松鼠，他迅速地用一塊石頭結束牠的生命，盡量不造成任何痛苦。剩下的陷阱也是空的，除了最後一個，捕獲了一隻大兔子。這可以吃好幾天，皮毛也可以拿來做新鞋子。

他手上被鼬鼠劃破的傷口開始陣陣作痛。他快速揮舞手臂，讓傷口排出血液，並清理傷口，然後用溪中的沙子擦洗。最後，他對著傷口小便——亞歷西說過，新鮮的尿液可以防止傷口感染。

接著賽傑用幾條樹藤把獵物都綁在一起，設好最後一個圈套，然後啟程回到營地。他覺得要等到翌日早上才會再次抓到獵物，但他下午會回來察看，以防萬一。

狩獵喚醒了他的本能，讓所有感官敏銳起來。他傾聽雨水從頭上的樹枝滴落的聲音，也聽見遠處的鳥鳴。在回程的路上，他的眼睛吸收著樹林的所有色彩與質地。回到營地，他看到悶悶不樂的柴可耶夫在剝皮。他只抓到一隻松鼠，只夠吃一頓，皮毛只能做一隻鞋子。

賽傑知道柴可耶夫看到他的三隻獵物不會太高興，但很難把牠們藏起來。所以他很輕鬆地走過去，把他那隻松鼠丟在柴可耶夫的松鼠旁邊，接著放下鼬鼠與兔子。他很有外交手腕地說：「這是我們的陷阱抓到的。」

柴可耶夫瞪著牠們，拋下一句：「好學生賽傑又成功了。」然後繼續剝皮。賽傑盡量仔細地處理這些肉。這是很麻煩的工作，他因為經驗不足而弄得很糟糕。在課堂上，他只協助處理過一隻兔子與一隻鹿。

到了下午，他們把樹藤綁在兩棵樹之間，再把肉條掛在上面。他們用有彈性的樹枝做成架子來撐開獸皮。鼬鼠的皮連蓋住賽傑的肩膀都不夠，但這至少是一個開始。他把松鼠皮給柴可耶夫：「給你做鞋子。」高年級生收下，一個字都沒說。

他們把兔子肉條煮來吃，這是兩天以來的第一餐。吃飽了之後，賽傑又找了一些樹枝來加強他的臨時庇護所。

那天晚上，賽傑與柴可耶夫蹲在各自的火堆前，兩人都沒說什麼話。賽傑看著星辰出現，如水晶般閃爍在絨布似的天幕之上。白煙與點點火花隨著氣流上升，然後消失在黑夜裡。他瞄了柴可耶夫一眼，他正瞪著火焰沉思。賽傑滑進松枝的覆蓋之中，逐漸進入夢鄉，一邊心想：柴可耶夫為何要選他當夥伴？

翌日早上，賽傑發現一隻兔子被他的重物陷阱壓死，溪邊另一個之前抓住鼬鼠的陷阱，套住了一隻浣熊。這次賽傑沒有嘗試用手去抓這隻咧嘴咆哮的動物，他找了一根很重的木棍，先把動物敲昏，然後才殺死牠。

賽傑也在捕魚陷阱中找到兩條魚，然後回到營地。

柴可耶夫的陷阱只抓到一隻松鼠，與一隻看起來生病的臭鼬，皮毛可用，但不能吃。當他看到賽傑的收穫後，只是瞪著他，什麼都沒說。

賽傑感到有點尷尬。他把兩條魚、松鼠與浣熊放在平坦的石頭上。「我運氣好，」他說。「我們可以好好吃一頓。」

吃飽後，賽傑覺得十分滿足，便外出探險，一心只想離開這個生悶氣的同伴。他花了約兩小時繞著營地走了一大圈，察看可捉魚的溪水，讓自己更熟悉環境。走回營地的途中，他聽到遠處有鹿蹄的聲音。他站住不動，等待著，傾聽著。寂靜之後，又是幾記蹄聲……然後回到寂靜。賽傑在聲音的下風處待著，這樣動物比較不會察覺到他的氣味。賽傑蹲低，緩慢而安靜地移動。

幾分鐘後，他發現一隻高大的公鹿。距離約在二十公尺外，他幾乎看不到正在啃食嫩草的牠。牠的大耳朵不時轉動，然後抬頭。賽傑保持完全的靜止。鹿朝他的方向移動了幾公尺。這時賽傑才發現他是站在一條鹿的小徑上，就在鹿與小溪之間。

一個瘋狂的念頭升起：他要獵這頭鹿。沒時間回去找柴可耶夫了。現在就必須行動，不然他會失去機會。這隻動物可以供給他們所需的食物與衣著。賽傑被一股原始的衝動驅使，慢慢爬上鹿徑旁的一棵樹。

賽傑爬到一根位於小徑上方的粗樹枝，找到一個牢靠的位置，開始等待。他看不見那隻鹿，但不管花多少時間他都要等，等待鹿可能從下方經過的機會。

約十五分鐘後，機會來了——公鹿漫步到他下方啃草。機不可失，賽傑心想。他屏住呼吸，緊握著獵刀，從樹上躍下，重重落在公鹿身上，一隻手緊緊扣住牠的脖子。公鹿瘋狂地亂跳，賽傑伸手割向牠的喉嚨——一刀，然後再一刀。驚慌的公鹿血流不止，踢騰得更狂野。賽傑知道如果他掉下來，公鹿可能會在流血至死前先用鹿角刺穿他。所以，在被甩下來之前，賽傑本著獵人的慈悲，瞄準鹿的前腳上方，深深將獵刀刺入，穿過肋骨，刺進心臟。

公鹿翻倒在地，靜止不動。

賽傑劇烈喘氣，心臟鼓動得幾乎要爆炸，他的興奮也夾雜著對這隻大公鹿之死的傷感。回營地的路上，他想起亞歷西對他們說的：「在荒野中，你也必須變得狂野。」

到了空地，賽傑渾身是血，喘著氣，說出了剛發生的事。柴可耶夫半信半疑地跟他回去事發地點，看到那隻高貴野獸的屍體。

賽傑看著柴可耶夫的臉從驚訝變成壓抑住的憤怒。這個高年級生拿出刀子開始切割。

「來吧！」他命令賽傑。「不要光是站著——幹點活吧！」

他們把大部分內臟留下來給其他動物吃，然後做一個擔架，把鹿身拖回到營地。他們花了剩餘的白天時間處理鹿肉，撐開獸皮，製作肉條。這是一隻大公鹿，現在他們有足夠的食物可以吃到訓練結束。更重要的是，他們有足夠皮毛製作兔毛鞋子、鹿皮外衣與護腿；賽傑還有一頂浣熊帽——這些獵物，大部分都是賽傑獵到的。

那天晚上，日落之前，賽傑洗掉胸膛與腳上的血，然後進入樹林，把他的陷阱都拆掉。現在不需要再殺生了。

最後的兩天，他們幾乎都在製作鹿皮褲子與外衣。他們必須把硬硬的獸皮泡在溪水數小時，然後刮去獸毛與肉屑，洗了好幾次來去除脂肪。他們沒辦法鞣製，因為沒有鹽或石灰，但他們用鹿腦來摩擦鹿皮，然後再用火堆的灰燼摩擦，如他們上課所學到的。

他們又割出細條皮索，用來綁住皮外衣與褲子。現在他們的穿著就跟真正的獵人一樣。最後一天過得很快。柴可耶夫只在必要時才對賽傑開口，不是短短三言兩語，就是尖刻譏諷。最後這個高年級生離開了營地，留下賽傑一個人，安安靜靜地。

然後，在日落前一小時，賽傑似乎聽到遠處有動物在嚎叫。他不以為意，開始準備生火。然後他又聽到了。那是柴可耶夫在叫喚他的名字。他迅速前去察看，聽到很清楚的叫喊：「伊凡諾夫！」

賽傑發現柴可耶夫在陡峭而滑溜的溪邊堤岸底部，那裡的苔蘚讓賽傑也差點跌倒。他在昏暗的光線下看到柴可耶夫的腳卡在兩塊岩石中，努力想要掙脫。

柴可耶夫非常憤怒，彷彿這是賽傑的過錯，他斥責道：「別站在那裡，笨蛋。去找根樹枝，快點！」

賽傑帶了刀子，但沒有帶軍用鏟子來當柴刀。「我馬上回來！」他喊道，然後在越來越暗的暮色中加緊腳步，跑回去拿鏟子。在回來的路上，他看到一根直而堅固的樹枝，可以用來當槓桿，就用鏟子把樹枝砍下來。

等賽傑回來時，柴可耶夫已經氣到說不出話。這是最大的恥辱，賽傑也知道。好學生賽傑不僅獵到比較多的動物，抓到了大公鹿，還救了他——讓他免於可能的一死。

賽傑知道要是他救了柴可耶夫，天曉得以後會發生什麼事，總之，不太可能是道謝或握手。他有一股衝動想把柴可耶夫留在那裡。但衝動很快就消退了。

賽傑把粗樹幹卡進石頭之間，使力移動石頭，讓柴可耶夫能拉出他的腳。柴可耶夫的腳踝很痛，但骨頭沒有斷掉。賽傑知道不需要提供更多協助。他安靜地把粗樹幹遞過去當柺杖，然後留柴可耶夫一個人。

賽傑走回營地時感到一種不安。他知道這樣拯救了迪米崔·柴可耶夫，等於是樹立了一個畢生的敵人。

當柴可耶夫終於回到營地，賽傑便忙著為自己的遮蔽處添加更多枝葉，擔心只要多說一個字，或甚至多看一眼，就會激怒柴可耶夫。賽傑需要在頭上加更多枝葉，因為烏雲密布，有下雨的可能。他希望在樹林的最後一夜能睡得安穩。

結果，他幾乎沒睡。

就在半夜，賽傑已經昏沉睡去，卻被遠方的閃電驚醒，然後是轟隆的雷聲。他睜開眼睛，一種不祥的感覺穿過全身，令他覺得不太對勁。這時候閃電又出現了，他看到睡鋪外面有一雙腳與一個身體。他不確定是否真的有人，於是很小心地轉過頭，恐懼到幾乎無法動彈。閃電再次亮起，柴可耶夫的身影閃現，他就蹲在旁邊，往下看，手中拿著刀子。賽傑覺得自己小命不保。

閃電一閃而逝。賽傑無法呼吸或出聲，緊盯著黑暗。又一道閃電，人影已經離開。是做夢嗎？還是幻想？他不確定。賽傑躺回去，呼吸急促，天下著雨，雷聲逐漸越來越遠。他醒著，好幾個小時，雨聲之外的任何聲音都讓他警醒……

他再次睜開眼睛時，已經天亮了。他熬過了這一晚。他趕快坐起來，看到柴可耶夫還睡在他的睡鋪中。

賽傑打散自己的睡鋪與火堆時，柴可耶夫也醒了，拿起他的刀子與鏟子，沒說一個字就離開了營地。

後來賽傑自己走出了樹林，想著過去七天的經歷。現在，他證明了自己可以在野外存活下來，就像亞歷西與其他的前輩一樣。

他在中午回到了集合地點，如亞歷西．歐洛夫的指示。不久之後，三十二個學生幾乎都回來了。賽傑在一段距離之外看到柴可耶夫站在一群半裸的男孩中間。柴可耶夫也看到他——他指著賽傑說了一些話，男孩都笑了。

賽傑不理會他們，尋找著安德魯，不知道他是否平安，但他的朋友還沒回來。賽傑又看著柴可耶夫與他那群崇拜者，這時有些男孩嗤嗤竊笑著。其中一個比較大膽的，也許想要討好他的偶像，嘲諷地說：「你總算找到路了啊？」

賽傑瞪著那個男孩；他可以想像柴可耶夫說了什麼。

那群男孩離開時，其中一個回頭說：「幸好迪米崔給了你一些毛皮，不然你就像其他人一樣光著身體了！」然後趕快追上他的老大。

賽傑終於看到疲倦但心情很好的安德魯，跟著他的學長出現了。他們做出簡陋的外衣，但沒有褲子，並用粗繩將一些皮革綁在腳上。賽傑看著那些半裸的學生，穿著用兔子、浣熊、尖鼠、臭鼬、狐狸與松鼠所製成的皮毛，不禁露出了更有自信的微笑。

這是賽傑年輕生命中最刺激的一次經驗。他希望這也是最後一次——他再也不想跟迪米崔·柴可耶夫獨處了。

・8・

野外求生週之後，賽傑回到學校的規律生活。他發現，不僅他的內心世界有所改變，他的身體也改變了。他看著鏡子中的自己，看到一個肌肉結實的年輕人，腋下與其他地方長出了毛髮。他比以前更常想到女人——想著她們的身體、她們神祕的樣子，處於一種莫名的渴望狀態。

他也注意到成人的缺失與虛偽：波迪諾夫一直告訴他們嚴格訓練與健身的重要，自己的體重卻每個月有增無減；卡里辛可夫在課堂上呼籲要說實話，卻捏造關於猶太人的謊言。

賽傑的生活似乎比以往更複雜、更令人困惑。他再次想要離開這裡，尋找一個家，尋找與他更相似的人。

賽傑想要自由，但這個世界沒有什麼自由——除了在大自然裡。就算在大自然裡，也有嚴格的規矩，不遵守規矩也會伴隨後果。他心中充滿了疑問與矛盾。他以前不會想到未來；現在他滿腦子都在想。

在總教官的許可下，賽傑更常去叔父的圖書館。總教官的藏書豐富，賽傑閱讀的書包括宗教哲學、軍事科學以及古希臘哲學家如柏拉圖的著作，其中描述了蘇格拉底與其他賢人智者的生活與教誨。

賽傑很快就有了驚人的發現：有些文字似乎開啟了他內心巨大的領悟，都是他從來沒想過的議題、沒有提出過的問題——生命的意義何在？什麼樣的生活才是好生活？人性本善或自私？有時候他內心興奮得必須闔上書，閉上眼睛，雙手抱著頭——不僅是因為他讀到的文字，也因為文字所開啟的門。他彷彿在心中發現了新大陸。

一八八七年的夏末，賽傑過十五歲生日了。他在那一天想起了母親。其實每次生日，還有許多其他時候，他也都會想到她。他把項鍊掛在脖子上，放在襯衫裡面，幾乎每天都戴著，在這個快樂幾乎不會出現的地方，為這個單純的喜悅冒一點風險。天黑之後，或訓練之前，他會把項鍊藏在床墊裡。

❦

那一年的十二月，總教官很難得地在早上訓練時來到操場。這幾個月來，賽傑很少看到叔父，他是個隱密而難以親近的人，總是置身幕後。所以總教官的出現，意味著事情很重要。他沒有多說什麼，也沒有任何解釋，直接說道：「聽到名字的就出列。」賽傑聽到一些高年級生的名字；然後他自己的名字也被叫到，接著還有幾個與他同年齡的用功學生，包括安德魯。賽傑跟其他人都出列。為什麼要挑出我們？他心想。叔父唸出名單上最後一個名字——「迪米崔·柴可耶夫同學。」

然後叔父宣布，「你們十二個獲選接受特殊訓練，培養你們成為禁衛軍，將來可能成為沙皇的護衛。恭喜你們。」這是他們從總教官那裡聽到最接近鼓勵的話語。

賽傑從眼角看到其他學生露出自豪的笑容。他很高興看到安德魯也笑了。但賽傑覺得沒什麼好高興的；這只表示他的生命又要被別人改變了。更糟的是，他會更常看到柴可耶夫。

總教官解散了其他人，留下這十二個學生。他踱著步，語調慎重，彷彿要告訴他們一些祕密。「到目前為止，」他說，「你們學到了所有年輕軍人必須學的技巧——基本的摔角與拳擊、馬術、泳技、基本的武器操作、戰略、野外求生。其他學生將繼續練習這些技能。但精銳的護衛需要更精良的訓練。」

他默默地踱著步，然後說：「在救世主耶穌誕生之前很久，希臘商人與黑海邊的部落做生意。數百年過後，薩爾馬提亞人被日耳曼哥德人推翻，哥德人被亞洲匈奴打敗，匈奴後來被土耳其阿爾瓦人打敗。然後，在一千兩百年前，維京人的後代被東方的斯拉夫人趕走，斯拉夫人佔據了現在的烏克蘭，也就是基輔羅斯的家鄉。這些不同的民族，有一百四十多種語言與方言，經歷了犧牲與奉獻，艱苦奮鬥，建立了世上最大的國家，被人民稱之為羅汀娜……母國俄羅斯。」

賽傑清楚記得這段話，不僅僅是因為他叔父很少演說，也因為他看到總教官說到羅汀娜時停下來拭淚。他是如此熱愛這個土地。但他很快就恢復平靜，繼續說：「在整個歷史中，俄國人民——不僅是哥薩克人與軍人，也包括了農人、商人，各行各業的人民都加入保衛祖國的行列，驅逐來自四面八方的侵略者。我們在海邊、凍河、泥沼與叢林中戰鬥。不同的敵人迫使我們發展出多樣化的戰技。身為精銳的軍人，你們會看到一種更自然也更致命的戰鬥方法，是你們沒有學過的。」

總教官叫道：「亞歷西．歐洛夫！」哥薩克佬往前一步。總教官轉身對十二個男孩說：「我們需要一個志願者。」安納托利．卡馬洛夫是高年級的摔角冠軍，往前踏出一步。叔父擺出溫和的手勢說：「請攻擊歐洛夫教官。」卡馬洛夫半蹲著，繞著亞歷西打轉，亞歷西面帶笑容，輕鬆地站著，甚至沒有面對學生。學生認為看到了空隙，往前衝出，舉腳前踢。

亞歷西幾乎沒有動，但學生突然失去平衡，笨拙地跌倒在地，大家彷彿在看魔術表演而不是格鬥。同樣的情況又上演了幾次，隨後他叔父感謝卡馬洛夫的勇敢與亞歷西的示範。「沙皇有許多忠心士兵，」他繼續說，「但那些執行保護沙皇任務的人，必須能打敗最好的士兵。所以從現在開始，你們的訓練將更激烈，有時會讓你們崩潰。任何想退出的人，不必感到羞恥。想留在一般營房的就出列，我們容許你們在一般的軍人階級中貢獻力量。」

總教官等待著。沒人出列。「一般的階級沒什麼可恥的，」他又說一次。「要有智慧才知道自己的限度，要有勇氣才能表達出來。」賽傑像其他人一樣，動也不動。

「那就這樣了，」他叔父說。「從現在起生效，一般學生繼續跟波迪諾夫教官訓練。精銳小組將接受亞歷西．歐洛夫的指導。」

§

第二天，他們開始精銳訓練。學生排成兩列，亞歷西告訴他們哥薩克的信條：「朋友的性命比自己的更重要。你的職責是為同袍犧牲性命，保護沙皇與教會。」

他停下來讓他們有時間了解其中含意——賽傑感覺自己被提升到超乎尋常的世界。然後氣氛突然改變，歐洛夫教官說出下面的話：「你們每個人都必須通過入門儀式。也許看起來很殘酷，但很有用。你們要準備承受痛苦與傷害，每個人都要選擇是被刀割——會有很深的傷口，或用鐵鎚重擊手臂——可能會打斷骨頭。」

「你先，伊凡諾夫同學，」他宣布。「其他人跟在後面。」賽傑往前一步，因為遲疑而沒有開口。面臨兩個痛苦的選擇，孰優孰劣？

「如何？」哥薩克佬說。他的聲音低沉、有耐心——也很堅持。「要選哪一個？」

賽傑又想了一會兒。然後他說：「我選擇刀割。」

說時遲那時快，不帶任何快感或惡意地，亞歷西持刀劃開他的手臂。一剎那間，賽傑沒感覺到疼痛——只是震驚地看著他的手臂皮膚分開，露出薄薄一層白色脂肪。然後傷口湧出鮮血，深沉而脈動的疼痛出現，血流下他的手臂，滴到地上。

「你們兩個，」亞歷西說，指著兩個高年級生。「我要你們一個去縫合伊凡諾夫同學的傷口，另一個進行野戰包紮。要做得乾淨——很快就會輪到你們。」他指著一張桌子，上面放了各種紗布、夾板與藥物。老護士卡琳娜站在一邊監督。她要賽傑喝下兩小杯伏特加來止痛。他照著做了。還想喝第三杯，但他說不出口。

護士灑了藥粉在傷口上，然後扶著他的手臂，看著高年級生笨拙地用一根彎針縫合他的皮膚。賽傑轉頭不看，咬緊牙齒，努力在每次針刺穿皮膚時不要喘息或哭出來。脈動的疼痛更劇烈，針刺讓他的身體縮起來，但他堅持著，讓亞格金尼學長拉起細麻繩，把傷口邊緣緊緊縫合。過了有如永恆的幾分鐘，賽傑的傷口被包紮起來，劇痛消退成深沉而持續的痛。

「你是個勇敢的孩子。」她說。他幾乎沒聽到，因為幾公尺外正在繼續進行考驗。至少他已經度過最糟的部分。

現在每個學生都有如著魔般專注看著，下一個男孩因為看到賽傑流血，所以選擇鐵鎚。亞歷西用鐵鎚擊中他時，他慘叫一聲，嗚咽著，但沒有昏倒。他們都聽到了斷裂聲，但不確定是哪根骨頭。學生急促地喘氣，非常痛苦。另外兩個學生為他固定夾板，其他學生都在觀看。

他們繼續下去，有些人選擇刀子，有些人選擇鐵鎚。安德魯討厭血，選擇了鐵鎚。他哭叫了出來，但結束後就振作起來。柴可耶夫選擇刀子，毫不退縮。事實上，他全程面帶微笑。

一個學生拒絕接受考驗。亞歷西客氣地請他回到波迪諾夫的班上。不久之後，十一個接受疼痛洗禮的學生留下來，在醫療站排著隊。他們大部分都喝了伏特加，而且就像賽傑一樣，還想喝更多。

最後亞歷西把他們全召集在一起，以非常正式與尊重的態度對他們說話，彷彿他們都剛跨越一道鴻溝，跟其他學生已迥然不同：「有時光用語言無法傳授。你們每個人都承受了創傷，如同在戰場上一樣。傷口會癒合。在此同時，向你們的身體學習。用意志力讓自己更快癒合。繼續做該做的事，不要在意傷勢，就像在戰場上一樣。

「這不是輕鬆的練習，」他繼續說，「我不喜歡造成傷害。但這是必要的。現在你們都體驗到了些許程度的痛苦。你們身為軍人，必要時也會施加這樣的痛苦在敵人身上。這是戰爭的醜陋現實。永遠不要忘記，傷害十個人要比殺死一個人更好。傷者需要照料，會拖慢敵人。而我告訴你們這個，還有更高層次的理由。

「傷口會痊癒，軍人會回到家中，但死亡是永久的，對手的靈魂會讓你的良心深深不安。所以只有在別無選擇時，才殺死敵人。現在回到你們的寢室，等待下一堂課，並且好好想想我說的。」

學生們都得到一條兩側飾有紅帶的長褲，就像軍官穿的一樣。這十一人走回各自的營房時，賽傑感覺到一股特殊的同志情誼，因為共同經歷了痛苦的課程而形成。只有柴可耶夫自己一個人，走在其他人前面。

一位高年級生從教官那裡偷了一瓶伏特加，這是很大膽的舉動。現在，為了表達信任與勇氣，他把酒與其他人分享。他們傳遞著酒瓶，賽傑喝醉了，感覺很好玩，又很難受。後來他還想喝更多，但瓶子已經見底了。然後賽傑想起父親酗酒至死，他不知道這是否是一種遺傳。

他的傷口在數週後痊癒，但留下一道疤提醒著他，那一天他成為了菁英之一。

不久之後，他們這個特殊小組必須經歷七天絕食，並且最後兩天連水都不喝。歐洛夫教官說，這個訓練有多重目的。「首先，」他說，「你們會克服沒東西吃的恐懼，萬一你們在戰爭中補給斷了，就比較不會在意有沒有食物。其次，偶爾的禁食可以淨化身體，強化內臟。」

「第三，」一個學生小聲說，「我們不吃東西可以幫學校省錢。」有些學生努力忍住笑意。但到了第一天結束時，沒人笑得出來。他們都餓壞了，第二天精神也不好，又有一個學生退出，剩下十個。在這段時間，他們分派到更多工作與訓練——沒吃東西不能當成休息或偷懶的藉口。

在這七天中，賽傑與其他學生體驗到虛弱不堪與一種輕快的能量交替出現。最後兩天不喝水最難熬。他們以淨化儀式來結束禁食，就像第二次洗禮。「你們透過菁英訓練成為菁英軍人，」亞歷西提醒他們。「將來有一天，你們有些人能夠從軍人變成戰士，就像古代的三百名斯巴達戰士，死守溫泉關三天，對抗來襲的三十萬波斯大軍。」

「他們後來怎麼了？」一個男孩問。

「全死了。」哥薩克佬說。

· 9 ·

賽傑感覺一切都變快了——他的思想、慾望、心靈與身體。他搬進了男人的營房，十九歲的柴可耶夫是那裡的高年級生。此時，賽傑繼續跟隨亞歷西學習槍械、偽裝、戰地醫療、冬季野外求生與徒手搏鬥。

數週後，菁英教官宣布：「今天我們要練習絞技與逃脫。你的伙伴會試著勒住你，你要盡力逃脫，但不要讓你的同學受傷。探索各種可能性，試試看哪些方法管用、哪些不管用。當你勒住你的伙伴時，他無法開口說話，所以他可以拍擊大腿來示意你立刻鬆開，不然他就會昏過去……要是你勒得太久，可能會讓他送命。所以你的伙伴如果拍擊大腿，就不要再勒住他！」

那天快結束時，柴可耶夫選擇賽傑當練習伙伴。柴可耶夫的手臂扣住賽傑脖子，他無法呼吸，無法說話。柴可耶夫越勒越緊，賽傑感覺腦袋快要爆炸，眼前出現黑點。他拍打大腿一次，再一次；他被吸入恐慌的漩渦裡，黑暗從四周襲來……

柴可耶夫終於鬆開了他。賽傑半昏迷地倒坐在地。他抬頭看到柴可耶夫瞪著他。「你脖子上的是什麼？」這個高年級生問。

「沒、沒什麼。」賽傑回答，很氣惱自己忘記拿下項鍊。一時疏忽，就要付出慘重代價。

「給我看看。」柴可耶夫隨意地說。

柴可耶夫提出要求的方式，會讓人覺得拒絕他是不合理，甚至愚蠢。賽傑差點就要拿下項鍊給他，然後他恢復了神智。「不行，」他說。「我不想給別人看。」柴可耶夫聳聳肩走開，去找另一個學生練習。

亞歷西講了幾句話之後，就下課走了。學生大多離開練習室，只剩下幾個繼續練習。賽傑很想要一個人獨處，所以他準備跟著其他人離開。這時他聽到柴可耶夫冰冷的聲音在身後響起，「現在你可以給我看看你的小寶物了。」

賽傑立刻知道柴可耶夫不僅想要看，更想要搶走。「我說過，我不想給別人看。」

賽傑轉身離開，柴可耶夫的右手臂扣住他的脖子，另一手鎖住他的後腦。賽傑努力讓自己不要驚慌，保持呼吸，但是他無法呼吸，只感覺到疼痛壓迫著他的腦袋。在昏暗中，他看到了幾個正在離去的學生，他們只是朝他的方向看一眼就走了，以為他們還在練習。但這不是練習——柴可耶夫會殺了他。

在他逐漸喪失意識之際，賽傑體驗到短暫的預兆，看到自己的身體毫無生氣地躺在地板上。然後一片黑暗。

他醒來時，柴可耶夫不見了。項鍊也不見了。從那一刻起，賽傑無時無刻不想著拿回來。柴可耶夫不可以、也不應該偷走賽傑與父母唯一的聯繫。

他們兩個要幾天後才會一起練習。所以賽傑尋遍了高年級生的營房、操場以及柴可耶夫抽煙與喝酒的教室後面——但都沒有找到他。

賽傑的專注力受到了影響；他一心只想拿回屬於他的東西。

三天後，他找到了柴可耶夫，直接面對他。「還給我！」賽傑叫道，腹中燃燒著一股烈火。

其他幾個學生圍繞著他們，準備看一場好戲。

「還給你什麼？」柴可耶夫平靜地說，顯然樂在其中。

「你知道是什麼。」

柴可耶夫露出那可惡的微笑。「喔，你是說你脖子上那串小女孩項鍊？」

「現在就還給我！」他咆哮道。

「我說過……不在我這裡。」

「你說謊！」

柴可耶夫看著他，彷彿在觀察一隻蟲子，沒想到這個小他四歲的好學生賽傑竟敢如此囂張，這倒有趣了。然而，這孩子必須受到懲罰——

賽傑踢出一腳，柴可耶夫沒有提防，膝蓋被踢向一側。柴可耶夫讓膝蓋順勢移動，然後身體扭過來卡住賽傑的腳，把賽傑壓倒在地。接著，這個粗壯的高年級生跨坐在賽傑的胸膛之上，開始有規律地揍他的臉。

賽傑舉手防衛如雨點般落下的拳頭，設法還擊了一次，還用手指戳了柴可耶夫的眼睛，讓他怒不可遏。

這時候波迪諾夫出現，把他們拉開。但柴可耶夫已經打斷賽傑的鼻樑，打鬆了幾顆牙齒，並打裂了他的顴骨，讓他住進了醫護室。

第二天，賽傑的眼睛腫得幾乎睜不開，但他還是看到安德魯跪在床邊。安德魯很興奮地小聲報告：「柴可耶夫的眼睛有個黑輪，走路也一拐一拐的。你這樣子很勇敢，但也很笨，賽傑。我聽到柴可耶夫告訴其他高年級生，說如果你再惹他，你會遭遇嚴重的意外。

「不僅如此，聽說有其他學生看到柴可耶夫下課後把你勒昏，搶走了項鍊。教官們也聽說了。」安德魯說，露出微笑。「波迪諾夫要求柴可耶夫交還項鍊，但柴可耶夫堅持說他沒有拿。他們知道他可能說謊，但沒有人能證明，沒有學生敢站出來指控他。現在柴可耶夫必須在下課時待在禁閉室，直到你離開醫護室。他像其他學生一樣被懲罰；大家都知道了。有人說他會被開除。」

然後安德魯的興奮消失了。「我覺得你樹立了一個很壞的敵人，賽傑。但我會挺你。」

「我知道。我也會挺你。」賽傑設法回答。他並不開心柴可耶夫受罰或被指責。這樣只會使情況更糟：現在他絕不會把項鍊還給他了。

賽傑那一天幾乎都在睡覺或做白日夢。晚上他從沉睡中醒來，竟然看到哥薩克佬亞歷西站在床邊的陰影中。他不是穿著學校的制服，而是哥薩克服裝——就像多年前他第一次現身，騎馬帶來沙皇亞歷山大二世的死訊那時一樣。一瞬間，賽傑以為他看到了幽靈。

然後亞歷西開口說話了，賽傑才知道自己不是在做夢。「練習憋住呼吸，這樣你就不會擔心無法呼吸。昏倒並不是因為缺乏空氣，而是壓力造成血液中斷。如果下次你又被勒住，」他低聲說，「就完全放鬆自己——這樣可以多給你二十到三十秒的時間。」

亞歷西抬頭望向遠處，彷彿搜尋適切的字眼。「生命是艱苦的，賽傑，所以你要更堅強。但也要記住，柔軟可以勝過剛強。滴水可以穿石，需要的只是時間。你所需要的只是更多時間……」

亞歷西又說：「你對抗迪米崔．柴可耶夫的行為很勇敢。你父親也是個勇敢的人。他是個很好的人，你也會跟他一樣……但我不認為你的使命是成為一個軍人。」

聽到最後一句話，賽傑感到深深的失望，但這時候亞歷西對他微笑，那是個朋友般的微笑。賽傑來不及說話，或謝謝哥薩克佬的指點，亞歷西．歐洛夫就隱入陰影之中離開了。

第二天早上，安德魯來到賽傑床邊，帶來了消息：「哥薩克佬亞歷西走了！他必須立刻回皇宮報到，天亮前就走了。波迪諾夫教官會繼續訓練我們。總教官伊凡諾夫轉達了歐洛夫教官的道別跟祝福。他說，『這就是軍人的生活。人們來來去去。同袍可能在戰場上就這麼死在我們身旁——但我們必須繼續戰鬥，不容任何閃失。』然後他就叫我們解散，到下午之前都不用集合，所以我能過來看你。」安德魯停了一下。「你知道，我想總教官會想念歐洛夫教官。」

我會比他更想念歐洛夫教官，賽傑心想。

・10・

一八八八年一月一個寒冷的日子裡，賽傑離開了醫護室。他還是想要拿回項鍊——他思考著要怎麼做。他明白再與柴可耶夫起衝突根本無濟於事；如果他再挑戰柴可耶夫，可能會再慘遭痛毆。或者運氣好的話，可能可以打傷柴可耶夫。但不論如何，柴可耶夫都不會告訴他項鍊藏在哪裡。

最聰明的方法，就是靜觀其變。正如亞歷西所說的，有些事情需要時間與耐心。不過他不會就此遺忘。賽傑知道自己樹立了一個強敵。但是，柴可耶夫也是。

從亞歷西來看他的那個晚上後，賽傑一部分的奉獻熱忱就跟著這個哥薩克人離去了。現在他感覺到一種疏離，而且越來越強烈——彷彿他是個旁觀者，而不是周遭生活的參與者。

接下來幾個月，他獨處的時間更多了，安靜地待在他叔父的圖書館中。他會轉動書桌上的地球儀，讓手指在東西南北四處游移。

春天融雪後不久，賽傑坐在圖書館中，讀著蘇格拉底的對話錄。突然，奇怪的事情發生了：不知來自何處，一幅清晰的影像出現在他心中——一張好像是用斧頭劈出來的臉，鼻子好像剛被打斷，臉頰與下巴都是鬍鬚，頭髮粗而捲。但這張臉有著力量與道德感，眼神讓賽傑想起打雷與閃電。

然後賽傑聽到這些話：「我不是雅典或希臘的公民，而是世界公民……」一剎那間，賽傑明白這個影像正是蘇格拉底本人。幽靈又說了六個字，然後消失不見：「新世界……去西方……」

然後一切寂靜下來。賽傑回到了叔父在軍校的圖書館。他不知道發生了什麼事，也不知道為何發生。他不相信希臘哲學家的靈魂真的來找他，跟他說話。畢竟，那些話不是希臘語，而是他自己的語言。那些話來自其他地方……什麼新世界？去西方的哪裡？賽傑想起多年前他跟安德魯剛認識時，他曾說：「我不是出生在俄國，而是在西方，越過海洋……一個叫美國的地方。」

也許我自己的腦袋創造了這張臉，想出了這些話。但是為什麼？賽傑想。他又翻了一下書，希望影像再出現。最後他把書放回架上，轉身要離開，這時一樣東西吸引了他的目光——有一封信放在他叔父的桌上。賽傑好奇地偷看了一下：

通知

致涅瓦斯基軍校總教官瓦德米爾．波瑞索維奇．伊凡諾夫：

一週後，一隊士兵將經過貴校，前往南方到囤墾區進行猶太人任務。所有高年級生與菁英生都將加入該部隊參與任務，為期三個月。此任務經驗將讓貴校學生對未來的職責有所準備。請提醒他們，一切行動都是為了沙皇、神聖教會，與祖國俄羅斯。

任務指揮官　瓦希里．亞歷山卓維奇．阿提莫夫猶太人任務。這個字眼讓賽傑不寒而慄。身為菁英學生的一員，他可能必須去騷擾無辜人民——像他外祖父那樣的人，或亞伯莫維奇一家人。燒焦小屋的影像再次浮現，還有死亡的惡臭……

他不要這樣做。就算是為了叔父也不行，為了沙皇也不行。

賽傑來到了十字路口，而他的選擇很清楚。他應該要消失在黑夜中。他會去聖彼得堡，尋找他外祖父留給他的禮物。這個埋藏的寶物也許有足夠的價值，能讓賽傑買票搭上大型蒸汽船。然後他會去美國，美國不會有人派士兵去殺人，只因為對方是猶太人。

這個決定深入他心中。他思考著接下來會發生的事：他們一定會展開搜索，所以他必須迅速行動，走得越遠越好。他永遠無法回來。賽傑感到內疚，他想到父親決定送他來這裡受教育，而叔父願意收容他，給他一個棲身之所以及一種生活方式，他卻要背棄他們。他無法再接受這種生活。他不僅是父親的兒子，也是母親的兒子。現在，母親的血液在呼喚他。

賽傑覺得自己彷彿又來到了那個要從樹上跳到公鹿身上的時刻。他不知道未來會如何，但至少是他自己選擇的未來。

下定決心之後，他知道自己必須趕快啟程——就在當天晚上。但他必須給他叔父寫一封信。他欠叔父一個解釋。賽傑從叔父桌上拿了一張白紙、一支墨水筆，寫道：

親愛的伊凡諾夫總教官：

我很抱歉就這樣離去。我必須去尋找另一種生活。我拿了一張地圖、一個指南針，與旅程需要的一些用品。

在您的照顧下，我變得更堅強，也學到了許多。有一天我希望能讓您驕傲。我相信您有一顆慈善與寬容的心。我希望我能有機會更認識您。

我將永遠記得您，並為您祈禱。

賽傑在信末署了名，折起來，放進口袋裡。離開辦公室前，他迅速找到他想要的東西：一張可能有用的地圖，並從檔案櫃中找到他的卷宗，拿走了裡頭的一些文件。

❦

那天晚上，賽傑沒有換衣服就上床。他的背包裝了他能找到的必需用品，包括那些文件，用油布包起來。他從廚房偷拿了一些乾糧，還有一把獵刀、用途很多的小軍用鏟，以及釣魚線、地圖、指南針。

晚餐時，賽傑環顧四周，在心中向安德魯和其他同學道別。就寢前，他走到營房窗戶，望著中央操場，看到了童年的自己，第一次騎馬時死命抓著鬃毛的模樣。

熄燈後，他假裝睡著，直到熟悉的鼾聲響起；然後他把給叔父的信放在枕頭下。很快就有人會找到，叔父會派出最厲害的學生來追蹤，甚至會派出教官。但他們不會找到他；學校把他訓練得太好了。

他在心裡重溫逃脫計畫。首先他要繞過哨兵——他很清楚他們的排班。上一次的冷水浴時，他注意到淺水中有一截大樹幹……

§

賽傑突然驚醒。幾點了？他想。我睡過頭了嗎？他溜下床，從窗口看到月亮還在往上爬，快要抵達天頂。時間到了。他拿起背包，無聲無息地走出寢室，光著腳，拿著靴子，像影子一樣沿著牆壁行走，避免在樓梯間發出任何聲響。他穿過長廊，看到叔父辦公室門下有光線透出。他通過老橡木門，走下石階。穿上靴子後，他快速通過地道。地道是一百公尺長的緩坡，通過主建築與操場的下方。

賽傑的心臟激烈跳動，終於來到湖邊的月光中。他慢慢關上大鐵門。水面拍打岸邊發出聲響，聽起來比平常來得大聲，因為周遭一切寂靜無聲。遠處一隻水鳥鳴唱著，振翅越過水面。賽傑孑然一身站在黑夜之中，鳥鳴牽動了他憂愁的心。

賽傑深吸一口氣，朝他發現樹幹的地方走去。那根樹幹不見了。他的靴子踩在水中發出聲音，他往上風處走，在蘆葦和與腰齊高的草叢中尋找樹幹。

在濃霧的掩護下，賽傑跪在蘆葦之中，終於看到了樹幹。但樹幹現在似乎吸滿了水，浮不起來了……

此時賽傑聽到附近有腳步聲。他蹲著，靜止不動，透過草叢觀察。眼前出現的人讓他的膽汁幾乎要從喉嚨冒出來。是柴可耶夫，那個惡霸、暴君、小偷。他在跟蹤我嗎？或只是個詭異的巧合？

柴可耶夫也帶著背包，往前凝視著霧，似乎在尋找某物……或某人。賽傑只有很短的時間可以決定要繼續躲藏，讓他過去，或挺身面對他。第一個選擇似乎比較聰明；他可以避免衝突，不敗露行蹤。但這樣就永遠無法知道柴可耶夫的意圖了。賽傑權衡著要謹慎行事還是滿足好奇心，而柴可耶夫越來越靠近了。月光照到柴可耶夫的脖子，賽傑瞥見些微反光。他決定了，站起來低聲喊道：「迪米崔．柴可耶夫！」音量剛好讓對方聽得到。

柴可耶夫猛然轉頭，但似乎不驚訝。「喲，」他說。「出來享受夜晚的空氣？」

賽傑瞪著這個鬼魅般的臉孔，往前跨出。「把項鍊還我，然後你就走吧——我不會干涉你要去哪裡。」他沒想到自己發出的音量稍微大了些，但應該不會在霧中傳太遠。

柴可耶夫搖著頭，好像很失望。「好學生賽傑……你還想挨揍嗎？」

打鬥會引起哨兵注意——所以他們陷入了僵局。賽傑心中閃過幾個念頭：兩個學生在同一晚失蹤，其他人會怎麼想？他叔父會認為他們是一夥的嗎？不太可能。他們可能會提出任何猜測……

這時他想起了寫給叔父的信。對，至少總教官會知道——

柴可耶夫彷彿讀到了賽傑的心思。他從襯衫拿出一張折好的紙，諷刺地說：「寫這麼好的道別信給你叔父伊凡諾夫啊。」一邊說邊露出那令人厭惡的微笑。賽傑感覺血液衝上腦門，看著柴可耶夫慢慢把信撕成碎片，丟到沖刷著他們靴子的湖水之中。

看著賽傑的表情，柴可耶夫說：「你應該知道我到處都有眼線，伊凡諾夫。你怎麼會這麼笨？」

項鍊，賽傑告訴自己，專心想著項鍊——其他的事情賽傑已愛莫能助。「把項鍊給我，我就不會驚動哨兵。」他說。

「叫啊，」柴可耶夫回答。「像殺豬一樣叫我也不在乎。」

「你確定我不敢？」

「我說了——儘管叫吧。」

賽傑在腦中尋找對策。「那項鍊給你。我只要我父母的照片，迪米崔。給我照片，事情就這麼算了。」

之後的沉默讓賽傑知道答案。他對柴可耶夫的肚子踢出一腳，踢中了高年級生的腹部；賽傑聽到空氣被擠出來的聲音，看到他彎下了腰。賽傑接著用膝蓋撞他的頭，但柴可耶夫閃開了，賽傑失去了平衡。柴可耶夫趁機勒住賽傑的脖子。賽傑非常強烈地感覺到，柴可耶夫這次是真的打算殺死他。

一陣恐慌襲來，然而隨後是一股冷靜的清明。賽傑一開始馬上想到用下巴夾住柴可耶夫的手臂，然後迅速往前彎腰來甩開對手，但柴可耶夫已調整重心，賽傑知道他早預料到這一招。所以他採取意想不到的作法，把頭轉到柴可耶夫的手肘中。這無異犯了一個錯誤，柴可耶夫自然知道，立刻抓住機會，但他不知道賽傑並不在乎無法呼吸，因為現在賽傑能夠閉氣超過兩分鐘。只要賽傑放鬆自己，就可以爭取到時間……

他感覺到那熟悉的壓力，看到眼前出現黑點。他假裝掙扎一會兒，盡可能撐著，然後就完全癱軟下來，好像昏倒了。現在柴可耶夫如果不放開他，就得繼續擔負著他的整個重量。裝死可以為賽傑爭取到寶貴的幾秒鐘。更多黑點出現。如果柴可耶夫不趕快放開他——

柴可耶夫突然放手，賽傑往後倒在泥濘中。他躺在地上，眼睛仍然閉著，感覺對手站在他上方，兩隻腳就在他的腦袋兩側。他裝死一秒鐘……兩秒鐘……三秒鐘……然後以爆發性的速度，同時抓住對手的兩個腳踝。他把雙腳縮到胸前，一隻腳往上踢，正中柴可耶夫的下體。很結實的一擊。柴可耶夫發出了又像呻吟、又像怒吼的聲音，倒在地上無法動彈。

柴可耶夫對著泥地嘔吐，賽傑扭身站起。他抓起一根粗短的、滿是青苔的木棒，猛力一揮，重擊柴可耶夫的臉側，打昏了他。他再次舉起木棒，高舉過頭，準備打碎這個混蛋的腦袋。此時，心裡有個聲音阻止了他。

賽傑與自己的衝動掙扎，用意志力命令自己丟下木棒。帶著滿懷未消的怒氣，他抓起柴可耶夫的背包，使盡全力遠遠丟進湖中。背包在遠方落水，濺起了水花，遠方傳來的聲響不會比鴨子落水更大聲。

柴可耶夫可能很快就會醒來，賽傑心想。他跪下來，迅速取下掛在柴可耶夫頸上的項鍊。賽傑把項鍊戴好，拿起背包準備離開。他看了柴可耶夫最後一眼——躺在那裡，一動也不動。賽傑沒看到他的胸口有任何起伏。這時賽傑的腦海中冒出一個問題：我殺了他了嗎？

賽傑打得很用力，有可能太用力了。雖然月光黯淡，霧氣瀰漫，但他還是可以看到柴可耶夫腦袋上的深色血跡，還有他的眼睛，半睜半闔地望著前方，了無生氣。賽傑把手放在他的脖子上，沒有脈搏。

賽傑顫抖了一下，接著後退離開屍體。快走，快走，快走——他告訴自己。他溜進蘆葦中，因為絕望而產生一股力量讓他把大樹幹拖到了水中。還浮得起來。賽傑把背包緊緊繫好，跨坐著趴在樹幹上，準備出發。四肢冷得發麻，讓他暫時沒有雜念。他小心地保持平衡，耳中只聽得到微微攪動的水聲，開始划水離開湖邊。只要一分心就會整個人翻進湖中。

他划進濃霧中。現在哨兵完全看不到他，他也看不到湖邊。如果他划得太遠，可能會永遠迷失在冰冷的水中。泡在冰冷的湖水中才短暫的時間，就已經讓他冷得無法控制地顫抖了，更別提他所犯下的駭人罪行。

我殺了柴可耶夫。我不再只是逃學，還是個逃犯，他想。雖然那是意外，但已不重要了。那看起來根本不像意外。大家都知道我為了項鍊跟柴可耶夫結下樑子。

他想要回去解釋——但解釋什麼呢？他逃學，柴可耶夫也逃學，剛好碰上？誰會相信呢？賽傑寫給叔父的信也許能證明他所言屬實，但信已經被撕掉了。沒有證據，也沒有能讓他叔父接受的理由。事情已經發生了。柴可耶夫死了，賽傑一輩子都要承擔這件事。

・11・

賽傑差點跌進冰水中，這讓他的心神恢復了清明。過去已經拋在身後了，我必須專注於此刻，賽傑心想。他划水離開涅瓦斯基軍校，盡全力對抗刺骨的寒冷。他努力喘息著，目前的處境讓他幾乎快要無法承受。

再幾分鐘，然後就上岸……

賽傑的目標是流入庫格羅葉湖的一個溪口，在學校東邊六百公尺處。他估計自己已經划了六百公尺左右，於是他划到淺水區，離開浮木，涉水走過及腰的湖水、泥巴與蘆葦，來到岸上。賽傑顫抖著，牙齒互相撞擊，很高興終於離開冰冷的湖水，踏上堅實的土地。他小心謹慎地走過布滿岩石的地面。

賽傑沿著湖岸又快步朝東走了一百公尺，他的血液開始暖和起來。他開始擔心是不是已經錯過了溪口。他停下來仔細傾聽，聽到了前方的流水聲。賽傑手腳並用爬過了草叢，溪口出現在眼前。

賽傑涉水越過淺淺的溪床，朝南走了一百公尺，來到一個岩石區。岩石不會留下足跡，所以他往後踏著原來的足印回到溪床，留下一道假足跡，以防萬一，而他實際上繼續往上游走，然後轉向東。追蹤他的人只能猜測他的方向。

如果他只是逃學，他們很快就會放棄搜索。但現在情況不變：柴可耶夫的死亡意味著他不能去聖彼得堡了；他們會通知當地的警方。他必須等鋒頭過了才能去找外祖父的寶藏；去美國的旅程也是一樣。可能要等一年，兩年，或更久……

現在他必須逃到南邊遠方的山中，拋下他的追蹤者，以及迪米崔．柴可耶夫的鬼魂。

賽傑繞回到了距離學校一千公尺的地方，然後又轉向東方，再朝南穿過樹林，進入山區。他聽到遠處的狼嚎，繼續在黑夜中前進，只要月光與地形許可就用跑的。

他有次聽說蒙古人或西藏人可以跑數百公里，甚至在黑暗的崎嶇地形也能奔跑，而且其間抬頭看著天空。賽傑的雙眼不是望著天空，而是看向正前方，在黑暗的濃霧中奔跑。

他希望黎明的到來能照亮樹林中的小徑，也能照亮他的生命。怎麼會變成這樣？他自問。七個小時之前，一切都很好；生活不過是一連串的例行公事。我是個菁英學生，教官們與同學都很佩服我。現在一切都不同了。我是下了這輩子最好的決定，還是鑄下了大錯？這不是錯誤，他暗自決定。我做了我必須做的。

另一個選擇——執行猶太人任務，後果是難以想像的。但是他沒有計劃留下一具屍體。幾小時之後學校就會開始找人。他要趕快進入遙遠的喬治亞山脈，就在南方一千兩百公里處。

他會在那裡找到安全的藏身處。

賽傑的旅程就這樣開始了，那是一八八八年的春天。他沿著克利亞濟馬河往東邊與南邊移動。

逃亡剛開始的日子裡，他經常忍不住回頭確認，遭到追捕的感覺折磨著他。他每個夜晚都在對抗夢中的陰影；每個早晨則浸在河水裡，洗淨夜晚的感覺。他在下午紮營，尋找或建造掩護處，然後狩獵、釣魚或找野菜，視需要而定。

數週後，賽傑來到了伏爾加河。他在河邊樹叢中找到一艘廢棄的小船，平底的，有一些裂縫。他用樹脂補好裂縫，不久後便划著小船往下游而去。

時間流逝，賽傑用划槳的節奏來計算日子。生活逐漸與河水融合，似乎會持續到永恆。日子較暖的時候，他會躍入清澈的河水洗澡，繩子綁著他的腳踝，另一端繫在小船上。賽傑讓河水洗淨汗水，舒緩他灼熱起水泡的手掌，然後爬回小船，躺在陽光下，讓小船漂流在越來越寬的河面上，身邊景色不斷改變。

白日逐漸變長，賽傑的肩膀被曬成古銅色。有些日子他只吃一點東西，或什麼都沒吃；有些時候他又吃得很飽。他用河邊的長竹子做了一根簡單的矛，然後用有彈性的紫杉樹枝做了一把弓，粗蘆葦加上鵪鶉羽毛做成箭；箭頭用磨利的石頭製成，射得穿牛皮。他用弓箭來獵野兔——用矛可獵不到牠們。

就這樣，夏季與初秋過去了。賽傑沿著河航行了一千公里，直到裡海，然後繼續沿著海岸朝南。大約在馬哈奇卡拉以南一百公里處，他不情願地放棄小船，開始徒步，朝西走向喬治亞的高加索山脈。

賽傑朝西南走向山脈時，偶爾會看到哥薩克人駐守的堡壘。賽傑猜想柴可耶夫的死訊應該不會傳到這麼遠，但他無法忘記自己是個逃犯，決心避開任何軍人。他要在高山上躲一兩年來等候時機，也許要躲更久，直到他可以安全回到聖彼得堡，說不定還能找到外祖父所埋藏的寶物。

賽傑只有一次違反了自己的決心。在秋天剛變冷的日子，伴隨著季節而來的孤獨感浮上心頭，驅使他冒險經過一個平民哥薩克農莊。他望著煙霧從溫暖的火爐升起，視線跟隨一個年輕女子回到她的小屋。她瞄了他一眼，點頭微笑，激起了他想要融入群體、找到一個家的渴望。賽傑從來沒有跟女性相處的經驗，也很渴望異性。他心想，不知道是否有一天能擁有自己的家庭。

他花了數週時間上山。高地的冬天會很冷，但高山能提供他需要的孤絕。

他尋找能久留的營地，好在寒冷的天候中得到庇護。秋天快結束之際，他找到了理想的營地：一個距離瀑布不遠的山洞，河裡有鮭魚與鱒魚，不遠處還有一個水獺築的水壩。他搭了一面堅固的斜牆擋住洞口，斜牆上有個開口正對著下方的火堆，牆面塗了厚厚一層黏土，好阻擋風雪。在小溪凍結、獵物變得稀少之前，他盡力狩獵，並且曬乾獵物，再加上之後可以從冰下釣魚，他應該能撐到春天融雪。

天氣晴朗時，賽傑便探索附近環境，獵捕他能找到的食物，但大多時候，他像熊一樣冬眠、做夢。外面起風時，他就躲在洞穴中。他縫了一件毛皮大衣，也做了毛皮手套，保護雙手不被凍傷，還在舊靴子裡面墊了毛皮。

幾乎每天早上，賽傑都會光著身體用雪來擦拭，然後運動保持活力。之後他會溜回洞穴裡的毛皮之中。這是個漫長的孤獨冬季。

一八八九年的春天終於來了。賽傑看到一隻熊帶著小熊來到洞穴下方的草原。黃昏時，他看到一隻害羞的豹子像影子般安靜地穿過雪坡。他很少大聲說話——偶爾說話只是為了確定自己還有聲音。但有時他會學習鳥鳴，晚上則跟著狼群一起嚎叫。

他的山上隱居生活就這樣進入第二年。秋季又到了，一天早上，賽傑突然領悟到，他的世界變成了什麼模樣——他已經不再屬於某個學校、某個社會、某個宗教、某個團體，甚至某個文化。他是個野人了。他去池塘邊喝水，看到自己長滿鬍鬚的倒影，那張曬黑的臉，他幾乎認不出來。他的眼神也改變了，變得比較深沉。他才十八歲，但已經看到一張成年人的臉、一個高山流浪者的臉。

他曾經是大自然的訪客，現在成為了大自然的一部分。

一八九一年春天，賽傑的逃亡生活已經持續了將近三年。一天，他穿過一道狹窄的山谷時，瞇眼注視著上升的太陽。垂直的山壁相隔僅四公尺，形成狹長的通道。他小心踏過因為降雨而濕滑的石頭。環境已經將他的感官打磨得很敏銳，但顯然還不夠：他繞過路上一塊大石頭，然後差點撞上一隻巨熊——他從沒看過這麼大的熊。

熊背對著他，但沒多久就轉過身子，嗅著空氣中的氣味，賽傑趕快後退離開，同時腦中思索著對策。熊剛結束冬眠從洞穴出來，睡得飽飽但飢腸轆轆，不會把賽傑當成一個人，而是一頓美食。

賽傑不知道即將讓自己喪命的到底是母熊還是公熊。當這頭動物聳立在他面前時，是公是母似乎不重要了。許多事情同時發生：熊四肢著地，朝賽傑衝來；賽傑脫下背包，丟到地上，迅速爬上最近的岩壁。他從不知道自己攀岩能夠如此神速，也從沒聽聞過任何人有相同紀錄。

丟下背包為他爭取了寶貴的幾秒鐘，快速地攀岩救了他的命——至少目前性命無虞。他攀附在岩壁上，熊剛好搆不到他。

熊將前腳往上伸，利爪距離他的靴子只有幾公分。賽傑的腳劇烈顫抖，幾乎要失足。挫敗的熊踱著步咆哮，然後扯開他的背包嗅聞，但沒找到食物。接著熊緩步離開，消失在狹窄山道的另一端。賽傑往下爬了幾步，傾聽著，然後一躍而下。他重重地落在地上，然後立刻站起來。他往後瞄了一眼，迅速抓起被扯破的背包、獵刀、鏟子與其他重要物品，馬上飛奔離開。

他知道如果熊回來，一定會追上他；這個想法讓他爆發出飛奔的速度，衝下崎嶇的山路。到了下午，賽傑停下來休息。他坐在一塊岩石下方，整理背包的東西與被扯破的毯子。他生了兩堆火，一左一右來取暖。稍後他開始回想這次瀕死的遭遇時，才明白自己差點慘死。這個事件以言語無法表達的方式讓他知道，生命的價值以及生命所象徵的機會。

那天晚上，他陷入焦慮不安的睡夢中。夢中重演他與熊的狹路相逢，然後熊的數量增加，變成兩隻，三隻，接著變成人類在草原上漫遊獵殺，燒毀村莊……然後是燒焦的亞伯莫維奇木屋，無辜的人民哭喊著，騎在馬上的掠食者拿著皮鞭與長刀將村民擊倒在地……

破曉的陽光照亮了厄爾布魯士山的雪峰，賽傑來到溪邊梳洗，清醒頭腦。

不久之後，他開始朝北的長途旅程，離開山脈，穿過烏克蘭。現在是回到聖彼得堡的時候了——去尋找埋藏的財寶，然後飄洋過海，開始新生活。

第三部
得與失

從一開始，
愛就是我失敗的原因……
但愛也帶來了救贖。

——摘自蘇格拉底的日記

・12・

賽傑・伊凡諾夫展開朝北的長途旅程時，一個跟他不太一樣的人，騎著偷來的馬，帶著一把哥薩克長刀，展開了另一個旅程。葛瑞哥・史塔克，擁有智者或狂熱份子的自信，想要成為一個領導者。「領袖制訂自己的法律。」他大聲說，演練著未來即將發表的演說，騎著馬穿過俄羅斯南部的頓河哥薩克地區。

他的計畫很簡單：先加入一支哥薩克部隊，最後成為領導者。小時候，他便聽人說起查波羅辛安哥薩克人——以及庫班、泰瑞克與頓河哥薩克——關於他們巧妙的戰略技巧與戰鬥技能。他也知道他們很歡迎驍勇善戰的陌生人加入。他會在這些戰士中得到一席之地；然後他會爬到他們頭上。

他們會叫他阿特曼——哥薩克人對領袖的稱呼。除了這個單純的野心之外，他還有另一個目標：趕走猶太人。他痛恨猶太人，但理由並不明確，連他自己也不知道為什麼。

葛瑞哥・史塔克不會因為不清楚自己的理由而感到困擾，除了幾乎每天晚上都在夢中折騰他的尖叫聲之外，他無所畏懼。他討厭睡覺，在清醒的時刻，葛瑞哥沒有對手；在睡夢中，他卻毫無防備。他無法逃避，躲不開夜晚淒厲的尖叫與血淋淋的影像。他四肢強壯，卻無力驅逐九歲時的恐怖回憶。在那天晚上，他失去了雙親——他們被一個怪物殺害。

葛瑞哥的父親是沙皇陸軍軍官，發生意外而跛足之後，他就開始酗酒。葛瑞哥都叫他上校，他們一家三口住在靠近基希涅夫市的一家小商店後面。

在一個寒冷的十二月夜晚，史塔克上校帶著爛醉之後的怒氣坐在家裡，如同往常一樣。他想找個理由發洩怒氣，但沒找到，直到葛瑞哥跑進來躲風雪。葛瑞哥走到火爐前坐下，安靜地削著一根蘆葦，要做成笛子。他晚上都會安靜地做笛子，避免打擾父親。

上校被葛瑞哥關門的聲音驚嚇到，於是蓄積的怒氣找到了出口。這下葛瑞哥必須逃出家門，待在風雪中等上校昏睡過去，不然就要忍受一頓毒打。

他常常被上校逮到毒打，一打起來也不是一時半刻就會罷休。每次上校用粗皮帶抽打葛瑞哥的背時，孩子的母親總是苦惱地別過視線，讓自己忙著打掃。她從來沒有干預，也不會替孩子求情。

老史塔克站起來，踉蹌走向葛瑞哥，擋住他的出路。「小混蛋，」他喃喃說，「不給你一頓打，你就不懂得聽話，你這個雜種……」

「但我是你兒子，爸爸。」孩子說。

「你自以為是而已，」上校口齒不清地說。「現在你該知道事實了。你是個猶太小鬼，你父親不要你……母親跑掉了，天知道她是不是死了……」上校胡亂解開皮帶，「來挨打吧！我才不要什麼死小孩……老婆說可以幫忙做家事……髒猶太人……早就知道……沒有用的東西……廢物……你欠我們——」

上校這番話永遠沒有機會再繼續說下去了。聽到這些話，葛瑞哥得知了自己是猶太人，於是他轉身輕易地抓住皮帶，從父親的手中扯下來。

「滾遠一點！」葛瑞哥尖叫，使出全力攻擊；然後葛瑞哥看著自己手中的削木刀，紅色的血光閃現。上校往後踉蹌了幾步，雙眼圓睜，往後倒下，茫然地抓住桌子，打翻了椅子，腦袋重重地撞上了鑄鐵火爐。他躺在地上一動也不動，眼神空無。

葛瑞哥轉身面對母親，她睜大眼睛。「喔，我的天，我的天！」她哭叫道。

我終於得到她的注意了，葛瑞哥心想。他滿手是血。她又開始尖叫——「怪物！你這個怪物！你殺了他！」

這時怪物出現了。葛瑞哥看到一把刀深深地刺入婦人的肚子。她尖叫，叫聲穿透他全身。他又看到刀子抽出來。怪物繼續刺她，直到他筋疲力竭，她的哭聲變成呻吟，最後無聲地躺著。

葛瑞哥夢見一場火燒掉了他們的房子，火舌越竄越高，在空中閃動，上升的煙霧與落下的雪花交錯著。鄰居前來，看到廢墟與夢見這一切的孩子坐在雪中。他們收容了他。

‧13‧

仲夏時，賽傑來到猶太屯墾區的東邊——從波羅的海到黑海的俄羅斯區域——大多數猶太人奉命居住在這裡。幾週後，他就會經過莫斯科西邊往北走。現在賽傑快要十九歲了，一頭長髮，蓄著鬍鬚，再也不會有人把他跟那個整齊年輕的軍校生聯想在一起了。他現在敢走在馬路上，有時甚至會乘坐農夫或商人的馬車。

他在夏日高溫中跋涉，心中重溫著外祖父的話，以及那張記在心中的地圖，希望記憶可以引導他。十年前他把地圖記在腦海裡，知道有個寶貴的東西埋在聖彼得堡北方的一個草原，在涅瓦河的河邊，冬宮以北十公里的地方。

終於在一八九一年九月底的一個濕熱夏天午後，聖彼得堡出現在視線之中。賽傑進城，走在鵝卵石街道上。人們比較習慣看到高雅的城市人，而不是身穿鹿皮與破靴的山地人，所以大家都與他保持距離。他們的目光讓賽傑有所自覺。他很久沒有這種感覺了：他決定整理儀容，融入新環境。

看到城市人坐著馬車，點燈伕在商店外面沿街點亮街燈，這些情景提醒了賽傑，他好久沒有為了食物、衣服或住宿花上半毛錢。他的口袋連個銅板也沒，但如果他找到外祖父的禮物，也許就有辦法租個房間，洗個澡，理個髮。也許還可以做更多其他的事。

他來到了涅瓦河，距離冬宮不遠，然後朝北前進，越來越興奮。他在腦中清楚地看到地圖：河流、河岸，河岸的三面是樹林，一個X記號畫在一棵大杉樹下方。他記得那棵樹是曾曾外祖父在賀修外公小時候種的。天色越來越暗，賽傑來到城市北邊的樹林區，躺在用樹葉堆成的床上休息。這是個潮濕的夜晚。

第二天一大早，賽傑抵達冬宮北方十公里的大草原，開始尋寶。

但他沒有找到任何單獨的杉樹。一棵樹也沒看到。

就在這時候，身後一陣風——也或許是一種野外的直覺——讓他轉過身。他看到遠處有四個騎馬的人，在兩百公尺之外，正快速接近。也許沒什麼事，但是如果有人騎馬衝向一個落單的人，通常不會沒事。賽傑在曠野中無處可逃，所以他深吸一口氣，努力放輕鬆。他沒辦法不懷疑：他們還在追緝我嗎？我的警覺心呢？我是不是太大意了？

從這個距離看，他們好像是哥薩克人，頭戴黑皮毛帽，披風在身後飄著。他們靠近時，賽傑看到他們的紅色背心、寬鬆的黑褲與黑靴。然後他看到他們腰上掛著長刀，肩上背著來福槍。

他以為他們會騎馬撞倒他，但在最後一刻，他們勒住了馬，在他身邊散開，包圍著他。感覺好像他們是獵人，他是獵物。賽傑後頸的毛髮豎起。他要自己緩慢地深呼吸，告訴自己保持鎮定，儘管心跳劇烈不已。他的戰鬥能力很強，但要對付受過訓練的四把長刀，他實在沒有把握……

「你好。」他說，擺出很自信的樣子。

「你叫什麼名字？」帶隊的人問。

「賽傑……佛羅寧。」他不想說出他的真實姓氏。其中兩個人彼此互望，有點懷疑，但沒有追問。

「你住在附近嗎？」帶隊的人問。

「不是——我想你看得出來，」賽傑回答，「我只是在旅行，來到聖彼得堡。」然後，他鼓起勇氣說：「你們會盤問所有的遊客嗎？」

帶隊者嚴肅地回答：「我們會注意沒有得到許可、四處遊晃的猶太人。」他仔細看著賽傑，尋找任何恐懼的跡象。「你沒有看到這樣的人吧？」

「沒有。」他裝出若無其事的模樣。不知道他們是否聽說柴可耶夫的死訊……

賽傑沉默地等著。然後他們都聽到附近路上有馬車接近。一會兒之後，帶隊的人似乎認為賽傑不值得他們費心。「我們走！」他叫道，一行人便揚長而去。不管他們是不是哥薩克人，賽傑都看得出來他們騎術精良，大概也會格鬥。看到他們身上的武器，賽傑知道，如果他們想要逮捕他，事情一定會很麻煩。

§

此事讓賽傑很不安——那兩個騎士互望的神情……

但是，事件算是圓滿收場——現在他有更急迫的事。草原上沒有任何杉樹，他只好沿著涅瓦河前進，再折返回來，以免漏掉了什麼。但賽傑沒看到任何其他的草原符合外祖父的描述。他確定自己沒有把地圖記錯，這一定就是那個草原——但就是沒有樹，他要如何找到寶藏？

九月的下午變得很熱，為了讓思緒清晰，賽傑放下背包，脫掉衣服，泡進冰冷清澈的河水裡。幾分鐘後，他上岸蹲在淺水處，感受腳趾之間的冰冷碎石，讓小波浪撲打在腳上。他想像外祖父還是個男孩時，也在這片水中玩耍，學習游泳……

賽傑把衣服洗乾淨，掛起來晾乾，然後躺在太陽下，同時思索著種種可能。這裡就像外祖父所描述的，他想——除了那棵樹。外祖父說的話言猶在耳：「X記號旁邊有一棵單獨的杉樹……在樹背對著河的一邊……盒子埋在兩根樹根之間……」

穿上還沒有乾的衣服，賽傑在草原上來回行走，尋找任何樹的痕跡。

他走到草原邊緣，轉身面對中央，然後跪下來。這時他看到草原中央有一處微微的隆起。他來到那個隆起點，發現了樹根的痕跡。那是個很大的樹根，已經枯爛了，就在隆起的地面之下。賽傑心跳加速。

他從背包拿出鏟子開始挖掘，尋找任何殘留的樹根。不久他就挖出了一個直徑三公尺的圓圈，發現了腐爛的樹根從此處展開，表示這裡曾經有一棵樹。

地圖顯示X是在背對著河的兩個樹根之間。他站在土堆的另一邊望著河。然後畫出一個方塊，開始挖掘——剛開始很淺，然後加深，直到鏟子碰到了堅實的東西。他跪下來，用手撥開土壤。

賽傑越來越興奮。他終於找到一個盒子，把它從土壤深處拉出來。「我找到了，外公！」他喊道，彷彿賀修就在旁邊。盒子比他想得更大，也更重。賽傑跪在土壤中打開盒子，發現裡面有一個大帆布袋。這個寶藏是否足以讓他橫越大海——或讓他買下土地，甚至房子？

他打開繩索，伸手進去，想摸摸看是什麼。感覺像木頭。難道是另一個盒子？他把裡面的物品拿出來，結果是……一座鐘。

賽傑茫然地看著，不知該有什麼反應。這說得通——賀修外公會做鐘與小提琴。這一定是個很好的鐘。但老實說，他希望是更有價值的東西。

然後他注意到其他東西：一個小袋子綁在鐘的後面。他碰碰它，聽到碰撞聲——像是金屬的聲音——

他打開小袋子，發現了五枚金幣與一張折起來的紙。他急忙打開來讀：「給我最親愛的孫子，蘇格拉底，永遠要記住，真正的寶藏藏在內心。」還有祖父的簽名，「愛你的外公，賀修。」

賽傑再讀一次外祖父的話語，淚水不禁奪眶而出。漫長旅程的勞累讓他落淚，也或許是希望能再見外祖父一面的渴望化成淚水。他想像著賀修把五枚閃亮的錢幣放進袋子時的笑容。對於一個從未擁有過任何錢財的年輕人來說，這是一筆小小的財富。

賽傑對於物價沒什麼概念，不知道前往美國的船票要花多少錢，但這些錢幣也許價值一百盧布或更多。不過他必須賺更多錢才能出發。賽傑．伊凡諾夫不會雙手空空去到美國。不會，他會有足夠的錢來開始新生活。他也會帶著外祖父的鐘。

他把賀修的信與錢幣放進口袋，輕輕把鐘放在地上，然後把盒子埋回去，用土蓋好，接著基於長久養成的習慣，抹去所有痕跡。然後他再次欣賞那座鐘，看著鐘面上平滑的玻璃，以及精細雕刻、磨亮的木頭。他把鐘翻過來觀看鐘擺與鐘錘。這時他發現背面的木頭上刻了一些東西。吹掉細細一層灰塵後，他看出來背面刻著一些字母與數字——一個地址，很可能是外祖父的店……或他的公寓！

賽傑感受到一股衝動——他想看看他童年的家。但他又想，我的出現可能會嚇到現在住在那裡的人。我需要洗澡、理髮，還要為旅程準備新衣服……

太陽已經西沉；他的尋寶花了大半天時間。他把鐘放回袋子裡，決定今晚將是他在曠野中度過的最後一晚。

· 14 ·

九月天，早晨的氣溫已經開始熱了起來。賽傑把一個金幣換成盧布，買了鞋子、深色長褲、襯衫與外套。他帶著這包新衣服到理髮店剪了頭髮，然後去澡堂洗澡。一切辦妥之後，他停下來端詳鏡中儀容打理整齊的自己，很驚訝自己的容貌如此年輕。

那天上午稍晚，他打算去詢問前往美國的船票費用，然後要租一個房間。但首先，他要先找到外祖父的公寓。

帶著背包與些許財產，包括外祖父的鐘，賽傑再看一次他寫在紙上的地址。等他抬起頭時，他看到了讓他忘記自己身在何處的景象：一個女子，站在不到十公尺外的對街，似乎在跟一個小販討價還價。她的神態非常有活力，表情豐富又優雅，對賽傑來說，她的出現讓這個花花世界相形失色。

賽傑聽不太清楚她在說什麼，只聽到她的聲音飄過鵝卵石街道，有如剛烤好的麵包或花朵的香氣。她似乎快要講贏小販，小販時而皺眉，時而微笑。然後，她仰頭笑了，賽傑覺得她的笑聲比任何音樂都動聽。

她赤褐色的頭髮有如秋天樹葉的顏色，包紮在頭巾底下，襯托著俏麗的臉龐。這位苗條的姑娘應該與他年齡相仿，嘴唇豐滿，一雙大眼。

吸引賽傑的不只是她的外表。他在旅程中也看過其他美麗的女人，但她與其他人不同——一種發自體內的情感，牽動了他的心。還有一種熟悉的感覺——彷彿他見過她，在這輩子，或上輩子，或在夢中……

沒錯，就是這樣——他強烈感覺他看過這個女人和這個地方，在夢中！一種命中注定的感覺抓住了賽傑；他必須認識她。

他無法把視線從她身上移開。當她完成交易，穿過街道市集時，他跟隨著她。賽傑為她的身影深深著迷，差點被一輛馬車撞上。「笨蛋！」馬車駕駛罵道。賽傑閃了開來，目光還是沒有離開她。

她在一位衣著襤褸的老人面前停下，搭著他的肩膀，放了一枚硬幣在他手中。說了幾句話之後，她繼續前進，穿越街道——

她左右觀看，看到賽傑瞪著她——賽傑察覺自己的嘴巴是張開的。

她的臉上露出了一抹笑意，而且又回頭看了他一眼！也許他可以鼓起勇氣——

一個孩子的淒厲哭聲讓賽傑轉頭察看，看到一位母親在安撫跌倒撞到頭的小男孩。母親抱著孩子的頭說話，孩子安靜了下來……

賽傑趕快回頭看那位女子。她已經不見了。

他往前跑，左顧右盼，在一排叫賣的小販之間尋找。能夠在樹林中追蹤兔子或鹿的賽傑，剛剛失去了這個最美麗的獵物。

他感到沮喪，只期待她明天會再出現。

賽傑在那裡徘徊了半個小時，希望可以再看到她，最後終於放棄，並想起來到聖彼得堡的目的。

三十分鐘後，他來到一個有點熟悉的地址，走上樓梯敲了門。就在他拉直外套，把剛理好的頭髮往後梳，稍微整理儀容之時，門打開了。他看到了一個他以為已死之人站在他面前。

他全身僵住，嘴巴張開。已經過了十年，但她的臉幾乎沒有變。那是莎拉·亞伯莫維奇的臉。她困惑地望著他好一會兒，似乎認出了什麼……

「是我，」他說，「賽傑·伊凡諾夫——賀修的孫子——」

「賽傑？」她說，「真不敢相信是你！」莎拉抓住他的手，把他拉進屋中。他順從地跟著她，彷彿被催眠似的。在他心中，她十年前就跟著她丈夫與孩子一起被燒死了。

「亞伯莫維奇伯母……妳怎麼會——？」

「我還是無法相信是你！」她再說了一次。「我們一搬到這裡，我就寫信到學校，但他們回信說你已經離開學校了——」

「孩子們……都平安？」

她微笑。「很平安——但他們也不是小孩了。請坐一下，賽傑。我來煮茶，然後好好地告訴你一切的經過。」她帶他到灑滿陽光的起居室，然後去廚房燒茶，留下他坐在窗邊的椅子，看著下面的卵石街道。

他摸摸椅子；有點熟悉。還有光滑的木頭地板。他曾經在這個地板上玩耍。他聽到莎拉從廚房用她高昂而溫柔的聲音說：「喔，賽傑，你外祖父會非常高興知道你在這裡！」

「艾弗隆與莉雅呢？」他問，提高音量讓莎拉聽到，煤油爐上的水已煮開了。

「他們已經不用以前的名字了……我也是，」她說，從廚房端著茶與小蛋糕出來。「吃吧！我昨晚做的。你要告訴我你如何找到——」

「亞伯莫維奇伯母——莎拉——拜託，」他打斷她的話。「我想先知道——你們在這裡過得還好嗎？」

「你長得真是英俊，」她說，不理會他的問題。然後她轉頭看牆上的老發條鐘。「喔，你看看——鐘又停了。我都不知道正確時間了！不管如何，我想孩子們快回家了。喔！我還沒告訴你——艾弗隆現在叫安卓烈，莉雅現在是安雅，而我的新名字是薇萊莉亞．潘諾娃。我們的新名字是你外祖父想出來的，以免事情又……」她沒說完，陷入沉默，目光變得遙遠。

「莎拉——薇萊莉亞……究竟發生了什麼事？」賽傑又問。「妳與孩子們怎麼逃出來的？」

薇萊莉亞轉頭凝視賽傑。「逃出來？」她問，「你怎麼知道——」她用力握住他的手，好鼓起勇氣。「你為何問到孩子們，而沒有問到班傑明？」聽到她聲音中的顫抖，賽傑謹慎回答：「一八八一年三月，」他開始說，「我與外祖父去探望你們之後過了將近一年，沙皇被刺殺，他們在學校談到猶太人。我擔心你們一家人，所以晚上溜出學校，找到上山的路。」

「晚上？但是……你還那麼小！」

「我必須去警告你們……所以我找到了木屋……我大概只遲了一步……只要我早一點，就能阻止事情發生。我時常這麼想……沒有任何東西留下來，只有一堆冒煙的廢墟。但是我……找到一具屍體，我很確定——是你丈夫。」

薇萊莉亞的臉慢慢垮下來，然後哭了起來。

一會兒之後，薇萊莉亞恢復鎮定，說出了她的故事。她說得很慢，彷彿不知該從何說起。「你知道班傑明喜歡木材。他喜歡水獺築的巢，也喜歡建造祕密通道。所以班傑明在建造我們的木屋時，挖了一條從地下室通到四十公尺外的地道，出口在樹林中，有一個隱藏的地板門。我記得那時我還取笑他這個怪工程……挖地道的時間比蓋屋子還久。但他的遠見救了我們一命。」

薇萊莉亞嘆氣，望向窗外一會兒，然後又說：「本來這條地道也可以救班傑明一命，只要他沒有跑回去。我後來想過很多次。我早該想到他會在門口擋住他們，防止他們發現地道。喔，賽傑，他們來得太快了……然後屋子就起火了……

「他們一定以為我們全都會跑出來……」她停頓了一會兒，然後深吸一口氣，把事情的經過一股腦兒傾吐出來。「班傑明催促我們進入地下室後，關上了門，給我與艾弗隆——安卓烈——一個背包，裡面有食物與你外公準備的文件，都有新的名字，以防萬一……

「我們迅速彎腰進入地道。裡面一片漆黑，班傑明就在我後面……然後他就不見了。我只聽到他的聲音，從遠處傳來。『快跑！』他說，『等到安全了之後，就去聖彼得堡！』那就是我丈夫的最後一句話……」

薇萊莉亞眼裡滿是淚水，深深嘆氣，然後繼續說道：「我們在地道中等了一個多小時，聽到馬蹄聲就在頭頂上，一些泥土掉落下來。然後就什麼聲音都沒有了。我們像鼴鼠一樣躲在地底，聞到煙霧的氣味。我知道班傑明不會回來了。」她臉上出現痛苦的表情，說話速度變得更快。「我想跑回去，懇求他跟我們一起走……但是孩子們阻止了我。孩子們……」她又停下，彷彿在強忍住悲傷，然後說：「就在天亮之前，我們爬出來，穿過樹林。白天躲起來睡覺，晚上趕路，直到抵達聖彼得堡。」

賽傑想像莎拉、艾弗隆和莉雅，沒有受過訓練，不懂野外求生技術，徒步走過那麼遠的路程。薇萊莉亞繼續說道：「我丈夫的聰明與勇氣救了我們一命，你外祖父給了我們新生活。我們抵達時一團亂。不知道要去哪裡，只知道這個公寓——」

「但那時我外祖父已經過世了——」

「對，但他做好了安排。賀修帶他的小孫子來看我們時，我們已經成為了一家人。」她摸摸賽傑的頭髮。有一會兒，賽傑覺得自己又變回了那個孩子。

「大多數猶太人，」薇萊莉亞繼續說，「都必須生活在囿墾區。囿墾區在很遠的南方，生活條件很差，而且猶太人還會遭到屠殺。我丈夫拒絕接受擺佈，決定在樹林中蓋我們的木屋。賀修有能力做另一種選擇，他的穩定收入讓他能住在聖彼得堡的公寓裡，就是他留給我們的這間房子。」

「但你們為何必須改名？」

薇萊莉亞知道賽傑並不熟悉猶太人的傳統，便解釋道：「法典中寫著：『有四件事能改變人的命運：善行、虔誠祈禱、改名，與改變行動。』在山上被攻擊之後，我們就將舊的名字和舊身分留在那裡了。現在我們融入這個社會，參加俄國正教的宗教儀式。賀修甚至替我們準備了洗禮文件，做為身分的掩護。

「安卓烈與安雅都還信奉猶太信仰，但只有在私下進行。他們明白賀修所冒的風險，以及花費……而且班傑明也希望我們平安。我在心中仍然是莎拉，班傑明之妻，孩子們也仍是艾弗隆和莉雅。但你必須稱呼我們的新名字，這是為了保護我們。」

賽傑點頭，試著記下來，雖然剛開始叫起來會有點怪異。

薇萊莉亞的思緒回到自己孩子身上。「賀修的學徒米蓋爾訓練了安卓烈，現在安卓烈是小提琴工匠了。他比他父親來得嚴肅，但很多方面都很像他。安雅也長大了，真誠又可靠——」

這時候門打開了。賽傑站起來，轉身看到一個女子站在門口。女子臉頰泛紅，手中的貨品抱了滿懷。

賽傑的雙腿發軟，嘴巴無法合攏。他幾乎不相信自己的眼睛，因為站在眼前的，正是在市場偶遇的那個年輕姑娘。她就是安雅，正對著他微笑，表情困惑但容光煥發。

她的眼睛碧綠如翡翠，從內在透出光輝，一頭捲曲的秀髮在陽光下閃著金黃色光芒，襯托著一張柔和與坦然的臉龐。安雅的嘴唇又浮出一抹淺淺的微笑，一邊把包裹放在桌上，伸手撥開一縷垂下的髮絲——就在此刻，賽傑第二次墜入了愛河。

彷彿他從原本生活的世界，瞬間移動到另一個更純淨、崇高的世界。

當天晚上的剩餘時光有如一個美夢。

當薇萊莉亞提醒安雅，賽傑在她小時候來拜訪過，她眼中顯現似曾相識的神情，還帶著其他某種意味，神祕而縹渺，帶給他希望。

安雅與她母親進入廚房，光亮似乎也跟著她而離開。過了一會兒，賽傑看到薇萊莉亞一個人出來，感到一股失望。薇萊莉亞對賽傑說：「我希望你能留下來住個幾天，賽傑。你的外祖父會希望你留下來，我也是。客房很舒適——」

「安雅也覺得……我可以留下嗎？」

薇萊莉亞雙手叉腰。「據我所知，安雅不是這屋子的主人，但我相信她不會反對。完全不會。」

安雅回到起居室時，看起來更加動人了。她換上深藍色的裙裝，身材玲瓏有致。賽傑知道瞪著她看很沒禮貌，但他不由自主——至少這次他注意到要把嘴巴閉起來。他們四目交接的時候，整個世界都消失了。

薇萊莉亞的聲音打破了魔法：「賽傑，請你放幾塊木柴到火中好嗎？安雅與我要去準備晚餐了，安卓烈隨時都會回來，你們倆可以敘敘舊。」

她們回到廚房，賽傑打理火爐。過了一會兒，門打開來，安卓烈回到家了。他瘦高依舊，樣子沒有太大的改變。薇萊莉亞從廚房出來替他們倆介紹彼此。安卓烈很正式地問候賽傑，但不會顯得生疏，就像他多年前那樣。

吃晚餐聊天時，賽傑幾乎無法專心；他不停地偷看安雅，渴望再次凝視她的眼睛。當他說出了前往美國的計畫，安雅的臉上似乎出現了一絲失望。她對他有特別的感覺嗎？還是只是客套？

這時賽傑想起了那座鐘。他離開座位去拿背包，回到餐廳，取出了時鐘，然後簡短說明外祖父多年前給他的地圖，還有他如何循依記憶找到埋藏在聖彼得堡附近草原中的時鐘。「這是我外祖父給我的最後的禮物，」賽傑說，並把鐘交給薇萊莉亞。「妳可以看到背面有地址……我相信它是屬於這裡的，原本應該放在壁爐上……」

薇萊莉亞笑了。她把鐘遞給安卓烈。安卓烈調整指針、鐘擺與鐘錘，讓鐘開始運轉。雖然埋在土中這麼多年，這個鐘還是可以完美運作，滴答作響，就像賽傑看到安雅時的心跳……

「美麗的時鐘，」薇萊莉亞說，「我們先放在壁爐上。你要前往美國時再帶著去，讓它提醒你我們共處的時光。」

這個晚上，在客房中，賽傑好不容易才睡著，想著安雅就睡在走廊的另一端，希望她也想著他……

而她的確如此。

在安頓下來的頭幾天，賽傑幫忙修理公寓，讓自己有點用處。但是，賽傑看到安卓烈每天去工作，而自己在屋子裡修東修西，還是不自在。他曾提過分擔一些生活開支，但慷慨的薇萊莉亞拒絕了。

賽傑知道自己必須趕快找到工作，存下足夠的錢，加上剩下的四枚金幣，才能展開橫越大海的旅程。他希望能買兩張船票——不是三等艙，而是比較貴的二等艙。

接下來他每天都外出找工作，十天後在位於市郊的工業區工廠找到工作。他協助鐵匠鑄造、修理馬蹄鐵與馬車輪子，也為有錢人家做裝飾性的鐵欄杆與鐵門。工作很辛苦，但經歷了野外生活之後，賽傑很喜歡踏實工作後的疲勞。

他每天傍晚全身汗水、污垢地回到家，薇萊莉亞會燒熱水，堅持他先洗澡再用餐。每次他洗完澡之後，都還是依照長久以來的習慣，用一桶冷水澆淋身體。

賽傑需要用冷水來澆熄他對安雅的熱情。他每天都想著她，很確定如果沒有她伴隨，他就不會離開。

一天晚餐後，他決定面對生命中最重要與最困難的一刻——對大家宣布他希望安雅接受他的追求，與他攜手結為連理。出於尊敬，他計劃對薇萊莉亞表達心願，安雅只是聽眾。但是當這一刻來臨時，賽傑卻直接對安雅吐露他的心聲，讓她母親與哥哥當見證人。「我從來沒有對任何事這麼確定。我願意為了妳的幸福奉獻我的生命——希望妳同意跟我訂婚。」

賽傑不知道自己怎麼能說得如此流暢，不知道自己的勇氣從何而來。他可能會被拒絕，像個傻瓜一樣。他看著安雅，等待她的回應。

薇萊莉亞打破沉默：「安雅，我想妳應該去廚房——不對，去妳的臥室。賽傑與安卓烈還有我有事要討論。」

安雅帶著堅定的口吻輕聲回答：「母親，我很確定我在廚房或臥室都沒有更重要的事。我要留下來。」

然後她轉身面對賽傑，他望著她的臉。她還沒開口，他就知道了答案。

但是安卓烈沒有那麼沉醉於此刻。「賽傑，」他說，「你說你要與安雅共度人生。那會是什麼樣的生活？你要如何提供她安全與保障？」

這是安卓烈能提出最好與最糟糕的問題。賽傑這輩子第一次希望自己很有錢。這個問題在空氣中迴盪。賽傑除了承諾之外，還能提供什麼保障？

他盡他所能回答：「我瞭解你的擔心，安卓烈。我目前只有些微的薪資，但我受過訓練。我曾經一個人在曠野生活，有能幹的雙手，學東西很快，而且我不介意辛苦工作。」

安卓烈以一家之主和安雅的哥哥兩個身分來回答賽傑：「雖然這樣很好，但你只認識我妹妹幾個星期。你們應該多花點時間瞭解彼此。」

賽傑對著安卓烈說話，但雙眼凝視著安雅：「我在這個世界上沒有更想要的了。」然後，賽傑轉頭對薇萊莉亞說：「我愛妳的女兒，我以現在與將來的一切全心愛著她。我願意為她做任何事。我會用我的生命來保護她。這是我的承諾。」

賽傑最後說：「我會去上學，努力用功，加強自己的能力，帶給安雅美好的生活。」

「但是，賽傑——」

「安卓烈，夠了！」薇萊莉亞打岔。「讓這可憐的孩子吃東西。」

「賽傑不是孩子了，母親。」安雅說。

賽傑知道，一切都會很順利。

他不知道僅僅幾天之後，他的希望就受到了阻攔。

・15・

在晚餐時的熱烈談話中，阻攔降臨了，這時薇萊莉亞問賽傑對於未來的計畫。

「嗯，」他說，「我要盡力加強自己。美國有很多機會……」

大家的動作突然停了下來。

安卓烈先說：「你是說美國？但我以為——」

「我也以為。」薇萊莉亞說，口氣變得冷淡。

賽傑看著安卓烈和薇萊莉亞。他突然明白了。

他有一份工作，他也想要成家——所以他們都以為他改變計畫了。他們以為他要繼續住在這裡，跟安雅一起，然後在附近找到適合的居處。

賽傑不止一次告訴他們，他打算移民，他以為他們都瞭解，他要與安雅一起橫越大海展開新生活。

薇萊莉亞打破沉默，堅定地說：「你不能帶我女兒橫越大海。我會再也看不到她。」

「母親，」賽傑說，「請聽我說。我知道妳很愛安雅，希望她有更好的環境——」

「你說的美國有什麼更好的環境？」她質問。

賽傑花了一點時間整理思緒。「妳知道猶太人一直都很困苦——哥薩克人橫行四處，還有屠殺——」

「不用你來告訴我們哥薩克人與屠殺！」安卓烈打岔，聲音銳利。「我們非常清楚猶太人所承受的敵意。餐桌上父親的空位時時提醒我們。不然我們為何要委曲求全？你看到的『薇萊莉亞』、『安雅』與『安卓烈』又是從何而來？不必告訴我們有多困苦！」

「我很抱歉說話有欠思慮，安卓烈。但你不明白嗎？正是因為困苦，所以你與薇萊莉亞也要一起來美國，恢復你們的姓名與傳統，建立新生活！在美國，你們可以公開慶祝安息日，家家戶戶都可以自由選擇信仰。」

賽傑接著對薇萊莉亞說：「母親，我不希望從妳身邊帶走安雅。我只希望帶她一起過更好的生活。跟我們一起走！」

薇萊莉亞站起來，「我……要去我的房間，好好思考。安雅，妳洗碗吧……」她轉身快步離開，但他們都看到她臉上的痛苦表情。

安雅也想跟著過去，但又停下來。她知道母親如果需要會叫她。所以安雅留在桌旁，與賽傑和她哥哥一起陷入沉默。賽傑想說些話——消除剛裂開的縫隙，讓新的傷口癒合——但他已經說了該說的。

讓安雅與她僅有的家人和家庭分開，到如此遙遠的地方生活，我這樣是不是太自私了？他轉頭看安雅，安雅凝視著自己的手，他抬起她的下巴。當她的眼神與賽傑的交會時，她輕聲說：「賽傑……不管發生什麼事，不論你要去哪裡，我都跟你走。」

賽傑這時感到篤定了。他們會結婚，他會成為她丈夫，他們會去美國。但沒有得到母親的祝福，她怎麼能離開？

賽傑嘆了一口氣。愛情與家庭所帶來的挑戰，要比冬天的高山還要巨大。大自然的規矩很簡單，而人類的心沒有地圖可循。

「母親不會去，」安卓烈說：「妳知道的，安雅。她非常畏懼海洋。她永遠不會飄洋過海。」

語畢，他們陷入沉默。

薇萊莉亞終於從房裡出來了。她的聲音阻止了進一步的討論：「我不會去美國，」她說。「我出生在俄國，也將死在俄國。這裡是我丈夫埋骨之處……」她的聲音變小，然後她望著安雅，握住她的手，「雖然我祝福這個婚姻，但我無法祝福安雅橫越大海……我無法祝福這個決定，但我將允許她這麼做。她必須跟著丈夫走。

「但我要向你們倆懇求一件事。如果你們愛我，就不要太快離開這裡。給我一點時間陪伴嫁出去的女兒，也讓我能更認識我的新女婿。」

賽傑鬆了一口氣。他無法拒絕薇萊莉亞的要求，同意再待幾個月。這時候薇萊莉亞才浮現笑容。那是一個勇敢的微笑，帶著一個母親對女兒未來幸福的希望。

「恭喜你們。」安卓烈說，他如兄弟般擁抱賽傑。

幾天後，薇萊莉亞忙著安排婚禮，她告訴賽傑：「你與安雅必須到教堂由艾歷西神父主持婚禮，不然就不合法。他們會要你的受洗證明，賽傑。我想你在軍校應該受洗過，他們會有紀錄。所以你應該早點聯絡他們……」

軍校……賽傑心裡浮現黑暗的回憶，他一直想要拋諸腦後。

由於他拿走了所有的紀錄，包括了受洗證明，所以這件事沒有問題。但薇萊莉亞的話提醒了賽傑，他永遠無法與軍校聯絡。他殺了一個學生，然後逃亡；他還是一個逃犯。

薇萊莉亞並不知道這些——他也不會告訴她，或安卓烈，甚至安雅。尤其是安雅。

❦

一八九一年十一月六日，這個週五的早上，他們在一所小教堂成婚，距離賽傑來到聖彼得堡已過了六週。在那個秋日，初雪降下，世界寒冷而美好。賽傑自幼夢想的家庭終於成真。

那天下午，在家中，這對新人在母親、哥哥，還有幾位親密的猶太朋友面前，舉行私人儀式，以猶太傳統再次宣示彼此的愛與誓言。他們不能舉行由猶太長老主持的正式儀式，因為如此一來薇萊莉亞必須按照猶太法典上的規定，請十位證人來見證，這樣太冒險了。

安卓烈與薇萊莉亞送給這對新婚夫妻一輛小馬車當結婚禮物，安卓烈重漆了一遍，並找來一匹可靠的老馬拉車，非常適合搭著到鄉間出遊。

客人離去後，薇萊莉亞把新婚夫婦送到門外。「丈夫與妻子的第一次散步。」她說。

「這是我不知道的傳統嗎？」賽傑問。

「對，我們開始的新傳統。現在出去呼吸點新鮮空氣吧。」薇萊莉亞擺出丈母娘的姿態命令他們，就像雪花從雲端飄落一樣自然。

於是賽傑與安雅穿上大衣，在結冰的空氣中散步。雪花落下，在瓦斯街燈下閃爍光芒。夜晚的空氣——明亮的街燈，雪與壁爐煙霧混合而成的氣味——變得清澈起來，賽傑彷彿透過安雅的眼睛第一次看到聖彼得堡，而安雅也透過賽傑的眼睛，重新認識這個城市。

「母親說得對，你知道，」安雅說。「她要我們出來呼吸新鮮空氣——你有沒有發現今晚空氣特別新鮮？」他們都笑了。她脫下手套，也要他這麼做。「我要感覺你的手，賽傑。我不要被手套擋住。我不要任何東西隔在我們之間……」

他望著她。「我們回家，」他說。「現在應該就寢了。」

安雅笑了，她臉頰通紅，不只是因為寒冷。

他們發現在他們散步時，薇萊莉亞和安卓烈把新婚夫妻的東西都搬進薇萊莉亞的大臥房，把薇萊莉亞的東西搬到安雅的房間。

「這樣才對，」薇萊莉亞說，然後向他們道晚安。

當天稍早，安卓烈提醒過賽傑，根據猶太律法，週五晚上丈夫都必須取悅妻子。賽傑非常願意切實遵守這個律法。他願意做的比取悅更多。

❦

婚禮當天晚上，賽傑給新娘看了他的項鍊，說出它的故事。然後他剪下她幾根褐色秀髮，編成一個小圈，放入他父母照片背面。「這條項鍊曾經是我唯一的寶貝，」他告訴她。「現在妳是我的寶貝，所以我要把它給妳。」然後他擁抱著安雅，躺在溫暖的新婚床上，告訴她：「我們第一次看到對方時，就已經結婚了。」

「你八歲、我五歲的時候？」她調侃他。

「嗯——或者上輩子。」

然後，在最初的焦慮消失之後，她把自己徹底獻給了他。沉浸在慾望中的他們，每天晚上都在彼此的懷抱裡學習愛的方法。

一天晚上在床上，安雅被他的愛撫弄得咯咯笑，輕輕撫摸賽傑手臂上的白色疤痕，「這麼多年來，我母親從來沒有這麼快樂過。」

「因為我們跟她交換臥房？」

「不是，傻瓜——男人怎麼這麼呆！她快樂是因為想到她可以抱孫子了。」

「哦……那我們要盡量增加她的快樂。」他說，親吻她的頸窩。

安雅緊緊地貼著他，對著他耳朵呢喃著。「……我們來達成這個任務吧。」他們以親吻與愛撫來重複他們的誓言。

新婚的第一個禮拜五夜晚之後，安雅對於擁抱的興趣與日俱增，他們分享著愛人之間親密的笑話：賽傑在家裡修理燈具或讀書，或者正在刮鬍子之際，安雅會跑到他身後，在耳邊低語：「今天是禮拜幾呀，老公？」

每天他的回答都相同：「啊，我想今天是禮拜五。」

而她會回答：「我最喜歡的一天……也是我最喜歡的晚上。」

之後的每一天與每個晚上，不管是在臥室或廚房，或沿著聖彼得堡的運河散步，賽傑告訴安雅他年輕時的生活，她也會分享她以前的喜悅與悲傷。他們分享一切。幾乎一切。

後來的數週，一種隱約的不祥預感，就像一陣煙霧，或是房間裡的陰影，悄悄進入了賽傑平靜而快樂的日子。這種不安，就像風暴來臨之前的感覺。他的不安是因為他答應要留在聖彼得堡一段時間。但如果沒有這個承諾，他會立刻搭下一班火車前往漢堡，然後從那裡買下一班前往美國的船票。他答應過薇萊莉亞他們會陪伴她一段時間，但他真的不能再拖了。

一月中，他私下與薇萊莉亞談話，提醒她，他計劃盡快前往美國。「我很快就會存到足夠的錢，母親——再一個月，最多兩個月。所以請您準備讓我們離開。」

「當然，我瞭解，」她說。「但現在一切都很好，賽傑，我們都這麼快樂。你不需要急著橫越大海。」

每次談到這個，話題就會這樣結束，薇萊莉亞不斷找到需要修理的東西，並問賽傑能不能分擔一點錢，所以他的存款慢慢減少。賽傑無法拒絕這些請求；畢竟他是住在他們家中，負擔一點開支是應該的。

由於薇萊莉亞難以接受他們即將離去，隨著時日過去，他們的關係緊張了起來。而賽傑的焦慮有增無減，因為南方的屠殺消息以及零星的謠言不斷傳來。儘管他內心越來越急，但聖彼得堡的日常生活平靜而美好。賽傑說服自己——這些恐懼只是空穴來風。

·16·

葛瑞哥·史塔克每天都有明確的目標，不像那些比他低等的人，會受瑣碎的情緒或道德考量所干擾。他的身體精瘦結實，絕不從事無意義的勞動。他掠奪食物、金錢以及良馬，拋下傷者或死者不顧。他相信自己握有生殺大權，比平凡人高出一等，認為自己已經成為阿特曼——哥薩克領袖。不久，其他人就會追隨他。

類似葛瑞哥．史塔克這種人，會成為國家的領袖。但要成為領袖，他需要忠誠與有能力的追隨者，來擔任他的耳目與手腳。他很快就會找到這樣的人。全都計劃好了。在此同時，史塔克持續觀察、打聽，但沒找到任何朋友或同志。

一天，史塔克來到一個靠近頓河的哥薩克村落，那是個守護南方邊界以抵禦侵略者的前哨站。停留幾天後，一個年輕人指控史塔克偷了一把刀。因為這項指控，史塔克把那孩子痛打一頓，差點挖掉他一隻眼睛。刀子一直沒有被尋獲。

幾天後，一位年輕女子指控史塔克強暴她。因為她是村裡阿特曼的女兒，史塔克必須趕緊離開，尋找更合適的聚落。

我以後要收斂一些，他邊想邊把他偷來的刀子磨利。

他騎馬離開時，一個高大的獨臂騎士跟著他一起離開。這兩人年齡相近，村裡的人稱獨臂人為科洛列夫。史塔克注意過此人，也打聽過他。他知道所有人都聽過這個人，但沒人知道他的底細。科洛列夫比史塔克高出一個頭，五官如斧鑿般粗獷英俊，深陷的藍眼珠，黑色長髮綁在腦後，身材強壯。可惜的是臉頰上有一道大疤，眼睛有點小，雙眼距離太近，而且少了左手。

「他不太跟人交往，」哥薩克村的一位長者說。「他半年前來到這裡，但跟村人一直格格不入。」然而現在這個巨人卻跟著史塔克。

史塔克停下來，面對著他。「你要幹什麼？」

「我看到了你的手法。我想知道你是否能成為同伴。」

「我不想成為任何人的同伴，但我可以當個慷慨的領袖，你可以追隨我。」

「那你必須先勝過我。」科洛列夫說著下了馬。他說話時會發出一種奇怪的嘶嘶音，就像蛇一樣。

葛瑞哥．史塔克點點頭，把心中的興奮之情藏在冰冷的微笑下。「咱們就來比劃比劃。」雖然他的對手看起來很可怕，但史塔克有隱藏的優勢——他寧願承受痛苦與死亡，也不願被打敗。這種氣勢讓科洛列夫很佩服，他通常在打鬥開始之前，就能讓對方變成夾著尾巴的狗。

他們繞著彼此打轉，然後開始搏鬥，測試對方的力氣與決心。科洛列夫的技巧不錯——以一個獨臂人來說很厲害。事實上，他原本應該能獲勝，就像他平常那樣，但是他犯了一個重大錯誤——低估了史塔克。史塔克抓住機會，把科洛列夫摔倒在地，同時拔出刀子。他用膝蓋壓住科洛列夫強壯的胸膛，刀子抵在巨人的臉頰上。史塔克說：「我看到你的漂亮臉蛋上已經有一些裝飾了。想不想在另一邊也加上一些？或者我可以把你另一隻手臂也卸下來，幫助你平衡？」

「隨你高興，」獨臂人回答，「但不論你怎麼做，我都會追隨你。而且，只要我覺得高興，就會一直追隨下去。」

「說得好。那我就不動你了。」史塔克伸手要拉科洛列夫起來，但科洛列夫自己一躍而起，跳上他的馬。他們邊騎邊聊，但不是像交心的朋友那樣交談。他們永遠不會變成朋友，只是同夥。

史塔克提出很直接的問題，科洛列夫也毫不保留地回答。疤痕是他小時候自己弄的，好讓自己不那麼「漂亮」。失去手臂是三年前的事，他用刀子攻擊一個揮舞著斧頭的人，在科洛列夫殺了他之前，那個混蛋深深地將斧頭劈進科洛列夫的左手臂，等於是廢了它，而且可能會感染。所以他割開對手的喉嚨後，用對手的斧頭斬下手臂，然後把殘肢插入附近一處火盆中來灼合傷口。後來他病了一段時間，但活了下來。

史塔克也得知，科洛列夫跟他一樣，很早就離家。但是他沒有多說什麼，只說：「家裡出了一些麻煩。後來他們都很怕我。」

「他們趕走了你？」

科洛列夫搖搖頭。「一天早上我醒來，他們都走了……」他停下來，用藍眼睛凝視史塔克。「我所告訴你的，只有你知道。我們必須約定：如果你說出來，我就會殺了你——或被你所殺。但我比較可能成功。」

史塔克點點頭，也對科洛列夫做同樣的要求，並補充：「我對待忠誠的人很好，對背叛我的人可就不留情了。」

他們互相凝視。科洛列夫自有記憶以來，首次感受到類似害怕的情緒。他置之不理，又列出一個條件：「我對女人有非常強烈的胃口。所以當我們抓到俘虜時——」

「我們不會留下俘虜。」

「在殺死她們之前，我要先佔有她們。你同不同意？」

葛瑞哥．史塔克很爽快地答應了。科洛列夫可以佔有女人。史塔克要的是權力。

就這樣，他們成為同盟。一段時間之後，這兩個人將組成一種新型態的哥薩克兵團，由史塔克擔任阿特曼。想法相似的人會加入這個阿特曼與他的副手，就像蒼蠅會聚集在新鮮糞便上一樣。

．17．

二月中旬一個飄雨的早上，就在他們起床前，安雅小聲地說：「我有特別的事情要告訴你，賽傑。」

「妳說的一切都很特別，親愛的。」

她頂頂他的腹部。「這個更特別。你在聽嗎？有專心聽嗎？」

他轉過來面對著她。是下班後修理廚房洗水槽這件事嗎？「我有什麼時候不注意——？」

她用手指按住他的嘴唇。「有一個新生命在我體內。我可以感覺到寶寶在我身體裡……」

賽傑不確定自己是否聽錯。彷彿安雅剛剛跟他說她會飛。「寶寶？」他說，「我們的寶寶？」

安雅笑了。「我確定我沒有和其他人生寶寶，我想想……」

「妳什麼時候知道的？」

「我從一月起就開始懷疑，但想要等到更確定再說。一定是我們剛結婚沒多久就懷上了。也許就是第一夜。」她說。

出於好奇，他伸手摸她的肚子。「我可以感覺到寶寶在動嗎？」

安雅翻了一下白眼。「賽傑，你真是又聰明又笨，他可能還沒有你的拳頭大。還要好幾個月，你才能感覺到這男孩像他爸爸一樣亂踢。」

「男孩……？」

安雅猶疑一下。「對，我想寶寶是男生，但是——」

「那他就會是男生！」他宣告。他為即將擁有自己的下一代感到欣喜。「我們會有一屋子的小孩，還有……」然後他想到薇萊莉亞。「母親知道嗎？」

「當然還不知道！你想我會先告訴她而不告訴你嗎？」

「我們要告訴她和安卓烈！我們的兒子將在美國出生！」

安雅依偎著他。「對，在美國……」

「我會教導他我知道的一切——如何在野外求生——」

安雅笑了。「我們想太早了吧？不要現在就計劃他的未來，畢竟可能是個姑娘。」

他睜大眼睛。「女兒？跟她母親一樣優雅？那她會成為芭蕾舞者！」

安雅頓了一下，沉浸在幸福中。「生命真是奇妙，不是嗎？四個月前，你還不知道我沒死。現在你想要我們的女兒當芭蕾舞者，在馬林斯基劇院表演——」

「安雅，」他打岔，「不是馬林斯基劇院，我們的孩子會在美國長大……」

「當然，賽傑——我不小心說錯了嘛。美國有芭蕾舞嗎？」

「我想應該有——廚房有熱水，廁所在室內……」

「不用去街上打水？也不用跑到樓下去上廁所？不用燒洗澡水？」安雅問。「這就足以讓我橫越大海了！喔，賽傑，如果這是一個夢，我希望永遠不要醒來。」

他非常輕柔地擁抱安雅，安雅不禁笑了。「我沒有那麼脆弱，你知道的。」她邊說邊用力抱了他一下，爬下了床。

那天賽傑離開公寓之前，他們說好等到晚餐再告訴薇萊莉亞，那時一家人都在一起。

當天晚上，安雅與薇萊莉亞把食物端進來，賽傑坐著一直咧著嘴笑，直到安卓烈問：「怎麼了？發生了什麼事嗎？」

從安雅的表情，薇萊莉亞猜到了答案，但還是等待著，屏住呼吸。

聽完安雅分享喜訊後，薇萊莉亞轉身衝進廚房。賽傑一臉困惑，安雅連忙跟著進去。幾分鐘後，安雅回來了，笑著擦拭眼淚說：「沒事。母親只是不想讓我們看到她又哭了。她要做蜂蜜蛋糕來慶祝。」

春天來臨，安雅身體狀況適合時，兩人就在傍晚出去散步。懷孕初期她有些不適，但現在已經第五個月了，她覺得非常健康。週日他們會散步很久，談著未來。

五月的最後一個星期日，安雅懷孕進入了第六個月，賽傑第一次帶她去外祖父埋寶藏的草原。

他們走在草原邊的樹蔭下，賽傑時不時偷看妻子，確定她是否舒適。他的擔心是多餘的。安雅在戶外非常快樂，不時指認著天上的鳥兒，看到一隻母鹿帶著小鹿時還興奮異常。野草漫漫，高度大約到他們的腳踝，在夏季微風中搖曳如波，四處都是紅色、黃色、紫色等各色花朵。「好美，」她說。「我們在這裡野餐吧。」他們鋪上野餐毯子，享受自己準備的食物，和難得的獨處時光。賽傑想，如果死後上了天堂，大概就是像這樣的生活吧。

下午時東方遠處揚起一陣灰塵，讓賽傑想起快一年前碰到的那群騎士。他看到一小群騎士經過。幾分鐘後他再看一次，他們已經不見了。但他再次開始感到不安。賽傑很高興他們不久就要前往美國了。

當天晚餐時，賽傑宣布他已經存夠了錢，可以買船票與負擔剛到美國的費用，所以幾週後他們就要啟程。他沒提到自己迫切的擔憂——現在不需要讓他的心情造成其他人的負擔。

當安雅把碗盤端到廚房時，薇萊莉亞坐到賽傑旁邊。她握住他的手，輕聲說：「賽傑，我很愛你們，對你們很好，對吧？」

「母親，當然是的。」

得到了賽傑的認同後，她繼續說：「在現在這種局勢之下，你知道我可能再也看不到我的女兒。但至少讓我可以看到孫子出生吧？」

賽傑知道她會這麼說。接著，她會要我們住到孩子受洗或成年禮。他不會輕易讓步。

「安卓烈會結婚，」他回答。「妳就會有很多——」

「誰知道呢？」她搶著說，「安卓烈還沒想要結婚，更別說生小孩。賽傑……我不是要你永遠留下來。如果有可能，我當然希望你們永遠留下——但你能不能體貼我的心情，再延後一下出發的時間？我唯一的女兒生第一胎的時候，我想在她身邊！」

賽傑看到薇萊莉亞焦急的懇求，然後轉頭看到安雅站在門邊聆聽，沉默等待他的回答。

儘管不願意，賽傑還是聽到自己說：「好吧，母親。等到安雅生完，我們再出發——但只要孩子狀況能夠上路旅行，我們就會立刻動身，絕不延遲。」

薇萊莉亞非常高興地擁抱他。「你真是個好女婿，賽傑——」

「也是個好丈夫。」安雅說。

・18・

葛瑞哥・史塔克與獨臂巨人科洛列夫來到一個哥薩克村，靠近喬治亞的高加索山區，兩人都很謹言慎行。騎兵的角色讓他們獲得村民接納，加入村落的日常活動。他們工作賺取食物與住宿，並等待機會證明自己的能耐。

他們不用等很久。抵達數週後，村上的哥薩克戰士巡邏歸來，提到車臣強盜過河到俄國這一邊打劫，還殺了兩個俄國人。為了提防更多打劫，哥薩克人加倍設置哨兵人數，互相關照，就不會有人被攻擊而沒人知道。

史塔克在其中看到了贏得英雄美名的機會。他之前已經用他的勝利故事獲取了幾位年輕人的崇拜。有些故事是真的，有些是他的想像，再加上一個獨臂戰士隨侍著他，更有助於他的名聲。

史塔克告訴年輕的崇拜者們：「我認為我們不應該等待這些車臣強盜渡河。科洛列夫跟我今晚就會去偷襲他們。我們會找到車臣人的巢穴，宰了他們所有人，並且帶回武器、馬匹與靴子，再加上一些紀念品——也許是一兩隻耳朵。」他說著，同時舉起一個皮革袋子。兩個急於冒險、立功的年輕人立刻自願加入，另外三個也不落人後，以免被當成膽小鬼。

於是史塔克帶著他的小隊，在黎明前的黑暗中悄悄接近敵營。他警告同伴除非必要才能使用手槍中唯一的子彈，盡量先用不會發出聲響的刀子。

這些車臣強盜都是強悍好鬥之輩，但從沒料到這樣大膽的逆襲。七個戰士本來可以趁他們在睡夢中殺了他們，但是有一個強盜剛好起來解決內急，在樹叢中看到動靜。他只來得及發出一聲警告，隨即就被幹掉了。

突然驚醒的車臣強盜們跳起來抓起身邊的刀子與槍枝，史塔克看到偷襲失敗，馬上帶頭衝過去，用長刀幾乎斬落一個人的腦袋，同時另一手拔槍射擊。年輕人被領袖的勇氣鼓舞，再看到科洛列夫幾乎所向披靡，於是個個都勇猛如惡鬼。

敵營有八個男人與兩個女人。史塔克殺了一個女人，因為她舉槍瞄準他的手下。科洛列夫抓到第二個女人，等他辦完事之後，她已經生不如死了。這個阿特曼與他的副手科洛列夫，以這種方式為他的「手下」年輕人立下楷模。

這七人小隊回到村莊，帶著敵人的馬匹，衣服上都是血——大多是敵人的血。只有兩個年輕人受到輕傷，自豪的將傷口當成勳章展示。

史塔克證明了自己的領導力與戰略，還有戰鬥時的奮勇。他們受到英雄般的歡迎，直到年輕人開始吹噓他們如何對付那個女人。當村中長老聽到這段細節，還看到一袋「紀念品」，都對著地上吐口水，讓這一天的勇敢勝利蒙上令人不悅的氣息。於是，贏得了年輕人的崇拜與長老的厭惡後，史塔克帶走了那五個哥薩克年輕人——這就是他最初的兵團。

接下來數月，在阿特曼的領導下，這個小隊開始尋找猶太人的住屋或農場。每隔一、兩個月，他們會出其不意地出現，有如風暴來襲，留下熊熊烈火與死亡。其他時間，他們進行正常的巡邏，就像其他的哥薩克兵團，尋找俄國的敵人。

他們交替著巡邏、轉換陣地、隨意屠殺猶太人的行動方式，四處流竄。一次巡邏隊回來報告之後，阿特曼對部下宣布：「拔營。我們朝北走！」他們彷彿狂暴的天災，一路燒殺擄掠，所到之處無不破壞殆盡，然後消失無蹤。

・19・

六月走了，七月來臨，聖彼得堡進入了炎熱的夏季。賽傑覺得他的不安只是即將成為父親的正常反應。他沒有體驗過這種快樂，希望美好的生活永不改變。他告訴自己必須有信心，一切都會很好，同時想起他外祖父的話：「生命之書的作者是神，而不是我們。」

他思索這段話時，正讀著一本刊物的報導，內容提到南部猶太村莊被攻擊的事實與傳聞。他腹部不禁又出現沉重的感覺——但再過幾個月，他和家人就會前往美國。薇萊莉亞與安卓烈有一天也可能會去。

距離啟程的日子越來越近，共聚一堂的時刻開始有了嚴肅的氣氛。薇萊莉亞很想獨佔安雅，單獨跟她說話，而賽傑很樂意配合母親的願望。他與安雅還有一輩子的時間，但薇萊莉亞跟女兒在一起的時間快要告終了。

薇萊莉亞進來坐在賽傑旁邊時，他放下了刊物。

「我希望你喜歡今天的晚餐，賽傑。」

「我很喜歡，謝謝妳。」

「安雅在你們房間讀書。我想我們可以談談。」

「好啊。」

她有點吞吞吐吐地說：「當母親是很甜蜜的經驗，賽傑，但有時很辛酸。因為，我們所愛的人離開後，做母親的會更加想念。我向安雅說出的話語，遠遠無法表達我心中深摯的情感。我要她知道我多麼愛她……她對我多麼重要……但她不會知道，她不會瞭解——要等到她自己的小孩長大，那時她才會明白……她也就會想念我，賽傑。她會非常想念我。」

薇萊莉亞開始輕聲哭泣。賽傑不知如何是好，只能默默坐著陪她——有什麼話語可以安慰一個與孩子別離的母親？一會兒之後，她放開了一直緊握他的手，謝謝他聆聽，然後走向她的房間。

薇萊莉亞邊走邊低聲自言自語：「祖母應該要陪著孫兒……」然後嘆口氣，消失在房門後。這些話語並非要說給什麼人聽，但傳入了賽傑耳中。

她顯然很痛苦，她想跟他們一起去，但她做不到，也不容許自己這麼做。她的根在俄羅斯，但她的心將會對著海洋哭訴。

雖然她的孫兒還要數週才會誕生，薇萊莉亞卻日益焦慮——不是因為孩子的誕生，而是因為女兒即將離去。所以她對賽傑變得有些疏遠；她關心他，但他也是要帶走女兒與孫兒到遠方的人。

最後的幾週，賽傑辭去了工作，專心計劃旅程，並找來一個行李箱，協助安雅打包他們為數不多的家當。薇萊莉亞則一直忙碌著，為孫兒的誕生不停打掃、張羅。然而，一旦誕生，離別在即。

他外祖父的鐘端坐在壁爐上，滴答著送走光陰。

七月的第三個週日，安雅要賽傑帶她去他們在草原上的「快樂地點」野餐，她可以在清涼的涅瓦河泡泡痠疼的腳。

賽傑認為她不該離家太遠，以防萬一臨盆。「妳現在乘坐馬車不會太顛簸嗎？」他問。

「我比任何女人都感覺滿足，」她說。「但我還是想要搭馬車兜風呼吸新鮮空氣，單獨與我夫君相處一天。」

一小時之後，賽傑幫助安雅坐上馬車，一臉擔憂的薇萊莉亞把野餐毯子交給賽傑。「我們會在天黑前回家。」他向薇萊莉亞保證，然後韁繩一抖，出發了。

他們沿著運河，穿過涅瓦大街，朝北走，賽傑說：「安雅親愛的，妳相信命運嗎？」

「我相信你。」

「我知道。」他說，傾身去吻她。「但妳相信命中注定嗎？」

安雅笑了。「我怎麼能不相信，如此奇妙的安排把你帶來我面前？」她揉揉肚子，「現在我們要有另一個奇蹟了。」安雅把他的手從韁繩移到她圓滾滾的肚子。「你感覺到他了嗎？」

賽傑起先沒感覺到什麼——然後一記震動，又一記。「他已經在拳打腳踢了。」賽傑說，不禁為這孩子、為這個生命而高興。

他們離開了城市，走上鄉村小路，經過一個農場。安雅微笑著對農夫揮手，對方也點頭致意。

不久之後，他們來到了草原。賽傑原本想把毯子鋪在空地中央，就在他外祖父埋藏最後禮物之處，但炙熱的天候讓他們移到樹林邊緣。他們拿出食物，在樹蔭下休息，眺望著草原。

・20・

沙皇亞歷山大三世在位時，也是反改革時期，對猶太人與吉普賽人的暴力事件不斷增加。施暴者除了激進的民族主義者之外，還包括葛瑞哥・史塔克的人馬。

不像民族主義者，史塔克沒有任何理念；他對猶太人的恨意是私人的，根本不去理會動機的出發點是什麼。他也不像大多數哥薩克人。哥薩克人也許會剷除沙皇的敵人，但不會侵佔財物，史塔克則熱愛奪取任何有價值的東西，然後燒掉一切犯罪證據。

他不留下任何活口洩漏他們的蛛絲馬跡，而且對於安全的警戒簡直到了吹毛求疵的地步。他與他的人馬絕不會直接騎回營地；他們會先繞路到岩石山區與溪床，讓他們的足跡消失無蹤。他們的搶劫形成可怕又讓人困惑的傳說。

在過去幾年，這個阿特曼肆虐城鎮時，吸引了不少不安分的年輕人與歷練過的老兵加入。許多女人也因不同的理由加入，有幾個是新成員的妻子，或跟著新成員加入。有些女人願意服侍其他男人，所以他們定下了規矩，大家相安無事。

此時，史塔克開始一項新習慣：每隔一、兩年，他會饒過一個猶太寶寶，把孩子交給那些女人們，撫養成為基督徒。因為這樣，儘管他燒殺掠奪，卻自封為「兒童救主」。後來，這一群流浪的人們儼然像是一個哥薩克村落。

小惡是大惡的開端，最終必然導致無惡不作。以他們的標準來看，殘暴是必需的，甚至是美德。他們憑藉著刀槍以及狂熱份子無可動搖的信心，縱容心中任何慾望，為所欲為。

他們的臨時營地看起來與一般村落無異，小屋錯落，爐火閃耀，還有婦女與小孩。但他們是沒有人性的。他們越來越覺得自己所向無敵，不受法律與道德約束，他們踐踏俄國土地，讓受害者飽受地獄之火的恐懼。

就是這個葛瑞哥．史塔克與他的人馬，在七月一個週日下午，騎馬來到了一個平靜的草原。

·21·

賽傑與安雅剛吃完野餐，她的頭靠著他肩膀休息，聆聽著夏天微風中的鳥鳴，傳過樹叢，越過涅瓦河。

賽傑正要躺入安雅的懷中之時，望見遠方揚起一陣塵土。他坐起來，看到有騎士朝這裡而來——很可能是巡邏的士兵。

要是他一看到就立即採取行動，要是他信任體內攪動的不安感，他們也許能逃過一劫。留下東西別管，他也許能及時幫助安雅坐上馬車，然後快馬加鞭離去。但這樣會讓安雅感到驚慌不安；畢竟，也許只是一些人騎馬經過而已。

對方來得很快，現在已經來不及逃走。那些人越來越接近，賽傑覺得認出了其中一個臉孔，然後是另一個——去年九月他曾經被他們包圍住。接著他感到更緊張，因為十四個騎士中有一個獨臂的巨人，看起來像蒙古戰士。

他們的領袖騎馬停在數公尺之外。他現在比較老了，但前額有一道疤痕，不會認錯。他駕馭著戰馬，高高在上，以冰冷的微笑往下凝視著賽傑，賽傑永遠不會忘記那個笑容——他就是迪米崔·柴可耶夫。

賽傑一動也不動，陷入矛盾的情緒中：先是寬慰，然後又後悔沒殺了柴可耶夫，感覺大難臨頭。

他轉身面對還坐著的安雅，她還不感到恐懼，只是困惑，望著賽傑尋求解答。「我認識他，」他說，「我們是老同學。」他的嘴突然變得很乾，聲音空洞。他回頭看著柴可耶夫。

「很高興找到你，賽傑──我想你已經見過我的手下。」他說，指著數月前曾經包圍過他的四名騎士。「我的哨兵告訴我，他們碰到一個你這樣的人──名字叫賽傑……佛羅寧吧，我很生氣他沒有把你帶回來。我準備要處罰他時，他保證說會找到你。沒想到他真找到了。我們可以好好敘敘舊，你同意嗎？」

不等賽傑回答，柴可耶夫繼續說：「我找了你相當長的時間，但沒人知道好學生賽傑。我們分手時的情況很不幸，我很希望有機會彌補。現在我們又重逢了，你已經有個美麗的妻子，還即將有孩子……」

柴可耶夫的聲音溫和，態度有禮，賽傑剎時以為他的同學可能改變了。然後有些人發出冷笑。賽傑手臂的肌肉抽搐，他已經瞭解眼前冷酷的事實。

「怎麼啦，賽傑，」柴可耶夫繼續說，「你的禮貌呢？怎麼不介紹一下？」

賽傑心思快速運轉，研判當下局面。如果柴可耶夫很危險，他的手下更是危險──他們都是追隨者，急於取悅領袖，好提高自己的階級排位。他們無疑都是訓練有素的打手。他也許能對付幾個，拚命一搏──

但如果他動手，柴可耶夫會殺了他們兩個；也許如果他低聲下氣求饒，他們可能只會吐他口水、揍他一頓……但安雅呢？

他不願想下去。

賽傑絕望地尋找適合的言語或行動，至少得拯救妻子與孩子的性命。他思索這一切時，安雅設法站了起來，賽傑趕快伸手扶她。她站到他身邊，握住他的手。她的手冰冷而顫抖著，讓他生起一股原始的憤怒。忍耐，他告訴自己。利用這股怒氣。但時間還沒到……還沒到。

「我問你是否要介紹我認識你的女人。」柴可耶夫又說一次，語氣尖銳。

「迪米崔，」賽傑聽到自己說，想要喚起以前的回憶。「你還記得我在你的指導下，完成我們的野外求生訓練嗎？我們如何互相幫忙——」

「我什麼都記得。」柴可耶夫打斷他的話。

賽傑一開始看到柴可耶夫時就知道，他一定在等待這一天——他必定一再演練與猜測賽傑為了求生可能會說的話、會採取的行動。但柴可耶夫沒想到會出現甜美的安雅。

「我以哥薩克人的榮譽求你，」賽傑終於說，「讓我的妻子回家。我向你保證——」

表情顯得不耐煩的柴可耶夫舉起手，要賽傑閉嘴。然後他有禮貌地問，好像只是好奇，只是在懷念舊時光：「你的項鍊還在嗎？」

「我……我送人了，」他回答，「當成禮物。」

安雅的手不自覺地摸摸脖子。

「你當然送人了。」柴可耶夫說。然後他叫道：「科洛列夫！」頭向安雅的方向一擺。高大的獨臂人跳下馬，朝安雅走來。他的臭氣衝向賽傑的鼻孔——不只是汗臭，還有著一種男人的惡臭。

「退開！」賽傑說，站在妻子與壯漢之間。「把你的狗叫回去，柴可耶夫！」

科洛列夫停下。首領對手下點點頭，六個人立刻下馬，圍住賽傑，隔開了安雅。

「幹什麼？」賽傑說。
「我要他們搜你的身。」柴可耶夫說。
「這麼多人？」
「以防你幹下蠢事。」
賽傑決定配合。目前還沒有人受傷或有危險之虞，還有機會。但他等於是站在一桶火藥上面。
然後，火藥瞬間爆炸，六個人抓住賽傑，巨人抓住安雅的手，把她從賽傑身邊拉開。
接下來五秒鐘，賽傑爆發出一股力量，接連攻擊一人咽喉，踢中另一人膝蓋，解決了兩個人。這兩人分別倒下，一個呼吸困難，另一個站不起來。但另外四人抓住了賽傑的手臂、腿和脖子，靠體重把他壓倒，將他的臉按在地上，讓他無法動彈。
賽傑立刻放鬆全身，彷彿投降了似的。他要等待片刻，等到他們最沒有提防的時候……但是太多人了。他設法抬起頭，吐出泥土與血，憤怒而無助地看著眼前的景象。
柴可耶夫又點點頭。科洛列夫放開安雅，然後動作快如毒蛇，把項鍊從她脖子扯下，立刻交給柴可耶夫。安雅喘著氣，按住脖子，一道紅線出現在賽傑剛剛吻過的柔軟皮膚上。她開始害怕起來——為她丈夫、她自己，但最重要的是為她的孩子。
她目光緊緊注視著賽傑。如果她想像這裡只有他們倆，沒有其他人存在，也許那些人就會消失。她希望從丈夫眼中看到一線希望，但是沒有。

柴可耶夫說：「謝謝妳為我保管這條項鍊這麼多年，掛在這麼美麗的脖子上。」他聞聞項鍊。「啊，有她的香味。我很喜歡這個味道……」

有些人笑了，賽傑感到血液衝上腦際。「你拿到了項鍊，」他趴在地上叫道，「就你的了……我也任由你處置。」

「是的，沒錯。」柴可耶夫冷笑。

「那就讓我妻子離開——她與我們的恩怨無關。我們自己來解決……看在老天分上，迪米崔，我們是同學——」

「我覺得你很乏味，」柴可耶夫回答，好像很無聊。「我一直覺得你很乏味，好學生賽傑。」

他轉頭對安雅。「你的賽傑在床上也很好嗎？」他問，「他有沒有說請與謝謝？」

柴可耶夫的部下像狗一樣嚎叫。他在玩弄他的獵物。

科洛列夫握緊安雅的手腕，她痛苦地皺著臉，然而賽傑愛莫能助。他能感覺到她的恐懼；她小時候驚險逃過哥薩克人的屠殺，因此他完全瞭解她現在的心思。賽傑心痛如絞地看著她勇敢的臉，她的眼睛透露著她內心唯一的祈求：「請保佑我體內的生命。」

但賽傑倒在地上無法動彈，只能任由柴可耶夫擺布。

一個人搜索著他的口袋之時，其他人放鬆了戒備——只是一瞬間，但這樣就夠了。賽傑揮動手肘，打碎搜索者的下巴，接著轉身踢了另一個人的下體，但其他人再次壓了上來，讓他幾乎無法呼吸。他又被壓制在地上。

柴可耶夫說：「你看到了吧，賽傑？我成為一個領袖了。」

賽傑吐出土與血。「我看到了你變成了什麼。」

「你還是原來的樣子——一個急於討好父母的弱者，卻從沒見過父母一面。」柴可耶夫打開項鍊。「啊，我看到了你神聖的父母。我一直很喜歡這幅家庭照片。我覺得很感人。」他像是自言自語，凝視著照片中的小小臉孔。他轉回去看賽傑。「然後你把它偷走了。」

賽傑感覺喉嚨湧起一陣酸液。這時候他知道他和安雅的運氣用光了，他們的祈禱不會得到回應，他在世上的最後行動將是出於絕望。

柴可耶夫轉頭打量著安雅。賽傑再次試圖掙脫那些人。「這個玩意現在對我沒有意義了，」他說，「也許我會還給這個美麗的妻子，交換一個小小的吻。」

安雅的眼睛驚慌如小鹿，再次望著賽傑。甚至到現在她都相信丈夫有計畫或力量拯救他們，就算現在他被那些人壓住，但仍然保有一線希望——直到柴可耶夫說：「不過我又想了一下，我為了這條項鍊經歷這麼多麻煩，應該要得到比一個吻更多。」

柴可耶夫知道安雅是賽傑的弱點，享受著掌握權力的快感，眼睛直瞪著賽傑，對安雅說：「小妻子，今天這麼熱，你何不脫掉一點衣服，讓大夥瞧一瞧——」他又對科洛列夫點個頭，科洛列夫放開鐵鉗般的手，扯開她的上衣。她驚恐地想遮住自己、保護子宮中的胎兒。

這時賽傑爆發出驚人的力量，掙脫了壓制他的五個人。「跑！安雅！快跑！」他叫道，同時打斷另一人的肋骨。然後所有其他的部下與科洛列夫都撲到他身上，有如雪崩般把他再次埋在眾人的重量下，他的臉被壓在石頭上，鼻子與臉頰骨都被壓斷了。

賽傑沒感覺到疼痛，只強烈想要保護他的安雅，但他做不到。他使出所有的手段、所有的力量，但都沒有用。

柴可耶夫的嘴吐出三個字：「抓好他！」

一隻手抓住賽傑的頭髮，讓他抬頭看科洛列夫放開安雅的手腕，粗暴地搓揉她的豐胸。安雅對他的臉吐口水，她現在燃起了母親的怒火，又踢又打，抓向科洛列夫的眼睛——

科洛列夫臉上流出血來，暴怒地伸手環住安雅的頭，抓住她的下巴，然後一扭。可怕的碎裂聲——安雅的脖子斷了。她死在距離賽傑三公尺之外。

之後一切都有如慢動作。賽傑不再感覺自己是在身體裡面，而是飄浮在上方，看著科洛列夫把安雅像玩具娃娃般拋到地上，她躺著不動，眼睛空洞地望著藍天。他麻木的頭腦拒絕相信眼睛所看到的。不可能是真的；這只是個惡夢；他在睡覺。

但惡夢還沒有結束。柴可耶夫下了馬，皺著眉頭，走向科洛列夫。他拔出長刀，朝著剛剛殺害賽傑妻子的人。

「科洛列夫，」他的語氣尖銳，「你真的要學學控制你的脾氣。我還想多享受享受這個樂趣，卻被你搞砸了。」

巨人很明智地保持沉默，往後退，騎上他的馬，等待阿特曼接下來的話，「好吧，還不算太糟糕。」

賽傑驚恐地看著柴可耶夫蹲在安雅身邊，幾乎很溫柔地，用長刀劃開她圓滾滾的腹部。

然後他伸手進去，拉出一個嬰兒，頭下腳上地，臍帶仍連接著母親。

柴可耶夫搖著頭，賽傑與其他人也都看到了，他的長刀切得太深──嬰兒已經死了。這場勝利顯然被破壞了，柴可耶夫嫌惡地轉身對著賽傑。「是個男孩。」他說，把死嬰丟在安雅的屍體旁。

賽傑尖叫，想要蓋住他無法承受的痛苦。他腫脹的眼角看到一把手槍朝他揮來。然後他就失去意識了。

按照慣例取了紀念品之後，柴可耶夫騎上馬。科洛列夫又下了馬，從刀鞘拔出刀子，靠近失去知覺的賽傑．伊凡諾夫。

「不要動他，」柴可耶夫說。「我要他活著。我要他記得這一切。」

「你給自己製造了一個畢生的敵人──現在他也是我的敵人了，」科洛列夫說，「一個失去一切的人會很危險；現在就殺了他，以免後患無窮。」

「他是個弱者，也是個傻瓜，對任何人都沒有威脅。」柴可耶夫強硬地回答，知道他的手下都聽到這番話了。「你今天已經破壞夠了。不要動他！」這不是請求──阿特曼不喜歡再說一次。永遠都不。

科洛列夫遲疑著，但沒多久便聳聳肩，回到馬上：「阿特曼，他為何叫你迪米崔．柴可耶夫？」

「那是我年輕時的名字，」他回答，然後對他的部下，包括那些跛著腳或被扶回自己馬上的人，大聲宣布：「從今天開始，葛瑞哥．史塔克死了！我再也不要聽到那個名字。為了紀念這一天，現在我的名字是迪米崔．柴可耶夫——但你們只能叫我阿特曼！現在舉起刀表示你們同意！」他們全拔出長刀指向天空。隔了一會兒，科洛列夫也照著做了。

柴可耶夫與他的手下驅策著馬匹，離開草原。科洛列夫回頭看看動也不動的賽傑．伊凡諾夫最後一眼，就追上其他人而去。

‧22‧

賽傑．伊凡諾夫猛然吸了一口氣，回到了人世——另一個人世，眼前地獄般的現實，充滿了食腐鳥禽的淒厲叫聲。他跳起來，像瘋子一樣揮拳尖叫，對正在撕扯他妻子與兒子屍體的有翼妖怪發洩怒火。他流滿血的頭陣陣抽痛，但仍然強迫自己看著眼前的一切，然而他的心無法接受那隻垂著皮膚碎片的小手，伸向那橫陳在太陽之下腹部被剖開、如蠟般的身體。

他把家人遺體包在毯子裡，想要挖一個墳墓埋葬。他用手挖掘土壤，直到指尖都磨破流血，但夏天的硬土不願讓步。他無法救他們，也無法埋葬他們。強烈的痛苦讓他重重擊打一塊石頭，他恍惚地看著自己的指節因此而破裂。

他很想跟他們一起躺在安靜的土壤中，但他還有最後的任務要完成——尋找並殺了柴可耶夫與科洛列夫，然後，如果他沒死，再告訴安雅的母親與哥哥發生了什麼事。

一個空虛的人，再也不會感到任何恐懼；他們無法殺一個從地獄回來的人。他什麼都看不到，眼前只有一條黑暗的隧道，他跌跌撞撞走向河邊，然後嘔吐。水波靜止後，他看到一個對他毫無意義的陌生人的臉——一個弱者，一個懦夫，一個傻瓜。

安雅，他的摯愛，融化了他過去的冰封，讓他流入溫暖的愛情季節。現在他冷到骨子裡，在一個陰影的世界裡漫無目標地遊晃。

又一陣尖銳的疼痛刺入他的腦中，眼睛後面閃現慘白的光。賽傑跪下來，祈禱不要再有回憶，不要再受苦，但是都沒有得到回應。他知道妻子與孩子都死了，這個世界的純潔與良善也就隨他們消逝了。他內心已經沒有神，沒有公義，沒有光明。

他的頭再次劇痛，大地傾斜，他倒了下去。

他在黑暗中醒來，腦袋的抽痛也回來了。他發現自己躺在柔軟的床上，於是掀開被子，準備起身，但他的腿軟弱無力，跌倒時撞翻一張桌子。一位老婦人出現，扶他回到床上。

「你休息，」她說。「我們晚一點再談。」

「我的妻子，我的孩子……在毯子裡——」

「噓。我丈夫把他們都安葬在那裡了。現在睡吧。」

等他再次醒來時，還是夜晚。他聽到不遠處有鼾聲，搖晃地站起，然後又無力地跌坐回去。一個惡魔在他耳邊低語：「要不是你，她還會活著。」他無法否認這個事實，無法承受這個痛苦，但也無法終止。如果能終止痛苦，就太輕易饒過他了。他必須時時刻刻記著這個事實，才能表達他的懺悔。他將經歷許多死亡，然後才能與他們重逢。首先他要獵捕一些人，然後他必須面對安雅的母親。

賽傑又站起來，顫抖著，找到他的衣物——已經洗乾淨，折好放在床邊。他轉頭，感到一陣疼痛。他舉起手來，感覺手上有繃帶；他的手被清洗乾淨，包上濕布。他安靜地穿上衣服，用顫抖的手拿著鞋子，朝門口走去。在黎明前的黑暗中，賽傑在門邊桌上找到一支筆與一張紙，寫下幾個字：「謝謝你們。我不會忘記你們的仁慈。」

在晨光中，賽傑回到草原，跪在他家人的墓塚上。他訴說著愛與哀傷——但當他想要道歉時，卻無法言語。賽傑帶著自我厭惡的心情，對家人的墳墓發誓，他會為他們的死亡復仇。

剛開始時，對方的蹤跡不難追蹤。他盡速徒步前進，跛著腳走了一整天與大半夜。然而斷裂的鼻子、鬆脫的牙齒以及腫脹的臉，讓他時時處於痛苦中。這樣很好——可以讓他保持清醒。但他必須保存力氣，所以他找到一根木棍，在石頭上磨尖，在溪水裡叉中一條魚，然後生吞下去，繼續前進，雙眼觀察地面，追蹤著馬蹄印。第二天，他找到一些鳥蛋，摘到一些水果。沒有生火，很少休息，也沒有胃口。他強迫自己吃東西，然後繼續移動。

在茫然無法分辨光亮與黑暗的昏沉中，在陽光與月光交替呈現的陰影夢境中，時間逐漸流逝。他繼續前進，追蹤痕跡，跟隨著一張被踐踏的地圖。賽傑想到他父親，他終於瞭解一個人為何能酗酒至死。

就像他父親，賽傑也在同一天失去了妻子與兒子。只是賽傑的家人不是死於天意，而是死於一個變態之人。柴可耶夫一夥人殺了他們，斬斷了賽傑的血脈，因為他不會再結婚了——他非常確定，就像他確定那些人都會死在他手上一樣。光是懲罰還不夠；沒有任何救贖的可能。他不要他們懺悔；他要他們的腦袋。從那一天起，他將為他們的死亡而活。

𝒮

第三天早上，開始下起雨來，突然間一陣傾盆大雨——足跡消失了。他找到幾根折斷的樹枝，然後就無跡可循了。他失去了線索。這個事實讓他跌坐在地上，太虛弱而無法前進，也無法回頭。

然後他想到薇萊莉亞。她現在應該擔心到快發瘋了。他必須完成這個痛苦的任務。返回聖彼得堡的路上，賽傑心事重重，除了讓自己走在正確方向之外，沒有注意任何經過的景物。他在池塘停下來喝水時，看到自己腫脹骯髒的倒影，還看到其他的改變：他的頭髮完全白了。

幾小時之後，城市的尖塔在眼前出現，意味著他回到了人類的世界。

𝒮

賽傑抬頭看著公寓的窗戶，回想起他向安雅求婚的那一刻。一聲哽咽不禁從他喉嚨發出。他慢慢爬上階梯，敲了門。他聽到急忙的腳步聲與薇萊莉亞迫切但帶著寬慰的聲音：

「老天，你們跑去哪裡……」當她看到賽傑單獨一人，話聲陡然停頓。

薇萊莉亞面色黯淡，灰髮散亂，紅腫的眼睛下有黑眼圈。賽傑比她還不成人形。臉頰骨斷裂，鼻子、嘴唇腫脹，眼神空洞，還有一頭白髮，他看起來像是依照自己面容製成的一個恐怖面具。

但薇萊莉亞知道他是誰，驚恐地望向他身後，尋找階梯下方。「安雅呢？」

賽傑默默站著，無法言語。

「安雅呢？」她再問一次，聲音沙啞微弱。然後她凝視賽傑的眼睛，她心裡已經知道真相，然而理智無法接受安雅不會回來了。她永遠都不會回來了。

賽傑抱住昏倒的薇萊莉亞，把她扶到沙發上。

她睜開眼睛後，立刻坐直起來。「告訴我發生了什麼事。」她的聲調平板。

賽傑只說：「一群邪惡的人來到草原。我被打昏了。安雅被殺害了。我追蹤他們想要復仇，但足跡中斷了……」

薇萊莉亞拒絕接受這個事實——她寧願相信他瘋了，編出了這個可怕的謊言。所以賽傑默默地陪她坐在那裡，直到她的心接受了真相，彷彿看到她衰老、死亡一般。她終於開口，聲音微弱到幾乎聽不見：「六天……六夜都沒有消息。我本來擔心你們已經去美國了……後來我祈禱你們真的離開了……我想要說服自己。但我知道安雅絕不會……」

然後賽傑了解到她未說出口的想法：薇萊莉亞求他們留在聖彼得堡，好讓她見到孫兒；為了這個出於愛的自私行為，她餘生都將為此自責。

賽傑想到安雅的哥哥，想像安卓烈甚至現在仍在努力工作，讓自己分心於工作上，同時祈禱妹妹平安歸來。

薇萊莉亞深吸一口氣，然後盡最大力氣問：「你至少有埋葬我女兒吧？」

他慢慢點頭。「她……在草原上……」

他伸手想握她的手，但她抽開，然後說出他最擔心的話——一個他問了自己數百次的問題：「為何安雅死了，你卻活著？」賽傑沒有回答，所以她又問另一個問題：「你不是在這個房間裡，承諾要用你的生命保護她？你沒有這樣承諾嗎？」他們都知道答案。

他看著她的眼睛，搜尋字眼。「母親，我——」

薇萊莉亞僵硬地站起來說：「你讓他們殺了她。你是個懦夫，不是我的兒子。現在離開這個房子。」

他慢慢站起來，進入他和安雅的臥室，拿走他的些許物件。賽傑最後一次凝視安雅的枕頭，撫摸她折好的睡袍。他把睡袍貼在臉上，聞著她的香味。他們共享的時刻出現在眼前。這痛苦實在過於強烈，他的雙腳再也無法支撐了。

賽傑勉強再撐持起來，收拾他的背包、刀子、鏟子與幾件衣服，就像他來的時候一樣，孑然一身離去，一個孤獨而無家可歸的流浪者。

❦

他走了之後，薇萊莉亞倚著門，她乾枯的眼睛無神地瞪著，幾乎沒有呼吸，直到她想起安卓烈不久就會回到家，她必須告訴他這件事。然後她呼出一口氣，一陣抽搐。「啊！啊！」她啜泣起來，無法停止。

稍後，有如夢遊一般，她走到客廳，雙手環抱自己，突然感到寒冷。這個公寓像她身體一樣，荒蕪死寂。她面對壁爐，再次發出淒厲的哭聲，終於認清她再也看不到她的女兒了。

薇萊莉亞握拳敲打壁爐——一次，又一次——晃動了壁爐上的鐘。她看著它傾倒，翻滾落下……這個由賀修．拉賓諾維茲親手製作的鐘，木材是她的班傑明砍下來的，這時摔了下來……

鐘的一角撞擊地板，噹的一聲碎裂開來，零件如珠寶般閃爍散落四處。但薇萊莉亞只看到灰燼，然後她昏倒在客廳地板上。

完成最後的任務之後，賽傑回到草原上他妻子與兒子埋葬之處，準備共赴黃泉。他已經想好了，他不要讓自己的血污染安雅長眠的土地，他只要躺在墓旁，讓自己飢渴而死。

一天過去了，然後兩天……三天……然後他停止計算。飢餓感已經消失。他乾裂的嘴唇只是小小的贖罪，他的死亡對這他永遠無法還清的債務，只是微不足道的償還。

他不打算再起身了。

一連串的意念、聲音與情緒在他心中升起，他陷入夢幻般的冥想中，混亂的過往畫面夾雜著夢想中的未來：他的父親，一個人在黑暗的房間裡喝酒……他的外祖父消失在遠方……

安雅養育著他們的孩子……孩子在美國的公園中玩耍……

然後神祕的意象在他心中黑暗的角落出現。他看到了亡者的渡船夫，一個陰沉的老人，在冥河的岸邊等待著他，準備帶他渡河到陰間。但賽傑沒有銅板給渡船夫，因此注定要在霧中流浪，徘徊在這條亡者之河的岸邊。

賽傑看著眼前的這條河，赤裸地站在有去無回的岸上，凝視著黑暗的河水。然後他發現，這不是他想像出來的──他的身體不知怎的竟然死而復生，他現在來到了涅瓦河的河邊。他往前傾，跌入了映在河面的月亮與星辰之中……

撞擊水面的力量撼動了賽傑的心，心跳開始強而有力。他喘著氣，然後深深喝了一口水，而這水有一股奇特的療癒力量。在此神奇的一刻，自暴自棄的惡魔被趕走了，他從死亡之路調頭回來了。

賽傑掙扎著爬上岸，就像億萬年前第一隻從海洋爬上岸的生物。他渾身濕淋淋的，在這個溫暖的夏夜重生，心中聽到了哥薩克佬亞歷西的聲音：「一個人有兩次得到評價的機會──第一次是他如何生活，第二次是他如何死亡。」賽傑的生命已經沒有意義，但他的死亡還可以有所作為。他決定不要輕易拋棄生命。安雅曾經勇敢抵抗；他的抵抗不能比她少。

「你為何還活著？」薇萊莉亞曾經問。他當時沒有答案，但現在他知道他活下的目的為何。他赤裸地站在星空下，他的目標明確而堅定，將他從陰間帶回到了人間。

他外祖父的面容出現了，然後是他的母親與父親，為他帶來了清醒以及愛。但這一刻轉瞬即逝；光是回憶無法支撐他活下去，只有一個人有這種力量──他的名字叫迪米崔．柴可耶夫。

賽傑回想著他試圖追捕那些人的行動，明白自己的愚昧。他怎麼可能成功？他奢望獲得神助嗎？或是突然獲得過人的力量？他年輕時受過的訓練讓他足以對抗一個人，也許應付得了兩三個沒受過訓練的人，但不可能打得過一群老練的鬥士。要找死很容易。現在他要活下去，追求最終的目標：他要接受前所未有的訓練，忍受任何艱辛，鍛鍊出力量與戰技，下次面對他們時，他將有所準備。

就算是黑暗的目標，也能讓一個人活下去。

這一夜，在戰士精神附身之下，賽傑·賽傑維奇·伊凡諾夫終於不負他哥薩克父親的傳承。他充滿嶄新的清明、耐心與決心，相信終究能擁有所需的力量。他將去尋找那些能幫助他準備的人。等他準備好之後，他會找到柴可耶夫與科洛列夫——他會送他們下地獄。

第四部
戰士之道

我以前並不相信傷痛能帶來力量，
或神聖的目標可以隱藏在悲劇中。
但現在我相信了。

——麥克斯．克里蘭（Max Cleland）

‧23‧

一八九二年的夏天，在二十歲生日之前，賽傑・伊凡諾夫展開他成為一個無敵戰士的追尋。

賽傑往南走，腦海浮現哥薩克佬亞歷西在一群專注的學生前踱步，提醒他們：「一個聰明的士兵不會用鈍斧來砍樹，也不會沒有準備就上戰場。要打敗敵人，你必須瞭解敵人。要瞭解敵人，你必須先瞭解自己。面對你自己的心魔，然後才上戰場面對其他人。」

近來，賽傑已經太熟悉自己的心魔了：他無法專注於眼前的事情太久，之前的悲劇隨即會浮上來騷擾他。他必須先治療自己受盡折磨的心與脆弱的身體，然後才能認真訓練。

所以他再次回到曠野中，找到一條安靜的小溪，紮了營。他設下陷阱，釣魚、狩獵。他飲用純淨的溪水，每天早上恢復浸泡冷水的習慣。晚上他坐下來，凝視著營火，靜心冥思。

剛開始時，他骨瘦如柴，但數週後，夏末的成熟果實補充了他簡單的食物。他開始以輕鬆但積極的方式伸展筋骨，並對腹部、背部、手臂與雙腿進行肌力訓練。他先回想年輕時所學到的，後來就依賴自己的直覺，想出新方法來挑戰肌肉。他想起哥薩克教官說的話，提醒自己：生命會回應所需。

山林中提供許多機會來增加他的活力。他行走，然後跑步：跑上山坡，並且在及腰的溪水中跑步。他也開始遠距離慢跑，持續超過十公里，翻山越嶺，偶爾精神比較充足時，便爆發速度衝刺。

每天他都想像自己面對巨人科洛列夫，然後對付柴可耶夫，然後是兩個人、三個人、四個人齊上。他與幻影對打，向陰影拳擊，閃躲翻滾，熟練他以前學到的動作。每次練習都持續十分鐘、二十分鐘、三十分鐘或更久，想像敵人從樹後與岩石後跳出來，採取各種可能的攻擊路線、使用各種武器，打到汗水淋漓。他思索著要如何反應，並且擊敗對方。

想像起來很容易。但是當對決來臨時，他必須在數秒內結束一個對手，而不是數分鐘。要摧毀這些野蠻的哥薩克人，他必須找到最厲害的哥薩克鬥士，跟他們一起訓練。

到了十月中旬，賽傑已經準備好往更南方走。

他徒步沿著頓河往南旅行，沿途仍持續練習：走路，跑步，與陰影對打，培養耐力，尋找任何機會強化自己。

十二月開始起風了，降雪逐漸加遽，賽傑需要一匹馬。如果他想跟哥薩克人一起訓練，他必須騎馬加入。況且，騎馬讓他可以在短時間內搜尋更大範圍的區域。時間是很寶貴的。

他剩下的三枚金幣與工作薪資約二百盧布，放在一個小布袋，與其他用品裝在背包中。金幣可以讓賽傑買匹好馬；剩下的錢可以應付未來不時之需。他想，當一個人學會不用錢就可以生活時，些許盧布就可以用很久，而他還有漫長的路要走。賽傑也想到應該留點錢給薇萊莉亞，但她大概不會接受，何況離開她家時他的心智並不是很清晰。

他詢問經過的每一個農場是否有馬匹要賣。幾天後，一個農夫願意賣給他一匹看起來很健壯的公馬，附加一條毯子、一個馬鞍、韁繩與蹄鐵，賽傑以三枚金幣加上五十盧布買下。

「牠有點容易受驚，也不願意犁田或拉車。」農夫在成交後說。

結果，那匹馬也不願意被騎。但賽傑年輕時學習過騎馬，懂得如何與馬溝通。經過一些掙扎與安撫後，公馬平靜了下來。賽傑為牠取名為狄卡，意思是狂野。

數週後，賽傑與馬之間建立了默契，他提醒自己，他騎的是一隻有智慧的動物，牠不是物品，不是他的背包或他在附近鎮上買來的長刀與衣服。他與馬彷彿彼此有個默契：狄卡願意馱負賽傑，而賽傑會照顧牠的需求。

騎著馬，穿著哥薩克背心與大氈毛斗蓬，冬天就沒有那麼難受了，雖然強風有時威脅要把他吹落。但狄卡很強壯，如果馬能承受得住風暴，那麼騎士也可以。

朝南走了幾個月，就在春天融雪之前，賽傑來到頓河岸邊的一個村落。這個小村看起來很單純，但只有最無知的強盜才敢冒犯這村裡的男女，因為他們是世上最強悍的鬥士。

煙囪在飄雪中冒著煙，賽傑進入小村，經過一些用樺木搭建的木屋，座落在幾棵樺樹與松樹之下。小村距離河邊約兩百公尺，地勢夠高，如果頓河氾濫也不會被波及。附近的樹林可以擋住部分強風，但距離沒有近到足以屏擋敵人的窺探。幾個男孩跑來跑去，一個老人穿著羊毛大衣，坐在椅子上抽菸斗。

賽傑身後響起了馬蹄聲，他轉頭看到一位騎士靠近，直到他們的馬並轡而行。他瞄了一眼，看到那人穿著傳統哥薩克服裝——軟皮靴子與繫著皮帶的黑色長袖大衣，胸前掛著一排彈匣。他的多用途毛毯——可當成毯子、帳棚或擋風遮陽的外套——摺疊整齊放在馬鞍上。他身側也有一把長刀，肩膀扛著一支卡賓槍。

幾個外表粗壯的婦女出來，向隨行在後的其他騎士致意。幾位年輕女子背著嬰兒，空出雙手以便戰鬥，這是她們的傳統。

騎在賽傑旁邊的哥薩克人，比賽傑約年長十歲，身材孔武有力，凌亂的淡色頭髮長而濃密，他向賽傑點頭表示歡迎。觀察之後，賽傑覺得這個人可以成為好友或危險的敵人。哥薩克人用當地的口音問：「你是路過還是想借宿，陌生人？」

「我想要學習。」

「學習什麼？」那人問。

「戰鬥。」賽傑回答。

哥薩克人笑了，轉頭對其他能聽到對話的騎士笑笑。「嗯，那你來對了地方。」他說。

「也找對了人。」他的一個同伴說。

他說他叫里昂德·安納托利維奇·契卡連科。這些人需要一點小娛樂，所以當天下午就在穀倉中舉行一場比賽，算是私人活動，觀眾可以下賭注。賽傑輸了第一回合，贏了第二回合，讓里昂德與其他人感到驚訝，也贏得他們的尊敬。第三回合打成平手。賽傑發現里昂德靈敏而熟練，策略也很高明，但他自己的密集準備與訓練有了成效。這場比賽是他慘敗給柴可耶夫那夥人之後，第一次真正的較量，比賽成果增加了他的信心。他本來以為會很糟糕。

賽傑向對手致意，真誠地告訴哥薩克人，他是他所面對過最厲害的人，他在比賽中學到了很多。

他們友善地道別，賽傑從中瞭解到世上還有好人存在著——有那麼一刻，他想要在這個安靜的小村多待一段時間，成為他們之中的一份子。但這個念頭轉瞬即逝，因為他還有路要走，不容許這樣耽擱。

賽傑在下一個哥薩克村落也遇到類似的情況，再下一個也是如此。每一次勝利，都展現了他這幾個月跟幻影對練出來的力量、速度與技術。但賽傑後來終於明白，若要打敗柴可耶夫一夥人，還需要其他的東西。與一個對手的友善較量是一回事；與許多對手的殊死格鬥是另一回事。賽傑需要一個像亞歷西的老師，不僅超乎常人，也超乎哥薩克人。

他回憶著與里昂德和其他人在晚餐之後的對話。那時他們凝視著爐中的火焰，里昂德說：「我聽說有一個劍客獨自住在樹林中，在頓河的東南方，隱藏在伏爾加格勒附近的山區中，靠近一個小村子，村子只有幾間木屋，沒有其他東西。我聽說這個人年輕時歷練廣闊，曾經跟日本武士一起訓練，並在日本最後一位偉大阿特曼，也就是幕府將軍的面前表演，他在一位武士還來不及拔劍之前就奪下了武器。」

「他叫什麼名字？」賽傑問。

「沒人知道他真正的名字。但我聽說他自稱雷辛。」

·24·

一八九三年三月一個颳風的日子，科洛列夫打獵回來，扛著一隻鹿。他進入臨時的營地，看到新加入的酒鬼史塔契夫跌跌撞撞地走向帳棚，然後趴倒在地上。

奇怪的是，史塔契夫跌倒的模樣，讓科洛列夫想起阿特曼終於找到他一直在找的人的那一天——他找到了伊凡諾夫，殺了他的妻子，把伊凡諾夫打趴在地上，但卻放過了他。這樣做真蠢，但現在無關緊要了，他們已經回到南部哈爾科夫與第聶伯河之間比較溫暖的平原。此外，對科洛列夫而言，伊凡諾夫只是一個農人，不值得放在心上。

讓這個獨臂巨人放在心上的是，史塔克自此就變了。這個阿特曼不僅有了新名字——迪米崔·柴可耶夫——而且因為報了仇，他的性情也好了一些。除了幾天後發生的一件事，科洛列夫不禁回想起……

每次掠奪後，柴可耶夫都會派哨兵托莫洛夫回頭察看是否有人追蹤。伊凡諾夫的事情過後不久，托莫洛夫回報：「我只看到一輛馬車坐著一家人……還有一個人徒步走著。」

托莫洛夫看到柴可耶夫的表情，立刻補充說：「他不可能是那個人，阿特曼——他有一頭白髮，看起來又老又病……」

柴可耶夫派托莫洛夫去找那個人，殺了他，把屍體帶回來。

托莫洛夫空手而返後，柴可耶夫宣布立刻拔營。

一個月後，他們在西南方發現一個營地，距離羅馬尼亞的喀爾巴阡山脈不遠。他們駐紮在那裡，像一般哥薩克騎兵一樣巡邏邊界。他們也恢復了不定期的掠奪，每隔幾個月一次。一切都回歸往常模式——包括柴可耶夫的惡夢。

科洛列夫知道阿特曼晚上睡不好。科洛列夫想要掌握任何大小事，包括阿特曼的睡眠狀態。少數被他重用的男人，以及畏懼他的女人，都急於對他報告任何消息，但他們說不出柴可耶夫在想什麼。如果能知道阿特曼為何睡不好，科洛列夫願意剪掉自己的頭髮。沒錯，那是很有價值的情資。他觀察著阿特曼，就像觀察一隻野生動物。但柴可耶夫依舊保持神祕，而科洛列夫不喜歡謎。他要解開謎，不然就乾脆摧毀它。

乍看之下，柴可耶夫沒有什麼弱點。他過著有如斯巴達人的生活，不好女色，很少喝酒。事實上，阿特曼似乎是個道德典範，除了他喜好殺害猶太人——關於這點，科洛列夫猜想，那只是他的本性：就像蠍子會螫人，而柴可耶夫會殺猶太人。

科洛列夫只在柴可耶夫的無懈可擊中找到一個漏洞，那就是對於兒童的怪異喜愛。柴可耶夫是真的喜歡小孩，尤其是完全不懂事的幼兒，他們會對這個魔鬼露出笑容。當孩子不再是無知幼兒，當阿特曼看到他們露出恐懼的眼神後，就會對他們失去興趣，把他們當成僕人或兵團的新血一般使喚。

在剛出生或收養的孩子中，阿特曼似乎特別喜歡其中兩個，一個叫康斯坦丁的男孩，與一個叫寶琳娜的女孩。從寶琳娜呱呱啼哭的聲音第一次出現在營地的那夜起，柴可耶夫就把她當成自己的女兒，還說孩子的生母雖然是艾蓮娜，但要交給蘇拉來照顧，因為較年長的蘇拉比較適合當母親。

有一次，這個女嬰抓住阿特曼的手指，他像驕傲的父親般說：「很強壯的寶寶，對不對？」蘇拉一如往常表示同意——阿特曼不管說什麼都是對的。

蘇拉四十多歲，是部落中最老也最早加入的女性。她的臉頰、脖子與一個乳房有兒時燒傷的疤痕，她與大葉格維奇是好友，大葉格維奇是部落中另一個年紀大的人，他不允許年輕男人對這個可憐女子洩慾，但他們置之不理。幸好她是科洛列夫不會理會的少數女性之一。

蘇拉愛說髒話，而且只要有人願意聽，她就會不停抱怨。她很小心不在阿特曼面前抱怨，常常自言自語、嘮嘮叨叨一些小事情，例如天氣怎樣，或怎樣幫女孩梳理糾成一團的亂髮。每當女孩們看到蘇拉拿著梳子，就會趕快轉頭假裝沒看到。

她丈夫多年前喝醉酒後跟人打架而死，蘇拉跟著兒子托莫洛夫一起加入柴可耶夫。阿特曼不准她寵愛孩子。「如果妳照顧的孩子變成了問題，」他告訴她，「他們就會被遺棄。」她懂他的意思。她也瞭解，所有女孩長到可以吸引男人時，她們就必須服侍男人。

除了寶琳娜之外。

阿特曼喜歡的另一個孩子是康斯坦丁，這個好奇的男孩很守本分，有著一雙深色大眼與深色的頭髮，很自然地扮演著崇拜主人的小狗。柴可耶夫看到這孩子時，有時候會露出微笑，有時候卻面帶憂鬱，原因是什麼，科洛列夫百思不解。

科洛列夫自己幾乎無法忍受看到阿特曼顯露感情的模樣——柴可耶夫會拍著他所寵愛的孩子的頭，堅持要他們叫他「迪米崔爸爸」。真是噁心。但是，科洛列夫很高興他找到這個弱點，因為只要知道一個人在乎什麼，就知道哪裡可以下刀。

科洛列夫也不喜歡柴可耶夫侵佔猶太死者的遺物，但柴可耶夫這種行為簡直到了狂熱的地步。殺人是一回事，像個小偷一樣又是另一回事。阿特曼還會在營地裡仔細欣賞那些戰利品，實在莫名其妙。拿走金錢、黃金、珠寶，這還可以理解——但把那些死人的破舊東西、日記與照片當成寶貝一樣垂涎？是要當作紀念品嗎？科洛列夫不是個迷信的傻瓜，但任何人都知道，不應該帶那些東西回到營地。

雖然這個阿特曼變得越來越古怪，他仍維持著自己的權威，掠奪也照舊進行，哨兵依舊騎馬遠赴兩天路程之外的地方進行偵查，而且絕不重複前往同一個方向。他們會注意單獨的小屋、房舍與小農場的位置，從遠方觀察，判斷是誰住在那裡，是否是猶太人。有時候，一個哨兵會把馬交給其他人，獨自上前敲門假意詢問方向。如果看到有女人，那就更好了。

後來有兩個女人加入了他們，歐桑娜與塔蒂安娜——她們是想尋找刺激，並非被強迫的。現在部落中的九個小孩，四個是艾蓮娜、歐桑娜或塔蒂安娜所生，但之後沒人再去特別留意誰生了誰。

儘管外表看起來很尋常，柴可耶夫部落的男女都是不容於社會的不法之徒與邊緣人。他們對自己人還算友善，但是在掠奪時，毫無文明可言。聽從阿特曼的命令去殺人時，有些人比較遲疑，有些人非常樂意，無論何者，這樣的行為等於把自己的靈魂交給了迪米崔・柴可耶夫，成為了他的工具與僕人。

·25·

賽傑沿著河朝南走，然後朝東，又碰上一些哥薩克部落。他考慮要再參加一些比鬥，但後來作罷。如果要打敗哥薩克人，他必須找到比他們更強的人，也就是找到劍客雷辛。里昂德·契卡連科會提到此人，並非隨口閒聊。現在他把尋找雷辛當成目標，全心全意朝這目標邁進。

然而，要找到隱藏在樹林中的小屋，絕非易事。賽傑詢問許多當地人，但他們的指引含混而且矛盾。三個月後，他開始懷疑此人是否存在。他聽過太多偉大戰士的傳奇故事，其中大多是傳說。不過，他仍然繼續尋找。

幾週後，賽傑在樹林中找到很類似的小屋，心跳不禁加快。簡陋的門後有一個老婦人往外看，他問她是否聽說過附近有一位劍客。她瞪著他一會兒，似乎想看出他的意圖，然後她指向遠處樹林中一個難以察覺的茅草屋頂，並在他道謝之前就關上了門。

賽傑來到小屋旁，下了馬，輕輕敲門。沒有回應。他又敲一下。突然他感覺到一把刀抵著他的背。

賽傑原本打算按照以前所學的招術，轉身奪下長刀，但想想還是安分些的好——如果劍客要殺他，早就下手了。他身後響起一個沙啞的聲音：「有何貴幹？」

「我想向雷辛大師學習。」他說。長刀的尖端刺得更深。

「誰教你來的？」

「一個……哥薩克人……他聽過你的厲害……」

「我不教人。走開！」放下了刀，那人從賽傑身邊走進屋子，然後關上門。

賽傑又敲了一下門。

「走開！」他低沉地重複，兇惡的咆哮讓賽傑不寒而慄。但他堅持下去。

「請聽我解釋，我相信我注定要向你學習——」

門打開一條縫。「不要煩我了！」沙啞的聲音說。賽傑只瞥見尖瘦的臉頰、銳利的眼睛、黝黑的皮膚與一個光頭——然後門又關上了。

賽傑尋覓那麼久，終於找到了這位劍術大師，一個可以幫助他成功的老師，絕不可能就此掉頭離去。他記得亞歷西或是他叔父說過，「戰士的任何行動都是全力以赴」。

賽傑抱持著一種命運安排的堅定不移，打定主意要坐在這裡，死都不離開，直到雷辛收他為學生。

馬兒狄卡並沒有想要自討苦吃，所以賽傑帶牠到二十公尺外的樹林中，附近有一條小溪，把牠繫在松樹之下。現在的天氣還不算太冷，除非有風暴，否則狄卡身上的毯子可以讓牠保暖。牠前一天在農場吃了一堆乾草，現在也可以到溪邊吃草，不必擔心餓壞牠。

賽傑走回原地，在這位隱居大師的小屋前盤腿坐下，背倚著樹幹。一個小時過去……兩個小時……四個小時。他越來越冷，身體越來越僵硬、麻木，手腳已經沒有感覺了。他突然劇烈顫抖了一陣子，停止之後開始覺得睏倦。到了夜晚，他突然倒了下來，然後痛苦地強迫自己再坐起來。這些動作使血液稍稍流動，讓他全身劇痛不已。

他覺得飢餓，後來連飢餓感也消失了。第二天晴朗而寒冷，帶來一連串美好和痛苦的回憶：安雅與他歡笑著一起散步，穿過聖彼得堡陽光燦爛的街道……然後是恐怖的畫面，他看到柴可耶夫的冷笑，還有科洛列夫，撕開她的衣服——

賽傑又坐直起來，如鋼鐵般堅決。

太陽爬到頭頂上，提供些許溫暖，他想到雷辛根本不知道他還在這裡，隱居的大師也許已經走了。他這樣想著，卻聽到屋門打開，然後幾乎聽不見的腳步聲走進樹林，後來又回來。賽傑心想，雷辛一定知道他守在這裡，但是故意不予理會。

到了第二天晚上，賽傑不知道自己是否還能動彈。他的舌頭從龜裂的雙唇中探出，想要喝水，就算是雪花也好。天亮了，時間已不再有意義，只剩明亮與黑暗。夜晚再次降臨，然後到了第三天。交錯在混亂夢境之間的短暫清醒時刻裡，賽傑懷疑自己是不是發瘋了。決心與偏執的界線何在？

白天過去，黑暗降臨。他遊蕩在昏迷與清醒之間。然後他看到一道光線，但後來什麼都不記得了。

一個聲音把他喚回到這個世界。「好吧。」聲音來自遙遠的地方。突然聲音變大：「我不要你在我這裡腐爛發臭。起來！」

賽傑想動，但動不了。他感覺強壯的手臂扶著他，但他站不起來。於是雷辛讓他坐著，取了一碗水過來。他把水潑在賽傑頭上——彷彿天堂降臨——喚醒了他的四肢。賽傑分辨不出水是冷或熱。然後雷辛讓他喝一口。「不要喝太多！」他嚴厲地說。

一會兒之後，賽傑可以稍稍動起來了。他開始按摩自己的腳。最後，他翻過身，掙扎著要站起來，感到暈眩而虛弱。雷辛把他帶進小屋，給他一些乾杏桃。「慢慢嚼！」他說，一邊遞給賽傑一杯熱茶與一顆俄國人習慣用來配茶的方糖。

「坐下來！」他說，指示賽傑坐到火爐旁。火爐上掛著一個大鐵鍋，裡面是熱騰騰的穀物與冬季蔬菜湯，還加了一點肉。「好好攪拌，然後把我們的碗盛滿！」他指示，然後留下賽傑一個人。

他照辦無誤。

雷辛回來後，他要賽傑坐在火爐邊進食，自己則坐在小桌子邊。然後他給賽傑更多水喝。用餐完畢之後，雷辛叫賽傑去洗碗，並說：「我也許會答應教你。再看看吧……」

雷辛指著火爐上的鍋子。「最重要的是，每天晚上煮湯。」他讓賽傑看他儲存的大麥、燕麥與碎蕎麥，以及他耕種出來的一個小小冬季菜園。又指著外面的茅坑，「維持乾淨！」於是賽傑要負責煮飯、打掃、洗衣服，還有清理茅坑。

接著雷辛指著老婦人的屋子與附近的小穀倉，「把你的馬牽到那裡。現在就去。然後回來做你的家務。」

賽傑起身離開小屋。他查看狄卡的情況，餵牠吃了些燕麥與大麥，然後帶牠去小穀倉，取下馬鞍與毯子，然後回到小屋。

8

接下來幾天，賽傑盡力想取悅這個強悍的老戰士，但徒勞無功。雷辛似乎總是很不耐煩，不斷發號施令。賽傑不回嘴或抱怨，默默用大木匙攪拌蔬菜湯，然後蓋上鐵鍋蓋悶煮。雷辛試喝過湯之後，只哼一聲，沒任何表示。吃完後又哼一聲，表示賽傑可以吃了。

空閒時，賽傑到樹林中找食物，搜尋鳥蛋，抓幾隻兔子。他也帶狄卡去散步，觀察周遭的地形，並活動一下筋骨。

一週過去，接著兩週，然後三週，這期間賽傑所做的超過了雷辛的要求，還進行一些修繕，修理門與鬆脫的窗戶。但是在打掃、清理、洗衣、折衣與煮飯之外，雷辛完全沒提到要教導他。

又過了四週，時序來到五月中旬了。他無法再等下去。那天晚上，他端上食物之後說：「雷辛大師，我希望——」

「不要叫我大師，」劍客打岔，「叫我雷辛。」

賽傑點頭，然後繼續說：「我盡力做好我的工作……希望你很滿意。」

雷辛哼了一聲。

「我想知道，你是否覺得可以教導我。」雷辛瞪著賽傑，讓他汗毛都豎了起來。雷辛轉開頭，沒有回答問題，於是賽傑又說：「我有任務在身；我無法再拖延下去。事關生死。」

雷辛轉回頭來面對賽傑。「你們年輕人總是事關生死。」

賽傑覺得似乎沒有其他方法可以說服雷辛，決定說出他的意圖：「有一些人冒充哥薩克人，殺害了我的家人。他們會殺害更多無辜的人。我必須阻止他們。你承諾要教我——」

「我什麼都沒承諾！」雷辛說，衝出了房間。

賽傑不知所措。這個老頭是個騙子嗎？賽傑被當成傻瓜利用了？他這段時間都浪費了嗎？

那天晚上，賽傑坐在火爐邊攪拌菜湯時，他的腦袋突然遭受一記重擊，差點被打昏過去。他嚇了一跳，以為是屋樑掉落，急忙轉身。

雷辛站在那裡，手持一根木棍。

他的臉上毫無表情，沒有憤怒的神色，什麼都沒有。他平靜地轉身，走回到他的椅子，把木棍靠牆放好，坐下來。然後他拿出一本書開始閱讀。賽傑摸摸自己流血的腦袋，感覺腫起來了。

原來雷辛是個瘋子，而且不懷好意。賽傑原本馬上就要奪門離開，但現在已經是晚上，他決定還是暫時留下來，等到早上思慮比較清晰時再說。

當晚，就在他快要睡著時，「啪！」脛骨上一記重擊——他驚醒坐起，揮動手臂，但沒有碰到任何東西。他瞥見雷辛的背影，看到老人回到床上。

賽傑揉著脛骨上腫起的地方，漸漸又沉入不安穩的睡夢中，但就在天亮時，他又被打醒了，又多了一處腫塊。他打著呵欠，到小溪洗他的冷水澡。冰冷的水麻木了他疼痛的身體。

那一天，以及接下來一週的每一天，只要賽傑一分心，雷辛就會偷襲他，迅速安靜有如一陣風。賽傑已經提高警戒，但雷辛總是能夠出其不意。疼痛簡直無時無刻不存在，賽傑幾乎都要遺忘不痛的感覺是怎樣了。

賽傑每一次都想結束這種折磨，提醒自己並非囚犯——他隨時都可以走出去，騎上狄卡離開這裡。這個念頭讓他可以忍耐下去，再撐一天，再撐一個小時，再撐一分鐘。這也許是所有學生都要經歷的考驗——測試他的誠意。如果能通過，賽傑很確定雷辛就會教他有價值的東西。

從早到晚，偷襲如雨而下——十次，二十次，三十次，到後來他都數不清了。他繼續做他的家務，睡覺時眼睛也不會完全閉上。

兩天之後的晚上，賽傑莫名其妙驚醒過來。他沒有感覺到雷辛在身旁，所以打算繼續睡。但就在這時候，他突然想到可以扭轉局勢……

他花了二十分鐘才移動了五、六公尺距離，從他的睡鋪悄悄溜到雷辛的床邊，在一片漆黑中摸到了床。他準備也來一次偷襲，舉起手上的稻草枕頭便往下砸——

枕頭落空，床上空無一物。雷辛呢？

賽傑再次汗毛豎立起來，知道雷辛可能就站在黑暗中——不是拿木棍，而是拿著一把劍。他急忙轉身——

沒人在那裡。他失望地回到自己的睡鋪，結果發現雷辛睡在上面。

賽傑後來一夜沒睡。天亮後，他一直處於一種焦慮與警戒的狀態，隨時準備承受一擊，走到轉角處都戰戰兢兢的，準備隨時舉起手保護自己。

然後，在他完全沒料到的情況下，事情發生了。某天晚上，他正要舉起鍋蓋來攪拌菜湯時，他的手突然把鍋蓋舉到頭上，適時擋住了雷辛往下的一擊。木棍撞擊鐵蓋發出聲響。賽傑驚訝地轉身，看到劍術大師凝視著他。

雷辛滿臉都是笑容。

賽傑鼓起勇氣說：「這是否表示我可以開始接受訓練了嗎？」

「不是，」雷辛回答。「你的訓練已經完成了。」

直到此刻，賽傑才瞭解雷辛的苦心。所有的偷襲，無時無刻的壓迫感，劍術大師便是藉由這些教導他如何憑藉直覺行動。這就是他看似瘋狂的訓練法門。

賽傑．伊凡諾夫已經合格了，他可以離去了。

§

翌日早上，賽傑為狄卡裝上馬鞍，準備騎上去時，感覺有人在身後，連忙轉身，看到雷辛站在附近。

雷辛哼了一聲表示讚許。「很好，你沒有浪費我的時間。」

「所以你覺得我已經準備好面對敵人了？」

「當然沒有！但你也許已經準備好開始學習……」

雷辛平常話不多，賽傑以為他說完了。沒想到他騎上狄卡後，雷辛又說：「還有一個大師——遠遠超過我。」

「劍術嗎？」

「一切。任何武器。或什麼都不用。我看過他與一百人對戰……他從來沒有被打敗過。他不用碰到對方，就可以打倒對方。」

雷辛又停頓一下。「他曾經住在瓦拉姆島，在拉多加湖上。現在也許還住在那裡……」

雷辛住口，覺得說太多了；他點點頭，轉身消失在樹林中。

・26・

狄卡載著賽傑朝西來到頓河，令他想起這是他第二次長途跋涉到俄羅斯南方——第一次是逃離學校，而現在則是要追捕迪米崔一夥人。他們很可能在南方掠奪，靠近西邊的猶太囤墾區。賽傑又想起了雷辛最後說的話。但他不打算再騎馬朝北走一千公里，尋找多年前住在拉多加湖上的神祕戰士——這個大師可能也不願意教他。

一想到拉多加湖距離他妻子與孩子長眠的草原不到一百公里，他就感到一股椎心之痛。不行，他不能再拖延追捕行動。他調轉馬頭朝西。

一八九三年五月，賽傑越過頓河，朝南走向烏克蘭，到了基輔河流域，也就是猶太人地區。

兩天後，他才瞭解這趟任務的困難。在地圖上，他的旅程不過跨越短短幾公分的距離，他的手指如此輕易便越過地圖上的山丘與海洋，飛躍平原樹林與農地。但是當他望著眼前真實的地貌——河流與淺灘，岩石坡地，以及廣大的平原——他才明白要搜尋他的獵物有多困難。沒有線索，只有謠言、傳聞，就像是憑著三天前有人說看過一隻蒼蠅嗡嗡飛過，便要去抓那隻蒼蠅一樣。

賽傑的搜尋路線曲折迂迴，幾個月過後，他經過哈爾科夫、波爾塔瓦、基輔，穿越這些區域，幾乎毫無進展。一個猶太商店主人聽說西邊有哥薩克土匪；一些當地人很確定這些人是在東邊，或北邊，或南邊；一個農夫說他的朋友聽到另一個朋友說，有一些鬼魅在夜晚出來燒殺擄掠，然後在早晨之前消失於霧中。

每天，希望隨著時間消逝而漸漸減少，最後在日落時破滅，然而日出時又重新燃起微小的希望，直到一日將盡，再度絕望。日子便如此循環起落，彷彿永無止盡，就這樣過了一年。到了一八九四年八月，在烈日下，賽傑揩去額頭與刺痛眼睛的汗水，懷念著冬日的降雪。狄卡很渴，鬧起脾氣，只要看到有水的跡象，就扯著韁繩低下頭去。這個夏天也像春天一樣，毫無進展地度過。

秋天了，賽傑已經二十二歲，在草原上從一個村落騎到另一個村落。他找到幾個被燒毀的農場，但空無一物，他抵達時已經沒有蹤跡留存。也許農夫說得對；他可能是在尋找鬼魅。

夏天時，賽傑可以睡在星空下；現在秋天起風了，他與狄卡便去農場借宿穀倉。

那年十二月，他在地圖上標記被燒毀的農場以及有謠傳攻擊的地方，希望能找出有意義的模式，但依然沒有任何發現。他已經一籌莫展了，氣餒地繼續前進。

當雪花在波河南岸、基輔西南邊的維尼沙附近落下之時，一個農夫告訴賽傑，沙皇亞歷山大三世逝世了，尼古拉二世的統治剛開始。他繼續追捕。

❦

漫長的冬天結束時，越來越多的自我懷疑讓賽傑深陷沮喪。他受了訓練；他與高強的哥薩克人對戰過；雷辛鍛鍊了他的直覺，但賽傑並沒有更接近柴可耶夫，跟三年前失去他們足跡時沒什麼兩樣。他浪費這些年了嗎？他還要再花三年或六年，或甚至十年嗎？

連狄卡也無精打采，就像失去主人的馬。蒼白的太陽沒什麼威力融化河川，或他凍僵的骨頭。儘管希望渺茫，賽傑依然繼續前進，在灰暗的天空下，穿過降雪。賽傑這時覺得自己已經死了，只是騎著馬走過迷失靈魂的煉獄。那天晚上，他思念著安雅，抱頭啜泣起來。

但是春天終究來臨了，然後是夏天，季節更迭雖然沒帶來希望，但帶來了溫暖。然後，在十月的一個下午，天空似乎要下起濕冷的雨，風勢開始增強，賽傑在一個小鎮旁的樹林紮營。他把狄卡繫好，讓牠吃草，然後邊伸展雙腿邊走向村子，心想也許可以找到一些線索，問到一些消息，或碰上友善的臉孔。

就在小鎮的牆外，他碰到四個人，衣著凌亂不整，好像喝了些酒。賽傑目不斜視走著，但其中一個人擋住他質問道：「你來我們村裡幹什麼，陌生人？你要食物還是伏特加？還是女人？」

「你會覺得伏特加比這裡的女人更好！」另一人說，手肘頂頂第一個似乎是帶頭的人。四個人都笑了。

賽傑也笑了。但是當他想繞過他們時，這四人立刻變臉。第二個人擋住他，然後帶頭的人說：「你要走這條路，就要付買路錢。」

為了避免麻煩，賽傑聳聳肩，轉頭離去，只是又有一人擋住他。「這條路更貴。」塊頭最大的一個說。

「我不想打擾你們，」賽傑說，「我只是想找一群——」

帶頭的人打斷他，錯把賽傑的禮貌當成軟弱或恐懼。「也許你沒聽清楚。你一定要付錢。立刻付。」

顯然這些混混打算搶劫賽傑，並揍他一頓。他平靜地觀察他們，而他們也打量著他——一個孤獨的白髮男子。

「我不想惹麻煩，」賽傑說，「讓我過去，我祝你們今天愉快。」

「要先給錢才行。」自以為是老大的人說，從皮帶拔出一把刀。他逼近過來，其他人也跟著行動。這個拿刀的惡棍上前時，賽傑踢了他的膝蓋內側，讓他失去平衡，然後抓住這個人的頭髮，把刀子從他手上扭下。解除了武器後，他就把這人推倒在地上。其他人大吃一驚，不知所措，讓賽傑有時間對付最靠近的兩人。他連續三拳鎮住一人，對另一人踢了一腳，然後第四個混混從背後偷襲一拳，打到賽傑的後腦，賽傑突然眼前一片黑暗，躺倒在地上，感覺有人踢他的身體，然後又踢一腳。

賽傑躺著護住頭，過去的記憶這時閃現腦海：他遭遇過同樣的攻擊，那時柴可耶夫的人馬也是這樣圍毆他。突然一股怒火升起——這怒火也許救了他一命——賽傑迅速翻身站起來面對敵人。他打倒第一個衝上前的人，用腳跟蹬向第二人的大腿，讓他站不起來。第三人踢出軟趴趴又沒什麼準頭的一腳，賽傑抓住他的腳一扭，便傳出斷裂聲與哀嚎。然後他的手臂直覺地往上舉，擋開了不知來自何處的一拳，然後腳跟往後踢並且向上抬，正中後面那個人的下體。此時還站著的那個人已膽量盡失。他們都撤退了，跛著腳，滿臉悻然地離開。

賽傑喘著氣，查看自己的狀況：他的頭破了，耳朵嗡嗡作響，第二天一定會疼痛不堪，但沒有受到重傷。他拍拍身體，走進村莊，照常打聽消息，但徒勞無獲。他回到樹林過了安靜的一晚，狄卡陪在一旁，如同以往。

那天晚上，賽傑坐在搭建出來的遮蔽處望著嗶剝作響的火焰，想著那四個酒鬼幾乎將他打敗的情況。「絕不低估任何對手。」他告訴自己，憶起亞歷西多年前的訓誨。然後另一句格言浮上心頭：聽了會忘記；看了會記住；做了會瞭解。

現在賽傑瞭解，不管是不是酒鬼，那些人年輕時可能當過兵、受過戰爭的歷練。他低估了他們，這個錯誤幾乎讓他送命，他不會忘記這個教訓。

他自己的戰鬥經驗相當有限，只有小時候的角力比賽、幾次打架、與柴可耶夫在校外的決鬥，以及慘敗於柴可耶夫的手下……

賽傑的眼皮越來越沉重，過往歲月的訓練閃現在他眼前：與陰影對打、遭遇里昂德、跟隨雷辛。這時候，劍術大師的話語響起：住在拉多加湖小島上的武術大師……

他陷入不安的睡夢中，夢見他與許多幻影格鬥……五個柴可耶夫，十個科洛列夫，然後越來越多……

接著他們都消失了，他發現自己躺在雷辛小屋的稻草床上，無法動彈，看著劍術大師在他上方俯視，準備攻擊——不是用木棍，而是長刀。賽傑只能眼睜睜看著雷辛砍下——一陣有如槍聲的巨響，驚起了賽傑，他半夢半醒地轉動身體避開雷辛的一擊，一棵大樹幹這時斷裂落下，砸中了他原先睡臥的遮蔽處，地面隨之震動。賽傑跳起來，不知道發生了什麼事，還以為雷辛真的在這裡，一會兒之後才終於分清夢境與現實。

他深吸一口氣，新的決定在心中已然成形。然後他轉身找狄卡，卻發現夢境與現實再次殘酷地合而為一。狄卡躺在斷裂的樹下。他衝過去，但馬兒已經沒有生命跡象。

賽傑傷心地用鏟子挖出夠大的坑洞，把這匹勇敢又忠誠的馬放進淺淺的墓穴，覆上泥土，哀悼道：「勇敢的朋友，感謝你載著我千里跋涉，從無怨言。」

一股失落感籠罩著他。他生命中失去了太多——父母、外祖父、妻子、孩子，現在又失去這隻無辜的動物，一個忠誠的好同伴。錐心之痛再次提醒賽傑，這趟旅程的理由。他不需要更多的提醒了。他脫下汗濕的衣服，浸入冰冷的溪水，然後迅速穿上衣服，吃了他昨晚儲存的食物，將馬鞍留在馬兒的墳墓上，便沿著頓河，再次朝北走。

雷辛說得對，賽傑想，我還沒準備好面對柴可耶夫或其他人。我要先找到瓦拉姆島上的大師，只要他真的存在。

翻山越嶺之際，他心中又出現一個領悟：要打敗柴可耶夫跟他的人馬，他不能只跟大師學習，他也必須成為一個大師。

賽傑花了六個月，才徒步走到聖彼得堡。在這一千公里旅程中，每一步，他都運用了所有的求生技能與意志力。逆著刺骨的冬季寒風，接近城市時他已經累到骨子裡。他像以前那樣一身襤褸地抵達，鬍子蓬亂，白髮蒼蒼。

他絕不會去找薇萊莉亞與安卓烈；他不想剝開舊傷，他們的喪親之痛或許現在終於得到些許平靜。他也不能租房間過夜，因為他僅剩的一些盧布要用來支付船資，搭船渡過拉多加湖，前往瓦拉姆島。

黃昏時，他來到了涅瓦河邊的草原，找到家人的墳墓。墳上長滿了草，但還可辨認出他做的記號。入睡前，賽傑坐在承受風吹雨打的土堆邊，對安雅說話。他重申婚禮的誓言，再次承諾她的死不會白費，也再次承諾要拯救無辜者的生命，為世界除去迪米崔．柴可耶夫那一夥人。然後他伸手撫摸她長眠的土地，向安雅道晚安，一如她還在世時那樣：「妳就是我的心。」

那天晚上他的夢平靜而悲傷，充滿了愛與渴望。他感覺安雅跟他在一起，她的手輕觸他的頭髮，她的吻就像夜晚的風，為他的額頭帶來涼意。

就在一八九六年的春天，賽傑來到碼頭，搭上下一班船，前往那個修道院小島。

第五部

修道院小島

天下莫柔弱於水，而攻堅強者莫之能勝，以其無以易之。
弱之勝強，柔之勝剛，天下莫不知，莫能行。

——老子《道德經》

‧27‧

這艘雙桅帆船穿越多風海域的十二小時裡，賽傑與船上幾個前往修道院朝聖的人交談，得知瓦拉姆島是拉多加湖最大的一個島，只有七公里長，附近有幾個較小的島。濃密的樹林與峭壁守護著小島的海岸，但是當帆船繞過一處峭壁，便可看到一個小海灣，然後是修道院主體最高的尖塔。修道院是一座巨大、閃亮的白色堡壘，有八百年歷史，鮮藍色的尖塔有著金色的尖頂。他彷彿航入了一個夢幻海灣。

一位朝聖者說，島內有數個寧靜的湖泊，暗藏在原始的樹林、峭壁與沼澤中。修道院主體是社區的中心，此外還有較小的隱居院散布在島上，住著想要更加與世隔絕的修士。還有更隱密的小屋與山洞，甚至地洞，讓隱士完全孤獨地修行與祈禱。朝聖者又說：「據說那裡只有修士與上帝，到最後，就只剩下上帝了。」

一位返回此地的修士告訴他，修道院以前被摧毀過好幾次，因為和平的修士拒絕戰鬥，甚至讓瑞典併吞了這個島，後來才被彼得大帝奪回來。賽傑不禁對於自己打算在一個非暴力的修士社區尋找一個戰士，感到不可思議。他想，這樣的人在這裡應該很醒目。不管如何，如果大師住在島上，賽傑就會找到他。

只要他想要被找到。

那年春天，賽傑在樹林偏僻處搭了臨時營地，地上長滿了苔蘚、蕨類植物和正蓬勃生長的花朵。接下來的日子，他來回穿梭走遍整個島，經過提供島民牛奶與蔬菜的小農場，也經過孤單的木屋與樹林中的隱士小屋。

賽傑持續數個星期，仔細觀察穿黑袍的修士們，也設法窺探隱士，看看是否有他在尋找的人。

雷辛是在多年前見過這位戰士，如今他應該已屆中年，四十或五十來歲，或許更老。不管是修士或隱士，如果大師仍棲身在他們之中，從他的行動就可能看出端倪。

幾星期之後，在他們從事日常工作時，賽傑已能認出幾位修士，與幾位較老的神父。其中有一人，賽傑對他的印象特別深刻。那時賽傑在主修道院注意到一個黑袍長者，蓄著雪白的鬍子與長髮，正在醫療室對一個臥病在床的修士舉行最後儀式。幾分鐘後，賽傑走回走廊時，看到那位老修士專心閉著眼睛，把手放在另一位病人的胸口與前額。然後，也許過了幾秒鐘或幾分鐘，他抬頭直直凝視賽傑，賽傑霎時感覺無法動彈……

然後一位年輕修士擦過賽傑身邊進入房間，才彷彿破解了魔法。修士回頭看到賽傑的表情，笑著說：「這位神父叫薩拉芬。他是一位教長。」

賽傑後來知道，教長是指品格、智慧卓越的老神父。他決定要跟這位薩拉芬神父談談，也許神父年紀夠大，記得他想要尋找的那位戰士。

在此同時，他繼續詢問其他修士。他不能在這個和平的小島上公然表示要尋找一位格鬥大師，所以他如此提出問題：「我聽說這裡有一個人，以前是優秀的士兵，後來放下俗世，尋找心靈平靜。你聽過這樣的人嗎？」他的詢問引來困惑的目光。沒人知道任何相關的事情，因此他依然毫無頭緒。

夏天轉成了秋天，湖面開始吹起冷風，賽傑依然困惑著到底有沒有這位大師存在？或至少他真的住在瓦拉姆島上嗎？

賽傑觀察著修士，修士也在觀察他，注意到這個白髮的年輕朝聖者，在島上四處發問。不久，一位自稱葉夫金尼兄弟的修士傳話給賽傑：「長老們知道你在這裡，但不清楚你的靈性目標。你似乎有某種內在的追尋，如果你願意服侍，可以留在這裡久一點。你願意嗎？」

「我願意。」賽傑回答。

葉夫金尼兄弟對這答案感到滿意，便繼續說：「你無法在戶外過冬，你可以去聖阿佛朗羅斯托夫隱居院，在南方五公里。與主島隔著一道水——」

「我知道那個地方。」賽傑說。

「很好。」修士回答。然後他又補充最後一件事：「你只能在那裡待七天。等長老回來後，你可以徵求他同意，繼續服侍隱居院的弟兄。如果不行，你要盡快離開這個島。再過幾週，強風與浮冰會讓湖面無法航行，直到春天。」

賽傑只有一個問題：「我要徵求哪一位神父同意？他叫什麼名字？」

「薩拉芬神父。」修士回答，點頭致意後就離開了。

賽傑整理行囊，清除了營地的所有痕跡，開始前往岩岸，走下石頭階梯，搭小船渡過水道。他在傍晚時抵達隱居院，所有修士都已回到小屋祈禱數小時。賽傑安靜地穿過隱居院的小廚房、黑暗的走道與空空的公共廳堂。這個地方很適合練習，他想。

他來到隱居院的第五天早上，正在打掃時，向一位弟兄詢問是否可以跟薩拉芬神父談談。

「他幾天後才會回來。」修士回答，然後就去做事。賽傑繼續下午的打掃，直到修士們都回房——他練習的時間到了。

在昏暗的光線下，賽傑前往公共廳堂，途中行經薩拉芬神父的房間。他好奇地從門口望進黑暗的房間。沒看到家具，只有一張小桌子與一把椅子。角落應該放床的地方，擺著一個打開的棺材。

他打了一個哆嗦，急忙往前走。

遠處的雷聲預示著風暴來襲，除此之外，隱居院是如此寂靜，連賽傑的呼吸都顯得異常大聲，微弱的燈光讓這個冬夜有一種夢境的感覺。

賽傑開始例行的暖身，練習對空踢腿與揮拳，這時一個人影出現在走廊，拿著一支蠟燭。這個突然出現的影子讓賽傑嚇了一跳，接著賽傑才認出了薩拉芬神父的臉。賽傑想要說話，卻發不出聲音。

老修士文風不動的神態，以及他看人的方式，讓賽傑聯想到一隻雪豹蓄勢準備撲向獵物。此時一道閃電照亮房間，讓修士的臉看起來彷彿死人的臉一般——一個有著白髮的骷髏頭，空洞的眼窩瞪著空無。

賽傑瞪著黑暗中的人影，感到一股原始的恐懼襲來，直到薩拉芬神父將蠟燭舉高，於是賽傑眼前所見只是一個年老的修士，寧靜的臉被閃爍的燭光照亮。

下一瞬間，走廊已空無一人。神父並不是轉身離去，或後退到陰影中。他本來站在那裡，接著就不見了，賽傑並沒聽到任何腳步聲。

賽傑告訴自己：我一定是閉上了眼，或看向其他方向，所以沒注意到。只是他不記得自己有這樣做。

兩小時之後，在點了蠟燭的房間中，賽傑為隱居院的六個修士準備晚餐。他期待看到薩拉芬神父，但他的座位是空的。

等到晚餐結束，賽傑小聲對葉夫金尼弟兄說：「我下午看到薩拉芬神父。他怎麼沒有──」

「你說你看到他？」弟兄說。

「對，他在走廊。」

葉夫金尼弟兄搖著頭，說：「你一定看錯人了。薩拉芬神父明天才回來。」

老神父果然如期在第二天回來，他請賽傑到他的小房間，示意他坐到唯一的椅子上。這個老修士全身似乎散發著柔和的光輝，他的一頭白髮與鬍鬚讓他看起來更高大、更威嚴。賽傑滿懷著敬畏，他從來沒見過如此有靈性的人。

「我是薩拉芬神父，」長者溫和地說，然後微笑。「但是我想我們見過面……在醫療室，對不對？」

賽傑清清喉嚨，有點說不出話來。「對——沒錯。我很高興又見到您，神父。我想徵求您的同意，留在隱居院度過冬天。」

神父閉上眼睛，慢慢深吸一口氣，然後靜止不動一分鐘。他終於睜開眼睛後說：「世俗人士很少會留在隱居院，但是……我觀察過了。你可以在這裡過冬——也許更久……」

看到賽傑偷瞄了棺材一眼，神父笑著說：「那個箱子是我的床，也提醒我要善用神給我的時間。將來某一天早上，我無法起來時，也可以幫其他人省下一些麻煩。」

看來現在似乎不適合問神父，是否認識什麼偉大的鬥士。

·28·

就這樣，賽傑．伊凡諾夫正式住進隱居院，與苦修禁慾的修士一起生活，食物以素食為主，用餐時保持靜默，同時繼續尋找那個可能不存在的大師。但他似乎沒機會再與薩拉芬神父談話。神父經常去修道院治療他人、照料修士們，或單獨祈禱。由於賽傑在用餐前後都有工作要打理，再加上用餐時必須靜默，他幾乎沒法再與神父交談。

同時，賽傑偶爾去主修道院辦事時，也不忘在那裡繼續尋找那個神祕或不存在的戰士。

與老神父第一次短暫會面的六週後，賽傑偶然撞見薩拉芬神父凝望著窗外的雪景。賽傑安靜地上前，不想打擾到神父，然後一起觀賞著冬景，他透過老修士的眼睛觀看——翠綠的松樹，長著紅色小果實的灌木叢點綴著雪花……

等賽傑回過神時，修士正邁步離開。「神父！薩拉芬神父！」他叫道，被自己的音量嚇到。

老修士轉身。「什麼事，賽傑？」

他點頭。

「我一直想要問您——但不知道從何問起。您住在這裡很久了，我猜？」

「在這段時間，也許是幾年前，您有沒有認識或看過……一個修士或朝聖者——是個厲害的鬥士？某種大師？」

老修士瞪著他，沒有任何表情，賽傑突然覺得自己很蠢。

「你是說鬥士？一個軍人？」神父說。「我……不跟這種人打交道。」他道聲抱歉，然後離開了。

賽傑不知道還能問誰，或做什麼打算了。不過他在這個冬天還是勤奮工作，服侍任何人，與弟兄們一起每天吃兩餐——麥片粥、麵包、馬鈴薯泥和蔬菜，有些時候會有魚和一些草藥。他們喝用麵包釀造的飲料，在神聖日子則飲茶。生活非常單純樸實，只有工作、冥思與訓練。

在某次冥思之時，賽傑突然感到一陣內疚，他從來沒寫信給叔父瓦德米爾，尤其是柴可耶夫撕毀了他的道別信，他更感到罪過。如今，他叔父可能以為賽傑死了。

所以他整理思緒，用鵝毛筆寫了封信：

親愛的伊凡諾夫總教官：

這封遲來的信是想表達我的歉意，因為我沒有得到您同意就離開了學校，也沒有盡早寫信給您。我必須離開，也無法告訴您理由。我要感謝您在我小時候對我的關懷。我沒有忘記這些，也不會忘記您。

我附上一份地圖，是我從您圖書館拿的，已經有點磨損。這張地圖對我很有幫助，我要感激您讓我借用。至於刀子、鏟子、指南針與其他用品，有一天我會歸還或賠償。

現在我二十三歲了。在我漂泊於俄羅斯的漫長旅程中，從涅瓦斯基軍校學到的技能，讓我能在艱苦的野外存活下來。雖然我離開的方式很糟，我希望您知道，您的照料與訓練並非徒勞無益。

我尊敬您與您的總教官地位，但在我心中您是我的叔父與家人。您是我身邊最接近父親角色的人。我將永遠記得您，為您祈禱。

姪兒賽傑．賽傑維奇敬上

他用蠟燭封起信封，心中浮現叔父嚴肅的臉。賽傑不再像小時候那樣，對瓦德米爾．波瑞索維奇．伊凡諾夫這個好人感到敬畏，代之而起的是深摯的情感。

這封信彌補了他過去的一小部分缺憾；但還有很大一部分尚未完成。

在短暫、寒冷的白天，賽傑做著同樣的例行工作：打掃、冥思、訓練、進食、睡眠，就跟涅瓦斯基軍校的作息一樣，彷彿他根本沒有離去，一事無成。他的挫折感日益增加。

賽傑已在這裡住了超過三個月。他回想著在學校的日子，置身在軍人之間，那時他渴望著平靜；然而現在，在這個平靜的地方，他卻想要找尋一個戰士。

在此同時，他繼續獨自訓練，但空有招式，卻沒有任何進展或改變的感覺。身外是冬天，內心也是冬天。賽傑了解到他可能很快就要離去，又徒然浪費了一年生命。

然後，突然間，賽傑的命運改變了。

沒人知道這是怎麼回事。也許是時機或運氣使然，也或許是大師改變了心意。但就在一八九七年三月的最後一天，賽傑做完了例行的練習，結束時手臂擺出防禦的姿勢，這時他發現薩拉芬神父在看他。

老修士雙手交叉於寬大的胸前。他搖著頭，彷彿是說賽傑的練習根本一文不值。「你在幹什麼？」神父問。

「我在訓練……準備自己。」賽傑回答。

「在實戰中，」薩拉芬神父說，「沒有暖身，沒有演練，沒有規則。」他又搖搖頭。「我不相信這些動作能讓你準備好面對你要追捕的人。」

這一刻，賽傑的腦中冒出許多問題：神父怎麼知道我在追捕什麼人？難道他就是——？

「是的，」薩拉芬神父說，回答他未說出口的問題。「我就是你要找的人，我知道你為何來這裡。但你自己不知道。」

練與生活。

「什麼？」

「你相信你是被雷辛送來的，但你是被神送來的。等你離開時，你不會是當初來的那個人。」

他的言語似乎帶著無可動搖的權威。這些話象徵著賽傑將開始接受完全迥異於以往的訓練與生活。

薩拉芬神父沒有多說什麼，便開始進行傳授，彷彿這很自然而且不可避免。他每天下午都會到公共廳堂看賽傑練習。一天，賽傑停下來發問：「薩拉芬神父——」

老修士伸手制止賽傑。「不要再叫我神父，除了在其他修士面前。稱呼我薩拉芬就行了。」

不等賽傑問為什麼，薩拉芬便解釋道：「訓練你打敗別人，跟我身為僧侶的職責沒有任何關連。我已經發誓放棄暴力，寧死也不願意再殺人。我看過也犯過太多的殺戮。」他不願再多說了，只是凝視著賽傑，賽傑突然感到自己彷彿毫無遮掩，甚至無法隱藏任何心思。然後薩拉芬說：「我知道你有其他的名字。所以我們單獨相處時，我將稱呼你……蘇格拉底。」

賽傑掙扎好一會兒才終於開得了口，吞吞吐吐地問：「你……怎麼知道……？」

「我……查過了。」薩拉芬說。

「如果你……查過這些事情——如果你知道我來這裡，為何要我等這麼久才承認？」

薩拉芬停頓一下。「我必須觀察，評估你的心與性格。必須等到時機正確。」

賽傑現在對這位老修士的看法完全不同了。彷彿望著拉多加湖的粼粼水波，雖然無法看到水面之下如何，但賽傑可以感覺到那不可測的深邃。

儘管薩拉芬的現身很不尋常，也擁有驚人的直覺，賽傑還是很難想像他是偉大的鬥士。也許以前是——他年輕強壯的時候。但現在，賽傑想，儘管言語充滿力量，薩拉芬看起來像個老祖父，而不是格鬥大師。

薩拉芬想必是感受到賽傑的懷疑，在下一堂訓練時他說：「用任何方式來攻擊我，但你的攻擊要認真，盡你最大的力量打我。」薩拉芬的語氣明白表示，他不容許賽傑敷衍。所以賽傑使出了全力。

然而賽傑幾乎無法靠近老修士。不僅如此，他甚至不知道老修士做了什麼，他只知道根本無法碰到，甚至也無法掌握到老神父的行跡。

每當賽傑想要腳踢、揮拳、抓握、阻擋或下壓時，他就發現自己躺在地上，一次又一次，也不知道自己是如何躺下的。薩拉芬用一隻手，一個拳頭，一根手指，就壓制住他；賽傑幾乎無法爬起來。有一次，他發現自己倒下，但薩拉芬根本沒碰到他。

雷辛說得對。賽傑找到真正的大師了。這也是他畢生最為挫敗的經驗之一。當老修士挑戰賽傑把他推倒時，賽傑試了許多次都不成功。他回想起那次他試著推倒哥薩克佬亞歷西的經驗，那次有如想推倒一座山。但是面對薩拉芬，感覺像是要推倒一根羽毛，卻做不到。

老人閃開賽傑，絆倒他，使他旋轉、彎下，把他拋到地上，用的是他的手、腳，或只是意念。薩拉芬一直沒真正碰到他，直到課程快結束時，老修士輕輕施出一擊，讓賽傑好幾分鐘無法動彈。要是薩拉芬想傷害他，真不知道傷勢會有多嚴重。

第二天，薩拉芬要賽傑跟他到雪地散步，兩人朝農場上的一個小果園走去。「我查過了你的情況，關於你的追尋……」他停頓，然後說：「你知道經文上說：『報仇是屬於我的，主如此說。』」

賽傑點頭。

「是誰給你權利扮演復仇天使？」

「我完全沒有權利，」賽傑回答。「我也不知道我妻子的靈魂是否會因為復仇而安息。我只知道我自己會因而平靜……」

「你相信會如此……」

「我相信會如此。」

「你無法消除那些人所做的——」

「但我或許可以阻止他們毀掉更多生命。」賽傑沒說出口的是，不論是完成自己的誓言，或在過程中死去，他的靈魂也許能因此得到救贖，與妻兒在更美好的地方相見，只要有那種地方存在。

「有沒有任何辦法，讓我能勸阻你？」薩拉芬問。

賽傑慢慢搖頭。

老修士嘆口氣。「好吧，我將帶你進入陰影中。我將給你你想要的，這樣也許將來有一天，你會想要我所希望給你的。」

「你希望給我什麼？」賽傑問。

「平靜。」

「只有一種方式能讓我找到平靜。」

「透過死亡。」

「不是他們死，就是我死，也或許同歸於盡。」賽傑回答。「我無法再等下去了。我要趕快找到他們——三個月，六個月，最多一年。」

薩拉芬再次凝視賽傑。「時間並不是由我們決定的。」

「你覺得會更久？」

他點頭。

「多久？」

薩拉芬停頓了一下，然後說：「生命可能在一瞬間改變，心靈可能在恩典降臨的時刻得到解放。但為了那一刻，可能要花畢生時間準備……」薩拉芬開始踱步，並繼續說：「學習也許可以快速獲致成效，但若要解除你所學的，得花費更久的時間。如果你願意從零開始，嗯，也許不用十年——」

「我沒有那麼多時間！」

薩拉芬目光如炬。「你一定是很重要的人，才會對神提出這種要求，而且要有極高的智慧，才能知道要花多少時間。」

他們離開果園，回到隱居院。遭到訓斥的賽傑想改變話題，便問道：「你教過多少學生？」

薩拉芬嘆氣說：「沒人向我學習你想要的。」

「你為何願意教我？有沒有入門儀式？」

「你已經入門了——因為雷辛……與你的人生。」

「你究竟對我的人生知道些什麼？」

「我看到的已經夠多了。」

賽傑難以置信地搖著頭，仍然對這個老修士感到不解。「所以你願意教導我，不用任何回報？」

「把我的教導當成私人恩惠是錯誤的，蘇格拉底。我不是為了你而這麼做；我只是完成神的旨意。我這麼做是因為……幫助你可能會有更高的意義，那是你、我現在還無法預見到的。」

·29·

柴可耶夫大部分的手下，以及所有他們沿途獲得的女人，都希望能稍微安頓下來，有更固定持久的營地，就像自己家鄉的小村子那樣。但他們首領的回答總是一成不變：「移動的目標不容易被打中。」

所以阿特曼在羅馬尼亞邊界的臨時營地所宣布的命令，完全出乎大家意料之外。那時阿特曼召集所有手下聚集在營火前，然後宣布：「大家要準備好！明天我們朝北走。很久以前，我在基輔北邊樹林中發現一個地方，我們要到那裡，然後建立一個永久的營地。這次不是搭帳棚，而是真正的木屋。還有，聽好了！我預言：我們很快會有更多女人與孩子，來建立一個新的哥薩克王朝。我們的時刻終於到了！我們將以這個隱密的營地做為據點，朝北攻擊猶太人，沒有人找得到我們的去向。我們不會留下任何活口，除了每年留下一個年紀小到還記不得事情的小孩，養大成為自己人。時間久了之後，我們的傳奇將被稱頌。我們要為教會與沙皇而戰！」

最後那句讓大家拔劍歡呼的宣示，只是為了讓信徒安心的口號。手下們需要覺得自己為崇高意義效勞，但柴可耶夫是為了自己的意志而戰，此外無他。

他帶領著這群人數漸增的假哥薩克部落來到北方，藏身在樹林中。他們以各種方式獲得工具，開始砍樹建造真正的木屋。這項工作有助於士氣，女人們也很高興，孩子們則快樂玩耍，他們有一段時間沒有殺人掠奪，只忙於安頓，連不安分的科洛列夫也滿足於簡單的勞務。

不久之後，木屋建好了，阿特曼宣布寶琳娜的母親艾蓮娜將搬到他的木屋，跟他住在一起，以便照顧孩子們。艾蓮娜聽命行事。

柴可耶夫突然決定建立家園，似乎不合他的性格。但這是他這輩子第一次感覺到類似愛的情感，不是對艾蓮娜，而是對孩子們。艾蓮娜在家中有如工具；她不能睡在他的床上，而是睡在寶琳娜房間的稻草床墊上。這個房間被稱為寶琳娜臥房，而這個小女孩與小男孩康斯坦丁依然是柴可耶夫最鍾愛的對象。

父親總是會說故事給孩子們聽。所以一天晚上，迪米崔爸爸告訴小寶琳娜一個關於她的故事。「不久之前的某一天，有一個男人與妻子，他們很快樂美滿，所以生下一個美麗的小女孩。我就是那個男人，妳就是那個小女孩。」

「我母親是艾蓮娜。」她說。

他悲傷地搖著頭。「艾蓮娜不是妳真正的母親，妳永遠不能說出這個祕密。」

這件事並不會讓寶琳娜感到驚訝，因為艾蓮娜從沒給她母親的感覺。「蘇拉是我的母親嗎？」

「妳很幸運有老蘇拉照顧妳，但她不是妳的母親。」

「那麼是誰——」

迪米崔爸爸打斷她的話。「爸爸說話時不要打岔！」然後，語氣放溫柔，「妳要安靜聽我說完，寶琳娜。妳真正的母親——我的愛妻——被一個怪物殺害了……」

寶琳娜驚恐地睜大眼睛。在阿特曼的嚴格命令下，她從來沒有聽過任何暴力或死亡，或這個強盜團體的所作所為。她只知道她父親與手下是為一個叫沙皇的人巡邏。

「那個怪物……長什麼樣子？」她問，又害怕又被這個黑暗的故事所迷住。

「他看起來就跟普通人一樣，跟我年紀差不多，但是一頭白髮，像巫師一樣。這個巫師能夠用聲音來迷惑人，他會說出甜美的謊言，然後殺人。要摧毀這個怪物，唯一的方法就是動作要快，在他開口施咒之前殺了他。」

迪米崔爸爸的故事很有說服力，他的聲音顫抖，彷彿連自己都相信。

小孩都會做惡夢。從那一天起，寶琳娜的惡夢是一個白髮怪物，看起來像一個平凡人。手下們對阿特曼的新父親形象感到困惑，女人們私底下則感到有趣，沒想到她們畏懼的這個男人也有可親的一面。有些女人問艾蓮娜，阿特曼是否也扮演起丈夫的角色。她絕口不談。

阿特曼成為居家男人之後，營地進入了比較正常的狀態，男人們忙著建設而不是獵殺猶太人。奇怪的是，最後讓家庭氣氛更加完美的，是蓄養了狗。

在找到永久的居處之前，柴可耶夫會殺掉咆哮的狗與狗的主人，但現在他收留那些會被食物收買的狗，有時候，還會看到柴可耶夫搔著狗的耳朵。狗是完美的追隨者，總是隨時準備舔阿特曼的手，表現出絕對的服從。比較聰明的孩子也是這樣。

柴可耶夫會讓孩子們任意活動，像小狗一樣玩耍亂跑。但只要他們夠大了，就會交付他們一些卑微的工作，如清理廁所、到河裡洗衣服，都是大人覺得骯髒或無聊的事。

就像孩子們，狗兒也必須工作，牠們會提防任何陌生人靠近，也會將猶太人的馬或羊團團圍住，所以狗成為營地的一份子，跟人們一起狩獵，不時緊盯著料理食物的女人，希望有人丟一些食物到牠們等待的嘴中。

於是營地裡狗兒吠叫，追逐著小孩丟出的木棍；男人建造木屋的火爐，女人則準備食物、照顧孩子，跟其他的哥薩克村落沒有兩樣。但只有夜晚才准生火，因為黑夜看不到煙霧；下雨或下雪時也可以生火，因為這時煙霧比較不易察覺。

他們都注意到阿特曼越來越在意安全的問題，但似乎沒人發現這種在意已經有偏執的傾向，柴可耶夫會說看到賽傑．伊凡諾夫躲在樹林中，從木屋後面偷窺，或晚上站在床腳瞪著他。

不久之後，柴可耶夫的惡夢開始影響到他白天的活動，他的眼睛會突然快速轉動，腦袋猛然一扭，或喃喃自言自語。有時候他似乎恍神起來，話說到一半就停下來，凝視著只有他自己看得到的世界。他臉上開始出現黑眼圈，與手下越來越疏遠。同時，阿特曼把自己當成一個神話人物，認為自己因為這些折磨而更有力量，超越其他人之上。他只親近少數親信，只透過科洛列夫來發號施令，而科洛列夫會有效且毫不留情地執行命令。

同時間，營地的生活繼續下去。當人馬狩獵回來——對象可能是動物或猶太人——他們會圍坐在營火邊，聊著他們年輕的往事，並且互相敬酒。但如果首領在一旁，他們就會很謹慎，甚至有時就算他不在也一樣。柴可耶夫宣布過，如果有人不服從他的權威，或洩漏了他們的地點，就會被處死。

他們被人發現的機會並不大。營地木屋位在樹林深處的一小塊空地，距離一條溪約一百公尺。流經樹林之後不久，溪水就變成瀑布，從懸崖沖下二十公尺深的岩石。從瀑布底部，流出一條暗潮洶湧的急湍，由於無法航行，小船無法接近，再加上他們的營地遠離任何山路，沒人會來打擾他們。

營地有九個孩子，四女五男，他們都很高興這個永久的家園靠近一個真正的瀑布，喜歡在淺灘快樂玩耍，直到一個孩子太靠近懸崖，不慎滑倒，被沖下懸崖而死在下方的岩石上。之後，阿特曼禁止寶琳娜與康斯坦丁靠近瀑布頂端。他說死去的孩子不夠聰明，運氣也不好。沒人會懷念他，也許除了蘇拉。

就像同年齡的孩子，康斯坦丁喜歡探索樹林，假裝冒險，只要獲得許可就騎騎馬。即使小寶琳娜很仰慕他，但他並不喜歡跟小女生一起玩耍。然而，從他多年前第一次看到這個小女嬰，他就很喜歡她，也因此同時為他帶來喜悅與痛苦。

他還記得第一次抱著這個小女嬰的情形，那時蘇拉必須去照顧其他孩子，要他抱著寶琳娜，寶琳娜的小手迅速抓住他的毛衣袖子，有如一個受過訓練的小鬥士。然後她笑了起來，抬頭看他的臉。康斯坦丁凝視著她的大眼睛，看到了她眼中的世界——一個神祕的地方，其中所有人都是善良的，充滿所有可能。

這個光明的時刻很快就被打斷，一個較大的孩子經過，叫他「奶媽」。於是康斯坦丁盡快抽身離開，跑去幫助其他大人。

後來，等寶琳娜學會走路與說話，她會跟著康斯坦丁，使勁擺動她的小腳，想要跟上他，叫著：「康丁！康丁！」因為她說不出他的全名。從那一天起，他就是她的康丁。他開始注意與保護她。

阿特曼嚴格命令艾蓮娜，不准讓寶琳娜跟其他較大的女生一起玩，只能跟男生玩。他的女兒要穿著男生的衣服，並跟大葉格維奇與其他優秀鬥士學習徒手格鬥。在此同時，如果她出了什麼意外，艾蓮娜與康斯坦丁要負責。也就是說，要是她受了傷，其他人不用負責。

雖然迪米崔爸爸顯然很喜歡寶琳娜，似乎也很關心康斯坦丁，但有時候阿特曼看著康斯坦丁的眼神很奇怪，讓這孩子感到恐懼，不知道該怎麼想。

康斯坦丁很高興寶琳娜住在木屋裡，有人關心她，或至少會照料她。有時候，他會想知道自己的父母是誰，但這種念頭都沒有結果，所以也就算了。但是，他開始留心聆聽其他人的談話，希望無意中能聽到一些關於他過去的線索。

晚上他常坐在穀倉角落，畫畫圖或削削東西，旁邊有人喝酒聊天。一個耳朵敏銳的男孩可以聽到很多東西，康斯坦丁就像蜷縮在他身邊的狗一樣，不引人注意。

他小時候希望跟大人一起巡邏，但當他聽到他們悄悄談著殺人的事情時，他就不確定了。將來他終究要選擇是否加入他們或……什麼呢？

他幼小的心靈無法找到其他選擇。他只知道這種生活；其他的都是夢想。

・30・

幾週後，賽傑正準備要上課時，薩拉芬對他的臉揮出一拳。賽傑完全沒料到會有這一拳，但他閃開了，發揮他過去所學到的。薩拉芬又揮拳；賽傑又閃開了。

「動作要自然，」修士說，然後抓住他的肩膀搖晃，推來推去。「不要像軍人，要像小孩。你太僵硬了。就算你動起來的時候，也很僵硬。放鬆……隨時都要放鬆。」

「我有放鬆。」

「鬆懈下來，」薩拉芬說，「才是真正的放鬆。」

「甚至在生死格鬥時？」

「尤其是那個時候，」他說，繼續揮拳。「很多人是死於疲勞，而不是功夫不夠。只有當你學會在壓力下放鬆，在動作中放鬆，你才能戰鬥更久，也活得更久。所以練習在你的所有動作中放鬆，不管是在廚房或洗衣房，讓動作自然發生，而不是刻意發生。」停了一下，薩拉芬微笑說：「要有耐心，賽傑。積習難改，緊張的戰士會英年早逝。」

接下來的那一週，賽傑每天默唸放鬆兩字一百次，深深呼吸，釋放任何不必要的緊張，尤其是在進行體力勞動或訓練時。「不是只有在揮拳或踢腿時才算訓練，」薩拉芬提醒他。「你所做的一切都是訓練。記住：當下，此地……呼吸，放鬆……不論戰鬥或生活。」

氣急敗壞的賽傑更緊張了，懇求道：「拜託，薩拉芬，你不用一直提醒我放鬆與呼吸。我瞭解你的意思！」

「實踐才是真正的瞭解。」薩拉芬說。

他們在島上的小徑行走時，薩拉芬要賽傑配合腳步吸氣與吐氣，直到他能走二十步吸一口氣、二十步吐一口氣。薩拉芬可以多維持十步才吐氣或吸氣——他的肺有如一個大風箱。

另一個寒冷的冬天過去了，進入新的一年，練習變得更令人挫折。薩拉芬每次都責備他：「你還是抓著老東西，蘇格拉底，抓著你重複了千遍的固定技巧。但你無法預知所有情況。現實每次都會讓你驚訝。」

在這個階段，薩拉芬開始隨時攻擊他，像雷辛那樣。不分晝夜，老修士都會在意料不到的奇怪時刻突然偷襲：在賽傑外出辦事，行走在陡峭山路或濕滑地面之時，在湖邊或樹林中，有時候甚至在隱居院的走廊中。沒有地方是安全的——有次老修士甚至趁賽傑上廁所時攻擊。

最後，薩拉芬告訴賽傑他的重點：「每一個情況都是獨一無二的，蘇格拉底。你的對手是難以預料的，所以你的防禦也必須如此。戰鬥會變得混亂、草率、難纏、失去平衡、不尋常而且變幻莫測。任何狀況都可能、也都會發生——你的對手可能藏有武器，或同伴埋伏在附近；他也許看起來喝醉了，卻突然警醒起來；他也許比你強壯、快速。不要假設；不要臆測；不要猜你的對手下一步會做什麼。只要保持覺察，自然回應當下那一刻的變化。」

「你是說我應該行動而完全不要思考？」

「在戰鬥中，沒有時間思考。事前可以計劃與演練，但所有的計畫都是暫時的，也必須隨時改變。不管發生什麼，只有一件事是確定的：事情不會如你的預期。所以不要有任何期待，而是要準備應付一切。放鬆，信任你身體的智慧。它會自行反應。」

「我想，我體驗過……跟隨雷辛的時候。」

薩拉芬點頭。「你體驗過，但現在你必須熟練——甚至在受傷時、無法負荷時，或最不順利之時。也就是說，放下所有關於你對手的成見，不管是關於性格或情緒上的。那一切都不重要。當一股力量襲來——不管那是拳頭，石頭，長刀或戰馬——你移動、你呼吸，你的身體會在任何時刻自行找到對策。」

「說得比做得容易。」賽傑說。

薩拉芬笑了。「我想你終於開始瞭解了。」

薩拉芬撿起一塊拳頭大的石頭，站在三公尺外說：「舉起你的手，接住這個石頭！」他以極大力道擲來，幾乎打斷賽傑的手。「記住這個疼痛，」他說。「這叫抗拒。在生活中，當你抗拒時就會有壓力。戰鬥也是如此。不管攻擊你的是什麼，如果你採取強硬的立場，你就會體驗到疼痛。絕不要硬碰硬，而是要吸收與使用力量。現在來學習柔順如何克服更強的力量。」

薩拉芬一開始先對賽傑的胸部輕輕擲出拳頭大的石頭。「閃開來，順勢把它接住，」他說，「你的手要配合石頭的速度，不能發出任何撞擊聲音……」

稍後，老修士拿出一根粗重的橡木棍，對著賽傑揮過來。他先指示賽傑採取強硬姿勢，像一堵垂直的牆，並體驗撞擊的疼痛。之後，薩拉芬要賽傑對他揮舞木棍，他示範如何在最後一刻配合木棍的來勢傾移——就像賽傑用手吸收石頭的衝力——藉此吸收撞擊，將力道減少超過一半。

「對付木棍很容易，」賽傑說。「但假如是長刀呢？我無法吸收銳利的刀刃。」

薩拉芬抓抓鬍子，好像在思考這個問題。「如果是長刀，我建議你要閃開。」

下一週，以及之後一週，薩拉芬擲出更多石頭，而且越來越快。賽傑要避開石頭的力道，安靜地接住石頭，吸收衝力。隨著時間流逝，他從石頭進展到刀子——先慢慢拋擲，然後加快。後來他學習以一種波浪般的動作來閃避與吸收推撞、拳擊與腳踢。

「這些遊戲都很好，」賽傑突然感覺不耐煩。「但我什麼時候才能學更高的技術——使用武器以及學習動物打鬥的姿勢，像中國和尚那樣？」

「首先，」薩拉芬說，「沒有更高的技術；只有更靈巧的動作。模仿老虎或猴子或龍，看起來很賞心悅目，但我建議你成為最危險的動物——人類，懂得使用直覺與理性。你最可怕的武器就在你兩耳之間。只追求力量的人最終會敗給聰敏、變幻莫測、彈性與詭計。」

到了初秋，冷風再次吹襲島上，薩拉芬帶賽傑來到一個花岡岩懸崖，二十公尺下方有浪花拍擊著。「背對著湖水，腳跟靠近懸崖邊緣，」他指示。「你可能有時候必須在邊緣戰鬥——在橋上或這樣的懸崖邊。當你感到恐懼，開始緊張，就正是你需要放鬆、呼吸、吸收與閃躲的時刻。如果你緊張起來，就會摔下去。」

賽傑瞄了後方一眼，差點失去平衡。「要是我跌下去——」

「你可能不會死，」薩拉芬說，「但是會很……不舒服。」

薩拉芬開始輕推，賽傑旋轉身體讓位給推來的力道。薩拉芬繼續推下去：先推右肩，然後左肩、臀部、身軀。賽傑閃躲，讓位，保持平衡，但是推擊力道越來越大。

然後薩拉芬用刀尖戳他，同樣的練習。

最後薩拉芬說：「轉身。」賽傑面對著下方的波浪。他看不到推擊的方位，必須去感覺，然後立刻閃躲。只要稍有緊張，他就會被推下去——

薩拉芬開始先緩慢、輕柔地推，同時溫和地提醒賽傑：「恐懼是奇妙的僕人，也是很糟糕的主人。恐懼會產生緊張，所以呼吸並放鬆。你不需要驅除恐懼，只要訓練自己採取不一樣的反應。」

賽傑看著下方，他必須提醒自己為何要冒生命危險來進行訓練。薩拉芬推得越來越大力，然後變成緩慢地拳擊。接下來是刀子——刀尖刺戳、推擠、刺穿他的皮膚，而他像水一樣波動——

突然間，薩拉芬一拳打中賽傑的肩胛骨，完全出乎他意料，於是他跌了下去。

一剎那天旋地轉，然後他的直覺發揮作用，他揮動四肢保持身體垂直，在噗通撞擊水面之前縮成一團。

撞擊貫穿他的腿、臀部、脊椎與脖子。然後是寂靜與冰冷。他的肚子抽痛——感覺像是有人踢了他的下體。

賽傑掙扎往上游回到空氣與陽光中，浮出水面深吸一口氣，聽到波浪聲與海鷗叫聲。他往上看，看到上方薩拉芬的小小身影，指著賽傑的右邊。他往右邊游去，找到一片小沙灘——時間剛好，因為他的手腳已經失去知覺了。賽傑上了岸，爬回薩拉芬所在的位置時，想著還有多少東西需要學習。

一週後，賽傑正在暖身時，薩拉芬突然用刀子刺來。完全沒有預兆，突如其來：薩拉芬本來微笑著，全身放鬆，空手站在那裡；下一刻，一把刀子已經朝賽傑喉嚨刺來。賽傑出於本能舉起手，同時傾向一邊。不是很高明的防禦，但至少他不假思索、立即行動，如雷辛教導他的。

「每個人對攻擊的反應都不一樣，」薩拉芬說。「有些鬥士會縮起來轉身；有些人往前傾或後退。我們從你自己的本能反應來開始。來，我示範給你看。」他把刀子遞給賽傑。「用刀子朝我喉嚨刺來。」賽傑勉強照做。薩拉芬飛快把刀子打落，刀子射進三公尺外的木樑。然後他打了賽傑一巴掌。「認真攻擊！」

賽傑這次攻擊時很認真，薩拉芬往後傾，側向一邊，把手舉到喉嚨。「這是我第一次接受測試時的本能反應，」他說。「現在，注意看我如何發展。」

賽傑再次攻擊，薩拉芬同樣移動，但手肘稍微轉動，於是賽傑發現持刀的手被夾住了。然後薩拉芬順勢往後轉，就把刀子從他手中扯掉並轉而對著他，他的手腕則痛苦地被薩拉芬扭住。「看到沒有？我們用本能反應來開始，然後讓每個人採取阻力最少的方式來解決問題。沒有所謂錯誤的動作。唯一的錯誤，就是完全不動。」

幾乎每天下午，除非院內事務纏身，薩拉芬都會來看賽傑練習，給予指導，糾正、示範、交代新的練習，並與賽傑對練，測試賽傑緩慢但穩定的進步。

薩拉芬還示範了如何用巧妙與欺敵的方式，以某種角度接近一個拿著手槍或長刀的對手，然後解除他的武裝並打敗他。薩拉芬糾正賽傑的錯誤時，不是用言語，而是用推擊、碰觸與拍打。藉由這種無聲的方式，薩拉芬直接教導賽傑的身體，而不是用抽象的概念。

當薩拉芬終於開口時，他提醒賽傑：「在生死格鬥時，你腦中的高深理念完全無用。」

隨著時間過去，賽傑經歷了許多練習階段。他在禁食或生病、疲倦時都持續著訓練，這讓他發現，他可以在最惡劣的狀況下控制自己。即使在缺乏體力與速度的情況下，他仍然可以練習放鬆、平衡、掌握時機與借力使力。

訓練了快一年，每當賽傑因為疲勞或氣餒想要放棄時，薩拉芬就會這麼說：「跑步上山時，放棄是沒關係的……只要你的腳繼續移動。」有時候，唯一能讓他的腳繼續移動的，是對於安雅的回憶，以及復仇的誓言。

賽傑常想到柴可耶夫一夥人。每延遲一個月，就可能有更多無辜者送命。但他如果沒準備好就攻擊，就不會再有成功的機會。

寶貴的時光不停流逝，這個困境繼續糾纏著他。

·31·

寶琳娜八、九歲時——柴可耶夫的營地沒人記住生日——仍然是康斯坦丁的朋友與仰慕者。不過，從她開始接受大葉格維奇訓練之後，有了很多改變。現在她有自己的課程，除了休息的時間溜出來之外，無法再跟康斯坦丁一起玩。由於在一起的時間變少了，所以更加珍惜。

康斯坦丁的生活也改變了。他的聰明頭腦現在渴望挑戰，好奇心與日俱增，可以瞭解其他孩子不瞭解的事情。而他不瞭解的，就會去弄清楚。他盡量跟大人學習，少數幾個識字的大人中，有一個被這孩子的仰慕所打動，教導他認識字母。後來，康斯坦丁自己學著閱讀，他在一堆廢棄物中找到幾本書，都是從他們所謂的猶太人那裡搶來的。

其中一本書，是一個叫亞伯拉罕．查當明斯基的人寫的，描述一趟橫越大海的旅程，來到一個叫美國的地方。康斯坦丁逐字逐句的，自己也在書中旅行；讀完之後再讀一遍，又一遍。他想著將來有一天，他也要搭大船橫越海洋到那個地方，還希望可以見到寫了這個奇妙故事的人。

為了閱讀與夢想不受打擾，康斯坦丁建造了一個隱藏處。他在溪水對岸，瀑布上方的樹叢中挖了一個小山洞，然後他帶寶琳娜來看自己的祕密基地，之後兩人只要沒事就會跑去那裡，遠離這個世界，悄悄談笑，他朗讀最喜愛的書給她聽，教她認識字母以及如何拼讀、寫字。

然後，在一九〇〇年的前夕，柴可耶夫的部落籠罩著困擾不安。有一些人本來抱持著膚淺的宗教信仰，如今退化成無知的迷信，開始擔心審判日到來，為自己的靈魂感到恐懼。他們雖然相信他們的掠奪是公義的行動，但流血與慘叫卻讓他們心虛。只有科洛列夫睡得很安穩。

阿特曼繼續用冷淡的禮貌與隨意的發怒，統治著部落。只要他龍心大悅，就會很慷慨。如果背叛他，鐵定沒有好下場。雖然情緒不穩定，柴可耶夫並不懶惰。他比其他人更努力訓練，贏得了其他人的敬重。但他不是靠速度或力氣來維持權威，而是讓其他人無法預料。科洛列夫可能更殘暴，但沒人比阿特曼迪米崔．柴可耶夫更變化莫測。沒有任何人知道他接下來要做什麼，不論男人、女人或小孩。

幾個月前，喝醉的布科夫斯基抱怨著阿特曼近年來的怪異行為，說他也可以當阿特曼，甚至當得更好。他說這話也許是希望有人會附和，但沒人出聲。康斯坦丁以及幾個男人都聽到這話，但只是望著自己的手，假裝什麼都沒聽到，沒受到影響。但是沒有祕密逃得過阿特曼，他聽到了這件事。有人相信柴可耶夫會讀心術，這讓大部分的人總是處於焦慮狀態。

不久之後，康斯坦丁獲准跟其他人一起去巡邏，當一個侍從——這是迪米崔爸爸給他的另一項殊榮。所以當阿特曼與十二名手下圍坐在一張大桌子喝酒、吃東西時，康斯坦丁也在場。柴可耶夫心情很好，高談闊論起來：「我們就像基督與門徒的最後晚餐，只是我不會被釘上十字架。」然後他環顧四周，凝視每個人的眼睛。

他們舉杯敬祝阿特曼長命百歲，而柴可耶夫繞著桌子走，拍著每個人的肩膀，然後他來到布科夫斯基身後，布科夫斯基這時剛灌下一大杯伏特加，柴可耶夫伸手割開了他的喉嚨，酒與鮮血直噴而出。

阿特曼巡視著手下們蒼白的臉孔，隨意地把屍體拖到地上，然後坐上死者的座位，吃掉死者的食物。「我們不可浪費食物。」他表示，永遠是個深思熟慮的領袖。

儘管營地越來越多人擔心阿特曼的行為與心智狀態，沒有人敢再提到造反。這件事之後的很長時間，交談都變得很短，很謹慎，很少比悄悄話大聲。

就算科洛列夫也無法倖免於阿特曼的怒氣。二月的一個寒冷夜晚，柴可耶夫在穀倉找到剛狩獵回來的科洛列夫。阿特曼察看了四周與馬槽，確定只有他們兩人，然後柴可耶夫問他的副手：「你記得賽傑・伊凡諾夫嗎？幾年前被我們留在草原上的人？你扭斷了他妻子的脖子，這你應該還記得吧。」

有太多事情與臉孔對這個獨臂巨人而言毫無意義，但他記得伊凡諾夫這個人，以及阿特曼愚蠢地命令科洛列夫不要殺他。

科洛列夫的回憶被柴可耶夫的尖銳聲音打斷。「我再問你一次，科洛列夫，你覺得我們離開他時，他還活著是嗎？」

「你要我留下他，」科洛列夫回答。「我照你的話做了。對，我相信他還活著，但他滿頭都是血——」

「我不要你用猜的，我問你記得什麼！」

柴可耶夫越來越焦慮，他在白天或晚上看到賽傑・伊凡諾夫的次數越來越多。現在他深深後悔當初一時衝動，決定讓伊凡諾夫活下來。這件事啃噬著他，他一想到就會頭痛，肚子翻攪不已。科洛列夫說得對；伊凡諾夫的悲傷會變成憤怒，他遲早會來復仇。現在，怪物已經在夢中尋找柴可耶夫了。

· 32 ·

在新世紀即將降臨的時刻，聖阿佛朗羅斯特夫修道院一片祥和與慶祝的氣氛，弟兄們在此吉祥時刻為全人類祈禱。然後新的一年就像所有日子一樣破曉，伴隨著寒冷的日出、祈禱與儀式。對賽傑而言，則是更多訓練。

春天來臨，隨之而來的還有候鳥，小溪開始奔流，開滿色彩鮮豔的花朵，小島重生了。賽傑在野外、洗衣房與廚房的雜務讓他對社區有歸屬感，對他的戰鬥訓練是很好的平衡。

在這種生活方式與例行工作中，四年過去了，這個恍若世外桃源的小島，變動是以百年為單位來計算的。有一些關於中國義和團的消息傳來，說到這些民兵想要驅逐日本人與西方人，而俄羅斯祖國也出兵佔領中國滿州。這些消息傳到修道院後，大家只是點點頭，然後就去做更重要的事。

與此同時，賽傑的訓練依然繼續，薩拉芬教導他獨立分別移動他的手臂、腳、臀部與肩膀。「讓你的頭腦集中在單一部位，但又同時涵蓋全體，」薩拉芬說。「放鬆身體，放鬆頭腦。保持流暢與開放，你可以攻擊前方的對手，同時腳踢後方的對手，身體還是保持移動與旋轉。你的對手會以為他們是跟一隻章魚對打。」

薩拉芬也提醒賽傑，不管多少人包圍他，他在同一時刻永遠不需要對付超過一個人。「就算是有十人或二十人攻擊，他們大多會彼此干擾。其中三、四個可能有威脅，你要主動攻擊最靠近的一個，而不是等他過來。」

那一天，薩拉芬教導他像雜耍那樣拋接兩顆石頭，然後三顆。「對付多個對手很像雜耍，」他說。「你一次拋擲一顆石頭到空中，速度要很快。如果注意力稍有閃失，就會漏接石頭；如果你在戰鬥時注意力不集中，你就會失去生命。所以保持放鬆，專注，一直移動，對付一個人，然後下一個，再下一個……保持開放的頭腦與流暢的身體，保持寧靜的心靈與戰士的精神。」

雖然賽傑來到小島是為了格鬥訓練，他與薩拉芬對於維持修道院的運作，還是各自肩負著責任。薩拉芬一直都很忙碌，他要帶領修士的修行，治療生病與受傷的人。但下午大多用在訓練上。

雖然經常遭遇挫折，但賽傑很期待每一次的練習，因為他從來不知道會面對什麼。一天，薩拉芬教導他如何用右手或左手射飛刀——抬手射出，低手射出，站著射，躺著射，還有跑步或翻滾時射，就這樣練習了數週。

然後賽傑學習點穴麻痺手腳的技巧，以及用旋轉抽打的方式同時攻擊二到三人，把對手的踢腿或拳頭轉移到其他人身上。

在這個訓練階段，薩拉芬發現賽傑死盯著他手中的斧頭。「放鬆你的目光，」他指示。「不要盯著對手的手腳或眼睛，而是覺察周遭一切。放鬆的目光能擴展你的覺察，同時傳達有力的訊息到對手的心中，讓他瞭解你很快就會把他這個暫時的障礙排除。所以目光要穿越過去，穿越過對手，彷彿你不在乎他的攻擊，但又保持全然覺察。」

「有可能那樣嗎？」賽傑問。

「你很快就會知道。」薩拉芬向他保證。

數個月過去，賽傑開始明白，他在隱居院數小時的服侍工作與冥思，不僅是雜務，更是訓練不可缺少的一部分。肢體練習與生活責任互相滲透，融合為一種完整的存在。不知不覺中，武術的練習在生活中也派上用場。

「當然是這樣的啊！」薩拉芬說。「我不會只是花時間教你如何消滅敵人。我們的學習與生活的關係更為緊密，而不是為了戰鬥。我還是祈禱你能設法放開你的復仇心。」

賽傑沒說話。他無話可說。

賽傑在島上的第五年已過了一半，訓練的廣度與深度都增加了。因為薩拉芬總是把他逼到極限，他發現不僅格鬥時的狀況逐漸轉變，他在掃地、開門或洗碗時的動作，也更優雅順暢。他的身體感覺，不一樣了。毫無疑問，賽傑的戰技已有所進步，但他也漸漸成為修道院的一部分，就像島上的小樹一樣。外面的世界面對著更急迫的事情，絲毫不知也毫不關心這個叫賽傑・伊凡諾夫的年輕人，而他，終於學會如何像孩童般行動。

數週前，薩拉芬提醒他：「孩童對每一刻都感到新奇，都是前所未有的，沒有計畫或期待。這是戰鬥的好方式，也是生活的好方式。」現在賽傑展開了另一種旅程——回歸純真。他已經想不起剛來到小島尋找神祕大師時，自己的心靈與身體的狀況是如何。賽傑的技術還比不上老師，但已經能夠明白老修士的方法，這讓他更是著迷不已。

他想起薩拉芬所說的一個故事：有個男人總是感到疲倦，每天祈禱更有力量。他的祈禱從來沒有得到回應，直到一天，出於絕望，他哭著祈禱：「求求你，主啊，讓我充滿力量！」神回答：「我一直充滿你，但你一直漏光！」

賽傑不再漏失——至少沒以前那麼多——他的能量似乎每天增加，為練習做準備。

接下來數週，薩拉芬按、刺、戳、扭、打不同的穴道，造成越來越強烈的不適。「注意，」他說，「按這裡會感覺恐懼；按這裡是悲傷。每個人都不太一樣。但不管產生什麼情緒，讓它們自然過去，你還是專注於目標上。」

老修士也開始掌摑賽傑，讓他暫時暈眩，直到他能夠保持專注，在疼痛中依然能行動。後來在廚房中，有一個修士發現賽傑的臉有「健康的光澤」，「你的練習一定很有幫助。」那位弟兄說。

賽傑微笑著心想，真希望你知道是怎麼回事……

一天晚上，薩拉芬神父找來四位弟兄協助練習。基於和平的信念，島上的修士並不贊成這樣的戰鬥練習，但這些弟兄相信薩拉芬的智慧。他們緊緊抓住賽傑的手腳與頭部，把他按在地板上。薩拉芬神父指示，每個人都要用力朝不同方向拉扯，造成一些痛苦，而賽傑的任務則是保持放鬆。他發現這項練習非常困難，也許因為喚回了多年前被壓在地上的恐怖感覺。但靠著放鬆與發揮技巧，他每次都能夠掙脫。

「只要你保持放鬆與移動，」薩拉芬說，「就再也不會被很多人壓制住。」

賽傑想起某天他終於告訴薩拉芬，關於驅使他尋找大師的那些事件。老修士點點頭，賽傑有一種奇怪的感覺，覺得老師只是更確定了他已經看到的事情。

賽傑結束回憶，聽到薩拉芬繼續說：「……不要立刻想要掙脫，保持身體接觸；這樣你就能知道對手的位置。如果他抓住你，你其實也抓住了他；你就可以移動身體來擺脫他。」

指導與練習繼續進行。那年冬天，賽傑很痛苦地覺察到自己的每一個弱點、不平衡與緊張之處。他告訴薩拉芬，他似乎越來越糟，修士微笑：「不是更糟。你只是犯下慣常的錯誤，但是越來越少了。生命是精益求精，而不是完美。你還有很多地方需要琢磨。」

訓練有時也會出現幽默的況味。第二天下午，薩拉芬用皮鞭進行更疼痛的訓練時，一位弟兄剛好經過，搖著頭喃喃自語道：「在中世紀大家可是會排隊等待鞭打的。」

那位弟兄走開後，他們都笑了。然後薩拉芬嚴肅地說：「沒有一個正常人會想要痛苦，蘇格拉底，我也不喜歡讓人痛苦。但這種訓練如果實施得當，會讓你在戰鬥中不容易被痛苦所驚嚇、阻撓或拖慢速度。」

之後，賽傑每次感到皮鞭的刺痛，都會想到柴可耶夫。

❦

一九〇三年春天，薩拉芬每次練習都會把賽傑的眼睛蒙住一段時間，藉此加強他的感官與覺察。他帶領賽傑穿過樹林，說：「要是你暫時無法看見，你必須能夠繼續戰鬥，使用你還擁有的其他感官。」

跌倒並碰傷了幾次之後，賽傑開始能夠摸索繞過阻礙，發展出更強的聽覺。然後，他有時能感覺到周圍物體的能量。在此同時，薩拉芬會從後方、前方與側面推他，賽傑必須立刻放鬆，保持移動或翻滾。只要他一時不察老師的位置，薩拉芬就會用木棍敲他腦袋。他們回到隱居院時，薩拉芬會帶領賽傑進入一個房間，他必須猜出裡面有多少修士在場，而那裡可能根本空無一人。

薩拉芬也隨機指示賽傑閉上眼睛，然後要他盡可能仔細描述周圍景物，藉此促使他更敏銳地注意環境，而不是陷入思緒中。「你在學習的是，」薩拉芬說，「如何用身體來思考——如何放下頭腦，進入你的感官。」

薩拉芬會用細繩綁起賽傑的雙腳與手肘，把他拉倒，然後要他跟假想的敵人格鬥。他也把賽傑的一隻手綁在背後，強迫他用肩膀、下巴、臀部、頭部、腳、膝蓋與身體來戰鬥；然後兩手都綁住，進行同樣的訓練。「如果你什麼都沒有，」薩拉芬特別強調，「就要用你的智慧。你會很驚訝於自己扭轉劣勢的能力。」

制。然後他學習如何在站著、躺著、趴著或起身的時候，同時打敗數位對手，讓他可以在行動不便，或崎嶇地形、姿勢不佳時戰鬥。

賽傑也學到新方法，藉由靈活攻擊許多目標，來掙脫鎖頭、鎖臂與不同的勒頸法的壓

8

賽傑的心思轉到他的任務以及他將面對的對手時，突然對薩拉芬說：「我有些對手比我高大強壯。其中一個簡直是巨人──」

「無所謂，」修士回答。「高大的人在保持適當距離的情況下，是可以打得很好，但柔軟、流暢與速度可以勝過身材與力氣。較矮的人可以近身攻擊，拉近距離。每一種體型都有其長處與弱點，所以要減少你的弱點，專注在你的長處。你甚至可以用瞬間的反擊，來勝過對手更快的速度，而不是等待攻擊發生。」

那年夏天，薩拉芬終於認為賽傑可以「準備真正學習」了，他們來到樹林空地，薩拉芬示範了一些非常巧妙的閃躲與卸除武器的動作。薩拉芬手持一把利劍，劃過地面，對著空氣揮舞，說：「學習劍術可以幫助你對付劍客。」

之後數週，賽傑練習日本武士的一些攻擊方式，薩拉芬要他盡快拔劍出鞘來攻擊他。

薩拉芬放鬆站著，保持警覺，距離三公尺外，賽傑遵照指示準備拔劍，快速前進攻擊薩拉芬。但是當他開始前進時，薩拉芬已經站到他身邊，鎖住賽傑持劍的手，讓他無法拔出來。接著薩拉芬示範用數種方式來卸除武裝。

「絕不要害怕武器，而是要怕揮舞武器的人。你專注於你的對手，而他專注於他的刀、劍或手槍。他把力量放在武器上，但忘了身體其他部分。當你想要避開武器的那一瞬間，反而要毫不猶疑地衝上去！縮短距離，在他還來不及使用之前就卸除武器——在攻擊還沒發生前，就加以阻止。」

花了更多週的耐心練習，賽傑才能夠瞬間縮短他與對手的距離。

突然間，賽傑的訓練似乎完全轉向。他們在九月底的冷風中走回隱居院時，薩拉芬談到耐心，以及戰鬥時的道德。「過去幾年你的表現很好，蘇格拉底，但技巧的訓練只是開始。最厲害的戰士動作都很放鬆、開闊，因為他們戰鬥的目標超越一己的恩怨。只有臣服於神的旨意，才能在戰鬥中得到勝利，在生命中找到寧靜。」

薩拉芬又開始踱步，每次要強調重點時，他就會這樣。「真正的戰士，蘇格拉底，就算在戰鬥中也保持人道精神。贏得一次殘暴的勝利，你可能會失去你的靈魂。屠龍的人，很可能自己會變成惡龍。」

這番話，以及背後的意義，不僅貫穿了賽傑的頭腦，也貫穿了他的心。他凝視著這位寧靜的老戰士兼修士，過去七年來還成為他的老師。賽傑不能稱呼他「神父」（Father），實在是件諷刺的事，因為薩拉芬彌補了賽傑童年所缺少的父親角色。

那天晚上，賽傑思念安雅與兒子並為他們祈禱之後，也感謝薩拉芬的慷慨與單純的人道精神。

賽傑從一開始就知道，薩拉芬不希望他走上這條路，但每一天——除非另有教堂工作——這位小島上的神父都會把自己生命經驗的一部分給予賽傑。他沒有得到任何回報，除了賽傑的感激。對薩拉芬而言，能夠服侍神的神祕旨意，似乎就夠了。

這個事實讓賽傑更加敬愛他。

• 33 •

上午與葉格維奇訓練結束之後，寶琳娜穿過樹林朝溪邊跑去，高興地笑著，險險躲過追來的康斯坦丁。康斯坦丁原本可以抓到她，但他故意讓她佔了上風。她的訓練有進步，不久他就無法追上她了。

康斯坦丁已長成為一個高挑的少年，不再是男孩，但依然對寶琳娜保護有加，兩人友誼依然不變。寶琳娜其實不需要保護，十一歲的她很能夠照顧自己。況且，其他較大的男生沒有一個膽敢欺負柴可耶夫最喜歡的孩子。她還小的時候，康斯坦丁必須保護她不弄傷自己。寶琳娜喜歡各種冒險舉動，像是爬到最高的樹枝、走過深溝上的滑溜木頭等等。現在她像其他男生一樣結實敏捷，而且更善於格鬥。

寶琳娜已經比許多年紀更大的男生跑得更快、更會打架。葉格維奇以傳統哥薩克戰鬥方式訓練她，強調流暢的動作、平衡與靈敏，而不是力氣與身材。營地所有人都同意她有天分，但沒人敢問阿特曼柴可耶夫為何堅持要所有人教導她一切戰技。只有科洛列夫拒絕參與「小孩的遊戲」。

阿特曼對寶琳娜更加寵愛，但談到她的戰鬥訓練，父親般的溫情就變成了嚴厲。他要求她每天都要全力以赴，不管是早上、下午或晚上的練習。寶琳娜從不抱怨，她願意而且有足夠的精力做到，並對學到的新技巧感到自豪。事實上，她對自己的要求讓所有人都佩服她的進步。

康斯坦丁大多時間自己獨處，構築夢想與閱讀，在地上畫圖，或者用從火堆撿來的木炭在羊皮紙上畫畫。他也想到寶琳娜。他想念她的溫柔與無邪，這些特質他不知何時已經失去了。與她在一起，他覺得像是走出髒污的木屋，進入一座芳香的樹林中。有時他會躲在陰影裡，偷看大葉格維奇訓練她。

葉格維奇是個大塊頭，比營地其他人都高，只比巨人科洛列夫矮。他的腰身，尤其是那濃密的褐色鬍鬚與毛茸茸的脖子與胸部，讓康斯坦丁聯想到熊。他有熊一般的力氣，雖然動作沒有年輕人快速，但對於他們的攻擊招數，他瞭若指掌。

多年前，他原本是個砌磚工人。有一天在酒店，他與托莫洛夫起了爭執。一分鐘之後，托莫洛夫一夥人全都躺在地上，沒有受到重傷，只是自尊受損。柴可耶夫來到酒店之後，葉格維奇告訴他：「我可以教導這些小傢伙如何正確打鬥。」於是他加入了他們，也證明了他的能力。現在沒人打得過他，除了科洛列夫，有一次科洛列夫差點打破這隻老熊的腦袋，但科洛列夫自己也有幾處瘀傷，對這個大漢多了一些不怎麼情願的敬意。

之後，他們稱他大葉格維奇。他高度服從命令而且忠誠，從不多問，因此是寶琳娜的好老師。他也珍惜自己的老師地位，很高興看到這個女孩進步。大葉格維奇沒有自己的家人，只跟蘇拉做朋友，她是營中唯一年齡跟他相近的女子。可以說，葉格維奇與蘇拉是養育這個女孩長大的父母。

葉格維奇跟大家相處愉快，除了科洛列夫。他不喜歡這個巨人看寶琳娜的眼神。科洛列夫還算安分，不敢碰她，但葉格維奇不信任這隻假裝溫馴在一旁等待，尾巴卻扭個不停的老虎。

所以，大熊與老虎保持著緊張的對峙。

每天葉格維奇都帶領寶琳娜進行激烈的戰士遊戲與練習，跑步、游泳、攀爬，以及其他人沒看過的格鬥技巧。他留了一些絕招給寶琳娜。他決心要好好訓練寶琳娜，萬一有一天他無法保護她，她至少要有一些可以對付那個獨臂人的能力。

至於康斯坦丁，他總是處於匱乏狀態。他的衣服與鞋子尺寸都太小了，他必須赤腳一段時間，直到他在廢棄物中找到一雙合腳的舊靴子。他覺得自己很笨拙，聲音還不時會變得嘶啞。他常想到年紀較大的女人，以及她們跟男人在一起的行為，將來那些女人也可能會這樣對待他。然後他會想到寶琳娜，卻感到很不應該；畢竟她還是個小女孩。

雖然有很多變化，她是他生活中唯一不變的，不管如何她都會關心他。現在康斯坦丁對迪米崔爸爸開始產生嫉妒，因為寶琳娜崇拜他。她只看到阿特曼的一面，對她而言，他是個給予保護與關愛的父親，很在意她的進步。阿特曼從來沒有讓寶琳娜感到害怕。她不知道真正的迪米崔．柴可耶夫，康斯坦丁也不忍心告訴她。

康斯坦丁把自己對寶琳娜日漸增加的感情隱藏起來。他曾經是她的兄長，但現在他的感情更深，也不一樣了。他知道他應該要感謝阿特曼不反對他們的友誼，只要康斯坦丁沒有妨礙到她的訓練。

在團體中，康斯坦丁總是扮演僕人的角色，而不是戰士，這在多年前就決定了，因為阿特曼派他去幫忙照顧寶琳娜。因此沒有人鼓勵他學習戰技，也就不會讓人感到意外。

事實上，他很慶幸不用去掠奪、殺人；他有別的興趣與天分。他們從被殺害的猶太人那裡搶來的很多東西，堆成一堆，他在裡面找到一套寶貴的畫筆與顏料。所以當寶琳娜訓練時，康斯坦丁也練習自己的技能——用木炭與畫筆，在紙上或任何表面上畫畫。他會畫樹木、小屋、馬匹與小鳥，有時還會畫自己的夢境。畫畫時，時間總是過得很快。

只有當康斯坦丁想到自己的未來，才會感到一股憂傷。他總是在營地與婦女和葉格維奇等待「真正的男人們」巡邏回來，他無法想像這樣的生活還能持續多久，因為其他跟他同年齡的少年，有些已經跟大人一起行動，他們覺得康斯坦丁很怪。

只有寶琳娜瞭解他。

但現在他什麼都不確定了。當兩人抽出時間在一起時，他覺得很尷尬，不再像以前那樣自在閒聊。所以他只會問問她的訓練情況，而她總是非常興奮地說了又說，於是他知道他們仍然是朋友。

康斯坦丁很喜歡寶琳娜的短髮，髮色如豐饒的土壤，在她奔跑時上下舞動著。她就算穿著男生的衣服，也很美麗。他曾經試著畫她的臉；第一次畫時，他們都笑了。他一畫再畫，仍然無法捕捉她的美麗。如果不是因為迪米崔爸爸的保護，她很可能會遭到那些男人的毒手。

迪米崔爸爸，一想到他，就讓康斯坦丁不禁心生一股憤怒——那麼多的欺騙、虛偽、祕密與謊言。寶琳娜只看到她想看到的，以及他們讓她看到的：阿特曼紀律嚴謹的生活，以及為遙遠的沙皇效忠。她從來沒聽過那些焦黑的屍體。

康斯坦丁知道他應該告訴她，但日復一日保持沉默，已經讓真相更難訴說。她不會相信他的，他會失去她的信任。她甚至可能會討厭他。如果她去質問迪米崔爸爸，他們兩個都會遭殃。

他只好等待她自己發現這個事實。

§

心思純正而且心地善良的寶琳娜，以為周圍的人也是如此。當然她也看過迪米崔爸爸情緒發作，但孩子總是很容易原諒父親的缺失。他的命令以及他為她安排的活動，將她隔離了起來，寶琳娜沒有時間去想生命中更重要的問題。身為阿特曼的孩子，她絲毫不懷疑自己必須學習戰技，身負特別的責任。她不會想要像其他女性打掃、煮飯、提水與服侍男人時羞怯、服從的模樣。

但有時候，在睡前的安靜時刻，她會想像，跟其他女人一起過著平凡的生活，會是什麼樣子。

至少我還有老熊，她不禁嘆口氣。我也永遠有康丁。

· 34 ·

一九〇五年春天，賽傑來到瓦拉姆島九年了——九年的服務、冥思、戰技訓練與生活訓練。賽傑現在三十二歲了，他的年輕氣盛已經被一種省思的心態所取代，一種成熟、謙遜與客觀的清醒感——薩拉芬所預測的轉變，開始萌芽了。

自從妻子死後，賽傑花了超過十年時間來準備復仇。有時，那似乎是一種瘋狂行為；有時，又似乎是正義與榮譽之舉。有人殺了你的家人，你就讓他嚐嚐地獄的滋味。就是這麼簡單。

現在他已是個可畏的戰士，超過了哥薩克佬亞歷西，甚至超過了雷辛，但是他自己不知道。薩拉芬規律的鞭笞淬練出他的熟練與強大，讓他擁有越來越多的能量與力量。

當賽傑面對自問了許多次的問題時，他漸增的力量也帶來了越來越不安的煩躁：我還要讓迪米崔．柴可耶夫活在世上多久？他的心思飛向南方，來到猶太囤墾區，那裡的人可能正流著無辜的血。

賽傑決定離開的時候到了。但是道別並不容易。他敬佩而且羨慕薩拉芬所找到的寧靜，那種優雅的狀態，賽傑可能永遠不會瞭解。但是他隱約知道，有一天，他也許能夠瞭解這個小島神父想要教導他的。

下一次會面時，他宣布了這個決定。「薩拉芬，我應該要上路了。」薩拉芬只是摸摸鬍子說：「嗯，也許吧……但我不知道，蘇格拉底，你要如何摧毀這麼多人，你連一個老修士都打不過？」

「你是說我必須打敗你才能離開？」

「你隨時都可以離開。這是隱居院，不是監獄。」

「我是說得到你的祝福離開。」

「從我們見面第一天起，你就得到我的祝福。甚至更早——」

「我想你明白我的意思，薩拉芬。」

老修士微笑。「到現在，我們已經相當瞭解彼此了。我只是建議，如果你能在對練時打敗我，就可以證明你準備好了。」

當然他們以前對打過很多次，但這次不一樣，不再是孩子對抗巨人。現在賽傑不僅擁有速度與年輕的優勢，也擁有持續訓練的優勢——他即使吃飯、工作、休息時也在心中練習，甚至睡覺時也是。是的，他準備好了。

賽傑點點頭，薩拉芬也點點頭。

他們繞著圈子。賽傑深吸一口氣，使出一個直接但詭詐的佯攻。薩拉芬對假動作沒有反應，只是放鬆地站著，而賽傑繞著他打轉；然後老修士往前一步，揮出手臂。他這個假動作差點讓賽傑失去平衡，但他的學生穩住，保持專注與平衡。然後賽傑設法抓住薩拉芬的袍子，想要往前摔——

老師似乎像一團霧般消失不見。

賽傑踢腳，出拳，揮臂，肘擊，薩拉芬都巧妙地閃過，賽傑完全沒有感覺到任何阻力。什麼都沒碰到。老修士完全不在賽傑所預期的位置，所以他放棄了預測。就在這時候，他可以看到與感覺到一切：薩拉芬，天空，大地。賽傑終於把他摔倒，但當薩拉芬倒地時，他也摔出了賽傑，他們倆同時站了起來。對打繼續進行，但對峙已經消失了。沒有賽傑，也沒有薩拉芬，只有能量流動。

然後，賽傑往前一步，在他的腳觸地之前，薩拉芬似乎從原地消失，出現在另一點，並且用腳鉤住賽傑的大腿內側。下一刻，賽傑發現自己躺在地上，薩拉芬跪坐在他身上，準備給他最後一擊。對打結束了。

這是他們最接近實戰的一次較量。薩拉芬不只是跟賽傑玩玩；他已經無法這麼做了。賽傑終於看清楚他老師所具有而他還欠缺的東西。儘管打輸了，這是一次重大突破：賽傑在這幾分鐘吸收了相當於數月的訓練。他們都知道。但他暫時不會去任何地方了。他的訓練將繼續進行。

而且訓練將發生他完全沒有料想到的改變。

下一堂課開始時，薩拉芬簡單地宣布：「你過去的所有訓練都只是為了現在做準備。這將是你的重生，這個練習造就了我所擁有的一切能力。在我們第一天見面時，你就可以進行這個練習，但可能要花二十年才能完成。然而過去幾年的準備，我給了你想要的捷徑。以你目前的能力，這最後的練習應該不用一年就可以完成。我們拭目以待吧。」

這將是賽傑所見過最激進的戰技訓練。開始時只有兩句話：「準備好，」薩拉芬說。「我要出手了。」

賽傑放鬆自己，進入擴展的意識狀態，如他所訓練的方式。他等待著，準備著。然後他繼續等待。薩拉芬似乎只是站在那裡，像一尊雕像……

賽傑深吸一口氣，又一口，最後他說：「怎麼啦？你何時要攻擊？」

「我正在攻擊。」薩拉芬回答。

「我不懂……」

「噓。請安靜。言語只會使你的注意力放在較低的心智上，讓你忽略你周圍的事情。」

在接下來的寂靜中，賽傑終於看到了：薩拉芬的手臂與全身的確朝他而來，但移動非常緩慢，老修士看起來只是站著不動。

又一分鐘過去。「你在開玩笑嗎？」賽傑說。「重點在哪裡？」

「注意每一刻的流逝，」薩拉芬慢慢說，聲音輕柔。「感覺你整個身體，從你的腳趾到頭頂，到你的手指尖。讓你的反應配合我的動作速度。」

賽傑嘆氣，盡全力移動得更慢。然而他覺得既沒有必要，也讓人氣餒。但他還是配合老修士的動作，花了幾分鐘時間來完成他揮出的勾拳。

這麼緩慢的移動，讓賽傑注意到自己身體一些隱約緊張的部位，他告訴自己放鬆大腿、腹部、肩膀……

當第一個動作完成時，薩拉芬接著開始另一個動作，雖然很難看得出來。此時賽傑打破沉默。「薩拉芬，我瞭解慢動作練習的價值。但你幾乎完全不動？這樣我可以輕鬆擋住你施展過來的一切，我甚至可以去清洗廚房然後再回來，你都還沒打到我這裡。」

「放輕鬆……呼吸……觀察。」薩拉芬重複。「像我一樣移動……」

於是他們繼續，緩慢安靜如太陽越過天空，進入黃昏。

§

時間彷彿靜止下來，練習繼續進行。數週之後，薩拉芬的動作速度明顯改變了。他們仍然彷彿在泥漿中活動，但至少動作可以感覺得出來。

賽傑開始糾正先前沒有覺察到的不平衡，在動作時深深放鬆自己。不管碰到什麼，他的身體都自然反應，毫不刻意。現在他對身體所有部分都有所覺察。

賽傑開始感覺到身體每個部位的關係，甚至他的內臟、骨頭與關節，以及來自大地的能量透過雙方的四肢，轉化成心智的延伸。

薩拉芬有時會小聲說：「像海草一樣擺動……漂浮……浮起……落下……翻轉。」但他們通常是保持寂靜，因為不需要言語。動作成為深入的冥思，有時候，能量灌注到賽傑的心，就成為了一種祈禱。

之後的數月，薩拉芬繼續用緩慢而流暢的方式攻擊，一拳……一腳……膝蓋……手肘……左手……右手……刺拳……勾拳……橫擋……踢……抓。從所有可能的角度展開。太陽移動，影子改變。季節流逝。

到了仲夏，數千次的攻擊，每一擊只花一分鐘，產生了新的流暢與韻律。賽傑早就放棄了思考；現在全都是能量的流動。每一個反應都自己發生——沒有意念的動作，不費力的反應。賽傑可以在睡夢中繼續練習，但這與睡眠相反；這是純粹的覺察，沒有自我，沒有他人，薩拉芬與蘇格拉底宛若一體，就像風吹過了季節。

到了秋天，每一個動作只花十五秒……然後十秒……五秒……但賽傑幾乎沒有注意到。速度已經不重要了。任何力道都被吸收、導引；規則已經滲透到他的骨髓之中。他體現了純熟的技巧，但又完全不是「他」在做。

冬天到了；現在攻擊迅速進行。每一擊都毫不費力地被化解。賽傑什麼都沒做，但保持覺察。

靈光一現，賽傑就瞭解薩拉芬的動作——其效率與優雅讓他欽佩。更不可思議的是，他自己也做得到。

停頓了頭腦與身體的所有阻力，賽傑成為空無——只是生命力的一個中空傳輸體。他早就學習要信任薩拉芬，然後信任他的身體，但到了現在，他才學會信任所有一切。

春天來臨——季節的循環又開始。現在薩拉芬的攻擊快如閃電，超過肉眼所及——但毫無差別。動作只是一片模糊，一年前賽傑根本無法覺察到，更別說是反應了。但現在速度與時間已經不重要。

然後，沒有任何示警，薩拉芬停止動作。

賽傑幾乎跌倒。他的身體顫抖著，感覺一股閃亮的能量繞著他們旋轉。

「我們造成了一股騷動。」薩拉芬說。

賽傑點頭，微笑，春天的太陽消失在西邊的山後。

「現在呢？」他問。

「沒有了，」薩拉芬說。「我們一起的練習已經完成了。」

一時之間，賽傑只聽到樹梢的風聲。他不太確定薩拉芬的意思，再問一次：「你是說我的訓練結束了？」

「訓練永遠不會結束，」薩拉芬回答。「只會演變，根據你的目標而改變。你現在瞭解了動作、關係以及生活的精髓，你也學到了一些格鬥的道理。你已完成了你來這裡的目的。

「明天我們可以去散步，放下這些殺人的內容。你也許可以考慮更高的召喚。」

「薩拉芬……你知道的——」

「明天，」老修士打斷他的話。「我們明天再談。」

他們第二天一碰面，賽傑就說：「你知道我在家人的墳前發誓——」

「那是你對自己的誓言，不是對神。事實上，蘇格拉底，你的敵人只是自己。達成內心的寧靜，就沒有人能打敗你。你也不會想要打敗任何人。」

他們沉默地走著，然後賽傑回答：「曾經有一位老師告訴我，承諾就是去做到你要做的，就算一死也在所不惜。」賽傑轉身面對薩拉芬，以他的神職頭銜稱呼他。「我做了承諾，薩拉芬神父——我必須面對我的承諾。」

老修士看起來很疲倦。「你能不能留在這裡，加入我們，只要再一、兩年？」

「讓那些人繼續胡作非為？」

「世界上到處都有人胡作非為，蘇格拉底。大自然也很狂野——颶風，地震，瘟疫與蝗蟲。就算是此刻，全世界有成千上萬無辜的人死於暴力與飢餓。誰讓你當家作主？誰給你智慧分辨哪些人該活下去，哪些人該死？你怎麼知道神的旨意？」

賽傑沒有答案，所以他問了一個問題：「你說的神是什麼，薩拉芬神父？那個奪走了我家人的慈悲、公義的上帝？你祈禱的那個神？」

薩拉芬揚起白色眉毛，以探詢的目光打量著他。「蘇格拉底，你終於要面對你心中許久的懷疑了。我希望我有答案，一些可以安慰你的好話。但神對我而言仍然是神祕的。曾經有一個智者叫西勒，猶太教的神父，他說：『世界上有三大神祕：鳥兒眼中的空氣，魚兒眼中的水，以及人類眼中的人性。』

「我發現神是最難解的神祕，但卻跟我們的心跳一樣親密，像我們的下一個呼吸一樣接近……包圍著我們，就像空氣，就像水，永遠存在。但是我們的頭腦無法瞭解神，只有心能瞭解，你在心中才能找到信仰——」

「我多年前就不信神了。」

「就算沒有信仰的人，也被神所擁抱。不然呢？」薩拉芬深深凝視他的眼睛。「耐心在神祕中等待，蘇格拉底。信任它。放開應該或不應該的想法，你會再次找到你的信仰。」

賽傑搖頭。「你說的話聽起來都有真理的意味，神父……但我不太能掌握其中的意義。」

「你曾經連我的袍子都碰不到。現在，只要有一點耐心——」

「以及很多練習。」

「對。也許應該練習……另一種方式。」他停頓片刻，等待正確的字眼。「你的訓練已經讓你知道頭腦的限制。理智是爬上天空的好梯子，但無法到達天堂。只有心的智慧能照亮那條路。古代的那個蘇格拉底，提醒年輕的雅典人：『智慧開始於好奇……』」

「但除了這些高深的字眼之外，薩拉芬，我應該怎麼做？」

「就像任何人一樣，一步一步向前走！你只是一齣戲的一個演員，而這齣無與倫比的偉大戲劇只有神構想得出來……有時候我不確定神是否都弄得清楚！」他笑著說。「我們只能扮演我們被賦予的角色。你懂嗎？那些出現在你生命中的，不管是幫助你或傷害你，全都是神所帶來的。用寧靜的心來面對它們，但是要帶著戰士的精神。你會失敗很多次，但在失敗中才能學習，學習才會找到方向。在此同時，臣服於神的旨意，臣服於你被賦予的生活，時時刻刻。」

「我怎麼知道神的旨意，薩拉芬？」

「信仰不需要去明確知道事情，」他說，「只需要有勇氣接受發生的一切，不管是帶來快樂或痛苦，都有著更高的福祉。」

說完這些，他們走到了隱居院。

・35・

迪米崔・柴可耶夫這些年過得並不愜意，夜晚也睡得不好。曾經結實精壯，現在消瘦憔悴，凹陷的臉頰讓人覺得是具活屍。他目光閃爍，不完全是因為瘋狂，而是因為他執迷於一件事。他的視野曾經廣大遼闊，現在卻彷彿縮成一小點，只專注在寶琳娜與她的訓練。

一九〇六年夏天，寶琳娜仍然苗條結實，越來越充滿能量、覺察力與成熟。她也進步快速，技巧的純熟繼續讓人感到佩服。

葉格維奇把她訓練得很好，但柴可耶夫不再信任這個大漢；他不再信任任何人，除了他女兒。連科洛列夫都很可疑；他看到這個巨人在他接近時露出不屑的神情，還轉頭走人。不僅科洛列夫，其他人也是如此。阿特曼聽到他們在他背後竊竊私語。

他唯一的希望，是他女兒。她將為他贏回榮譽、權威與尊敬；她會帶給他平靜。他幾乎每天都看她練習，但他坐在那裡時，就會陷入思緒中；世界會消失成為破碎的聲音與影像——話語、呻吟、尖叫與鮮血。

然後他會猛然驚醒過來，想起他在何處，對自己的衰弱感到擔憂，無法抵抗怪物把他母親砍成血淋淋碎片的恐怖惡夢。她的慘叫伴隨著猶太人的鬼魂，朝他而來，毫不留情。

他仍率領每一次瘋狂的掠奪，一次又一次的殺戮。但即使在殺戮時，他的心神仍然遊蕩著，想著寶琳娜，他把希望與生命都放在寶琳娜的手中——這個女孩將變成女人，這個女人將變成戰士。寶琳娜是他的利刃、他的救主、他的寶劍。只有她的勝利能阻止夢中的尖叫。

·36·

接下來幾天，賽傑花數小時沉思；他有許多要想的。他跟薩拉芬常在島上散步，有時享受著寧靜，有時說說話，但他們不再談任何跟戰鬥有關的事。

賽傑的疑問都是大哉問，但答案不會來自薩拉芬，而是來自他自己內心。他是否該遵守誓言？這樣是信守承諾還是頑固？他要選擇戰爭還是和平？有沒有更高明的方法？最後的問題則是：安雅對那些人的死亡，或賽傑為復仇而赴死，會感到高興嗎？

賽傑不再感到確定。他責備自己缺少決心。也許柴可耶夫說的對，他是一個弱者與懦夫。如果賽傑不面對他的敵人，這些年來的訓練又有什麼意義？他就像一把裝了子彈，準備發射的槍。

但槍可以卸下子彈，劍可以回鞘。這是薩拉芬會給的答案。

他想到薩拉芬幾個月前說的一個故事——也許薩拉芬是為了此刻而說的。他說到一個自傲與脾氣暴躁的年輕日本武士，經常斬殺不小心冒犯到他的農民。當時，武士有自己的律法，這種行為是習俗所容許的。

但是有一天，又殺了一人後，年輕武士洗去刀上的血，收回刀鞘時，開始擔心神明也許不同意他的行為，會把他打入地獄。他很想知道來世會如何，便跑去禪宗大師神崎的簡陋屋舍求教。為了表示敬意，武士拿下他的武士刀，放在身邊，深深鞠躬說：「請為我開示天堂與地獄！」

神崎大師望著年輕武士微笑，然後微笑變成大笑。他指著年輕武士，彷彿看到很荒唐的東西。神崎搖著手指，笑著說：「你這個無知的蠢貨！竟敢來問我這個有智慧的大師什麼是天堂與地獄？不要浪費我的時間，笨蛋！你太笨了，不可能瞭解這些東西！」

武士火冒三丈。換成別人，早就成了他刀下亡魂了。武士努力克制自己。

神崎大師還沒說完。他隨口又說：「我很清楚你們這些蠢蛋沒有一個可以瞭解——」

殺人的怒氣沖昏了年輕武士。他抓起武士刀，跳了起來，舉刀準備砍下禪宗大師的腦袋此刻，神崎大師指著武士，平靜地說：「地獄之門開啟了。」

武士僵住不動。一剎那，他腦中靈光乍現，瞭解了地獄的本質。地獄不在今生之外，而就在此時此刻。他跪下來，把刀子放在身前，深深對大師鞠躬。「大師，感激您的偉大教誨！」

禪宗大師神崎微笑著，又指著他說：「天堂之門開啟了。」

也許我就是那個武士，賽傑想，然後把隱居院的花園土壤翻鬆。

§

第二天，他們散步時，賽傑告訴薩拉芬他的生平，從他最早的回憶，到他來到小島。他說完時，薩拉芬說：「蘇格拉底，你的故事才剛剛開始。記住這個：你的過去不會決定你的未來，但你背著的這段歷史，像一袋石頭壓在你的肩膀上。」薩拉芬停下來，指著附近花園裡工作的一個老朝聖者。「許多老人彎腰駝背不是因為年紀，而是因為回憶的沉重。」

「你要我忘掉過去嗎？」

「回憶本身是褪色的圖畫。有些我們珍藏，有些很痛苦，但不用拋棄，只要把你想保存的放在安全之處，等你想念的時候再拿出來。過去不應該干擾現在。我不在乎你來自何處，我更在乎你要去哪裡。」

「我要去哪裡？」賽傑問。「你看到了嗎？」

薩拉芬專注地看著他。「我看到了一些東西……但我們以後再說。不管如何，我要再次提醒你，沒有什麼地方好去的。此刻就是你擁有的一切。不管你走在哪裡，你永遠身在『此處』。」

「但就算是現在，過去也是我的一部分。」

「只是圖畫，」他重複。「現在你應該要接受過去了，就像你必須接受此刻。事情已經發生了。全都是你生命過程中的完美部分——」

「完美？」賽傑突然感到憤怒。「我妻兒之死呢？」

薩拉芬舉起手。「平靜下來。你從不同的層次理解我的話。我是指更高的意義：完美是因為它把你送到我這裡，如同神將送你繼續前進，去你需要體會的下一個階段。」

「你怎麼知道的？」

「知道？」薩拉芬回答。「我甚至連太陽是否會升起，或我是否會醒來都不知道。我不知道神是否還會讓我再吸一口氣。所以我選擇活在信仰裡，而不是知識中——接受發生的一切，不管是否喜歡、是否愉快，全都是神的賜予。」

「這都是話語而已，薩拉芬。我要如何實際應用呢？」

「什麼都不用做。去你心中超越言語的地方，你已經知道——」

「知道什麼？」

「每一天都是新的生活；每一刻都是重生。這就是神恩的意義，蘇格拉底。有時你只能盡力去覺察，盡力而為。」

「你把生活說得很簡單。」

「是很簡單，但我沒說很容易。我向你保證，有一天你會瞭解生命的完整意義，會非常清楚簡單，你會高興地大笑。此時，我只能播下種子。其餘的由神決定。」

❦

賽傑思考薩拉芬的話，希望能想通，但是又出現另一個問題：「薩拉芬，我們第一次見面時，你怎麼知道那麼多我的事？」

老修士考慮之後，終於回答：「多年前，蘇格拉底，在我成為修士之前，我是個軍人。我參加過慘烈的戰爭，看過慘不忍睹的事情。還有其他的……充滿悲傷……

「所以我前往東方，尋找意義與平靜。我沒有抱持什麼希望。我去了許多地方，學習通往神的許多途徑。我瞭解一切道路都是好的，只要能通往更高的生命。我選擇了基督教信仰，但我沒有放棄其他途徑所學到的好東西——不同的道路會通往同一座山。

「我發現自己原本擁有一些天賦，而練習幫助我讓天賦得以發展。其中一項天賦是療癒。我小時候就有能量在手上流動，我相信這些能量來自神。我另一個天賦是洞察力，與預知力。就像受到陽光照耀的花朵一樣盛開。我看到東西——在夢中或冥思中，我由此知道了某些事情，但不會很明確。」

「我一直都很好奇你這種能力。」

「要瞭解的話，你必須親身體驗。等你接受了神，你就會知道一切，因為你就是一切。你會發現過去、現在與未來都發生於此刻。我有時就是這樣知道與看見事情。」

「你有看到我的未來嗎？」

「我看到了可能性，而不是必然性。你採取的行動會塑造你的未來。這就是抉擇的力量。」

「但你是否能告訴我將來的任何情形？」

薩拉芬停下來考慮。「任何天賦都伴隨著責任。我的預知能力幫助我提供建議，而不是預測事情。如果我告訴你我看到什麼，可能會幫助你或傷害你——我還不夠聰明，無法判斷會有什麼後果。

「不管如何，都可能會干預你的自由意志。你活在世上不是為了相信我；你要相信你自己，追隨你自己的道路。如果你剛到這裡，我就看到你消滅了敵人，你還會接受這些年的訓練嗎？我看到的能保證這些行為嗎？如果我看到你死了呢？那會讓你放棄復仇計畫嗎？」

薩拉芬再次凝視賽傑。「我並不總是知道我看到什麼，蘇格拉底。我無法確切告訴你，你是否會殺了那些人，或原諒他們。」

「原諒他們？我要先送他們下地獄！」

「他們已經在地獄了。」

「那不是藉口！」

「當然不是，」他回答。「任何事情都沒有藉口。很多時候，我甚至找不到理由。但有一天你會明白，那些人是你更大自我的一部分。當一切就緒時，你也許必須戰鬥，但你會發現，你只是與自己作戰。」

薩拉芬踱著步，繼續說：「接下來要告訴你的事情，我從來沒有對任何人說過，但現在也許可以幫助你瞭解。

「我結過婚，那時我很年輕，陷入愛河，我們有三個孩子。當我去作戰時，他們都被強盜殺害了。」

在這陣沉默中，一隻鳥兒鳴唱著。然後薩拉芬繼續說。「就像你一樣，蘇格拉底，我誓言要找到那些罪犯。就像你，我訓練自己——」

「你找到他們了嗎？」賽傑問，希望聽到一個徵兆。

「找到了，我殺了他們，每一個。」

賽傑深吸一口氣，被他們共有的悲劇故事所震撼。「薩拉芬……當你發現家人的遭遇時，是不是你最黑暗的時刻？」

薩拉芬搖頭。「剛開始是，但我最黑暗的時刻是在我『勝利』之後，在我屠殺了那些人之後。因為這麼做之後，我等於變成了他們——」

「但你不是他們！你不是——」

「屠了龍，你就變成了惡龍，」薩拉芬重複。「這件事仍重重壓在我的靈魂上。我無法改變已經做的。永遠不可能。但你現在明白了我為何決定教導你了？因為我希望你不要犯下同樣的錯誤。」

事實上，賽傑已經終於決定要追尋另一種生活，但那麼深刻的誓言——他已經花費有生之年三分之一的時間想要達成——還是讓他無法放下。「就算我不想尋仇，」他說，「也有人必須阻止他們，薩拉芬。為何不是我？」

薩拉芬再次凝視他的眼睛，探尋著，然後他說：「也許你說得對。也許你應該去追捕他們，殺了他們所有人，讓他們受到你所受的痛苦。你覺得這樣就會結束嗎？你最好也殺了他們的小孩，因為他們會來找你。所以將孩子們也殺了，然後承受你前所未見的地獄。也或許你毫無感覺。你也許甚至對他們的痛苦感到滿足。那一天魔鬼就會微笑，因為你變成了你想摧毀的魔鬼。」

一會兒之後，薩拉芬提出最後的請求：「當你找到平靜，你家人也會平靜，蘇格拉底。問問自己：平靜之路在哪裡？一定要戰爭才能找到嗎？或是你可以自己創造，就在此時此地？那些跟自己作戰的人，無論如何都會失敗。所以跟自己達成平靜吧……」

停頓一下，薩拉芬又說：「我瞭解你的信念與感受很深刻——痛苦的回憶與決心。但不是所有情緒都必須付諸行動。不管你是留在這裡，還是繼續前進，我要你把你的生命交給一個更高的意志。主宰你的情緒，有如承受風暴——用信仰與耐心建造一個庇護所，直到風暴過去。把自己的生命從衝動、慾望與強迫中解放出來。成為神的戰士、神的僕人。」

「但是……我怎麼知道神的旨意？」賽傑問。

薩拉芬微笑。「許多比我聰明的人都問過這個問題，蘇格拉底。我只知道神透過你的心來說話，你的心會知道道路。成為一個真實的人，一個寧靜的戰士。」

薩拉芬的話銳利如箭。但是還有一個問題，賽傑無法置之不理：「那些人怎麼辦？」

「別提那些人了！」薩拉芬說。「他們彷彿佔據了你！你讓他們活在你腦中夠久了吧？

你有沒有勇氣對他們表現出他們對你與你家人無法表達的慈悲與同情？這些問題是基督教義的核心，但很少人聽進去。你願意傾聽嗎？」

薩拉芬又踱起步來，他似乎在活動時比較容易表達。「我們都知道你是個強大的戰士，但你是否能表現和平？你知道如何赴死，但你學會如何生活嗎？你願意摧毀還是建設？你要以仇恨還是愛來行動？這是你必須面對的抉擇。」

「我受的訓練呢？」

「不會有任何浪費，」薩拉芬說。「你學會了戰士之道——那就去戰鬥！對仇恨宣戰，對無知宣戰，為公義而戰！但我要告訴你：你無法用更多黑暗來殺死黑暗。只有光明能驅逐世上的陰影。」

當老修士凝視賽傑的內心之際，賽傑可以聽到薩拉芬深沉的呼吸。然後薩拉芬說：「不管如何，那些人不用你下手也都會死。」

「你有預見到……這個未來嗎？」賽傑問。

「不是預見，不是——只是瞭解這種人最後會毀滅自己。不管如何，他們都會死，如同所有人必然會死一樣。但問題依舊存在：你要選擇什麼？仔細考慮。你的安雅會希望你過什麼樣的生活？」

然後他們各自離開。賽傑走在島上的小徑，讓薩拉芬的話與自己的思緒交雜在一起。在他那麼多年的訓練中，不斷渴望著那些邪惡之人的鮮血，讓他也瞭解自己心中的黑暗。賽傑終於明白為何有人或有國家要發動戰爭——每一個報復之舉、絕望之舉與無知之舉，都會助長隨後的悲劇。

賽傑穿過樹林時，他的仇恨，就像任何火焰，最後終於熄滅了。當賽傑終於放下了長久堅持的任務，他發現了一種困惑的平靜。放下了過去，他也失去了一部分的未來。以前，他知道自己的方向，以及理由。現在他的殺敵任務、他的復仇誓言，全都結束了。沒有任何目標或理由了。

賽傑漂浮在天堂與塵世之間，上不著天，下不及地。

・37・

這些年來每天下午都有訓練，現在賽傑發現自己心中與生活中多了一段空閒。現在有極多能量釋放出來，在他體內脈動著。他體驗到思想、理解與領悟都加快了速度。他放下長久的執著後，生命的這一章現在已經結束，新的可能性升起。

賽傑來到了一個轉捩點，一條十字路：他終於原諒了自己在人性上的軟弱，接受了他那一天在草原上已盡了全力，接受他儘管竭盡全力仍無法拯救家人的事實。這個事實幫助他接受了過去的陰影。自從他家人過世後，他第一次感覺到自己也許有新生命可追求。

現在該寫信給薇萊莉亞了。他立刻坐下來，在接受過無數小時訓練的公共廳堂中，寫下了發自肺腑的字句：

親愛的薇萊莉亞：

我知道我沒有稱呼您為母親的權利，但我仍然把您當成母親，就像安雅永遠是我的愛妻一樣。在過去這段時間，我希望您的心已經逐漸平靜，這封信不會打開舊傷，而是要帶來我們一家人溫柔的回憶。我珍惜我在您的家所得到的一切。失去安雅讓我難以承受，後來失去了您與安卓烈也讓我悲傷。

我不會祈求您的原諒。我只是送上我的愛與感激，感謝您在那段快樂時光所給予我的慈愛。

無限的愛與祈禱

賽傑敬上

這封信早就該寫了。他不期待任何回應，寄出去就夠了。他只希望薇萊莉亞有一天願意展讀。

· 38 ·

賽傑下一次看到薩拉芬時，老修士讓他完全出乎意料之外。這次不是出拳或腳踢，但打他還可能比較好。薩拉芬一見面就說：「你必須離開這個小島，賽傑——越快越好。」

賽傑愣住，整理著思緒。「離開？」他問。「去哪裡呢？」

「我們一邊走，我一邊解釋給你聽。等我說完後，我希望你去收拾行李，跟大家道別。」

賽傑大惑不解，但決定不多問，只是聆聽。神父開口：「你記不記得，幾天前你問我，我認為你要去哪裡，我說我們稍後再說？」

「我記得。」

「好，現在我知道了。時機到了。我剛收到信。他們將在世界的屋脊上聚會。」

傍晚時，賽傑已經收拾好他的幾樣東西，向隱居院的弟兄們道別。他們點頭，微笑，然後回去做他們的事。

去島上農場與薩拉芬碰面之前，賽傑靜坐了幾分鐘，因為即將離開，這段靜默更加寶貴。在靜默中，賽傑想著薩拉芬所告訴他的一切……

「我們在一起的目的已經結束，」老修士說。「但還有其他人對你有幫助。一群大師要聚會，全都是很善良、值得信任的朋友。每一個都來自於不同的宗教，他們都很珍惜自己的道路，如我一樣。但他們已經超越了對傳統教義的依賴，而進入更神祕的真理與內在的練習。他們探索每一種宗教互相糾結的根，那隱藏於許多井之下的同一條河流。

「我不確定誰會到場，但你可能會見到一個蘇菲大師，一個禪宗大師，一個道家智者，一個印度教瑜珈修士，一個猶太教長老，一個夏威夷的女祭司，一位修女與一個義大利基督教神祕修士，一個錫克教大師……」然後薩拉芬微笑說，「你也可能見到一個叫喬治的人，他不屬於任何傳統，但又包括了所有傳統。是他召集了這次聚會。

「這個團體很喜歡一句格言：『一道光，很多盞燈；一趟旅程，很多路線。』每一個大師都是一盞燈，帶來自己的原則、觀點與練習方法，藉以開啟靈修之門——覺醒的內在道路——」

「覺醒什麼？」

「超越，」薩拉芬回答。「為了達到這個偉大目標，他們齊聚一堂，透過自由與開放的探索，來討論、比較、測試與分享。他們的目標，我相信，是找到最核心的身心靈練習，開啟一種新的共通之道，拋開文化的教條和約束。

「我不會要你記住他們所有人的名字，你到時候就會知道。只要記住他們很快就要聚會了，三個月內——因此你不能拖延。

「這趟旅程將會很艱辛，」他又說，「但你對艱辛的旅程並不陌生。」

「你還沒告訴我，我要去哪裡。」賽傑說。

「對喔。看這裡，」薩拉芬從長袍中拿出一張地圖。「我劃上了路線：你要騎馬到興都庫什山脈北方的這個點，在帕米爾高原地區，也就是俗稱的世界屋脊。這個高地就處在印度與西藏、中國和波斯的交界處，我要你代表我去。到費根納峽谷中，一個叫做烏茲別克斯坦的城市。」

薩拉芬給他一封信。「這是封簡單的介紹信。去服侍他們，傾聽並且學習。這就是我送你的臨別禮物。

「這時機真是恰到好處，讓我無法懷疑這個機會，」他繼續說。「只有當你自己決定放下你的復仇計畫後，這件事才有可能。

「你決定走上更高的道路，證實了我這些年來所教導你的是正確的。蘇格拉底，你做出的這個選擇——不重蹈我的覆轍——等於送給了我一個禮物，我無法表達其價值有多珍貴。」

薩拉芬還有另一項禮物——一匹強壯的母馬，這是島上為數不多的馬匹之一。得到島上神父們的同意後，薩拉芬也提供了一些用品與一百盧布，以備賽傑不時之需。「你可以留著這匹馬，」他說，「只要牠願意載你。」

賽傑為馬取名為佩絲卡，意思是「旅程」。

薩拉芬神父看著賽傑為馬綁好一位弟兄找到的馬鞍。老修士的眼睛閃亮，皮膚光潔，彷彿不是血肉之軀，而是一團光。

在上馬前，賽傑回頭道別，但薩拉芬神父舉手阻止他。「對我們而言，蘇格拉底，永遠不用道別。」

他們互望最後一眼，賽傑．伊凡諾夫便騎馬到達碼頭，搭上船，離開了人類的世界。

第六部
風暴升起

天分最好在孤獨中培育，
但人格最好在
世界的驚濤駭浪中塑造。

——歌德（Goethe）

· 39 ·

兩年過去了。在一九〇八年的一個美好春日，賽傑．伊凡諾夫回來了，騎馬朝西，往聖彼得堡前進。雖然名字沒變，這個人本身已有細微而深入的改變。這位寧靜的戰士呼吸更深沉，坐得更挺直，笑容更輕鬆。他的眼睛閃耀著內在的光芒。除了這些外在的改變，一般人也許會覺得他在馬爾吉蘭市並沒有發生什麼事。這樣想就大錯特錯了。

現在他記住了他們的名字，以及他們的心靈：神崎、陳、奇雅、葉修維茲、班穆撒威、皮瑞辛、納拉吉、瑪麗亞，以及召集他們的喬治。

結束向東而行的艱困旅程後，賽傑在聚會上擔任他們的助手，後來則成為某種學徒。他聆聽與觀察他們討論不同形式的靜坐、觀想形象與內在聲音：唱誦；藉由呼吸與專注來加強內在能量；內在練習開啟直觀；催眠與處理較低與較高的心智；三層自我；印度唱誦到猶太密傳，以及傳統與超驗領域中更深的真理。

這個團體中也有人練習不同的武術，例如緩慢的太極拳，但這些練習是為了增進活力與健康——重建而非破壞。

有一天，葉修維茲與納拉吉在辯論，賽傑也加入戰局。「我認為葉修維茲的觀點比較實際。」賽傑說。他們立刻要他離開一天——他以為是因為他的魯莽。但他回來後，他們決定把他當成實驗對象：賽傑將練習他們所各自認同的法門，而他要報告他的學習經驗。於是他瞭解並體驗到這些練習的效果。

幾個月之後，他不再認得他自己了。他的面容改變了——憂鬱的皺紋被平滑年輕的光澤所取代，手臂上的舊疤已經幾乎消失，他的身體感覺像個小孩。只有白髮提醒著他的過往。但是這個過往，以及時間本身，只不過是一種習慣，一種虛幻的概念——他的注意力現在只放在當下，足以頂天立地。

在位於世界屋脊的馬爾吉蘭市，賽傑面對了入門儀式——要通過九項嚴峻的考驗，才能成為團體中的一員。

然後離別的時刻到了。這個團體的每一個成員都得到對人性的新瞭悟與希望。他們都很確定任何人只要真的有興趣，所謂的神祕境界可以成為人類的正常體驗。

賽傑帶著這項瞭悟，與佩絲卡輕快地進入聖彼得堡，考慮著該去哪裡：他要去拜訪薩拉芬神父，分享他收到的禮物與祝福，同時表達感激。然後，他要找工作、存錢，完成那拖延太久的跨海旅程。

但首先，他要探望安雅的墓。

站在那片他離開許久的寂靜草原上，他看著土堆上長出來的花朵。一陣微風吹撫他的臉，他與愛妻無言地交流。

這時他生起一個衝動：他要去探望薇萊莉亞與安卓烈。最後一次見面是在十六年前。如果他能夠放下過去，或許他們也可以。

傍晚時，賽傑找到一個馬廄讓佩絲卡好好梳洗、進食並休息。就像多年前，他找了一家理髮店，好好洗了一個澡，完全開放心胸迎接未來，然後再次來到薇萊莉亞的門前。

他完全沒有料到薇萊莉亞一出來就擁抱他，哭著急急說出一連串的話，快到幾乎聽不懂她在說什麼。

「賽傑！賽傑！我的祈禱應驗了。我們沒想到能再看到你！收到你的信之後——大概是兩、三年前——我就叫安卓烈去瓦拉姆島找你，但你已經走了。喔，賽傑！我為安雅悲傷，但後來我也為你悲傷，為我們分離的方式悲傷。你不知道我多麼想要收回我所說的話。喔，但你回到我們這裡了！你能原諒我嗎，賽傑？你一定受了很多苦！」

薇萊莉亞又開始哭了起來。賽傑伸手擁抱她衰老的肩膀安慰她，老婦人得到了療癒。

突然間，薇萊莉亞睜大眼睛。「喔！安卓烈還不知道你回來了。他會很吃驚！卡蒂亞也會——我還沒告訴你——他結婚了，賽傑，我有一個孫子，小艾弗隆，另一個也快要出生了。」

薇萊莉亞快要喘不過氣來，但她沒有放慢速度。「他們快回家了。我要做晚餐，準備特別的。喔，賽傑，請原諒我——我還沒讓你說話。你一定要告訴我一切經過。等一下，等我們都在一起。我也有好多要告訴你的！」她跑進廚房，邊跑邊說。

安卓烈與家人回家時，一看到賽傑就開心地大叫，給他兄弟般的擁抱。這些年來他也改變不少。賽傑猜一定跟卡蒂亞有關，這位神情寧靜的黑髮女子現在身上懷著第二胎。他們經過介紹之後，卡蒂亞帶艾弗隆去換尿布，奶奶去做晚餐，兩個男人開始聊了起來。

安卓烈告訴賽傑，他去了波斯，很成功地經營起地毯進口生意。「如果不是因為你，根本不可能這樣……嗯，我們等下再談。」

晚餐時，安卓烈告訴賽傑：「你也許不知道，你離開後，沙皇尼古拉繼續屠殺猶太人，我在旅程中看到可怕的貧窮與苦難。那些擁有財富的人過得無虞匱乏，賽傑，但窮人過得更加困苦，越來越多人談論革命。我為這些在聖彼得堡舒適過日子的人感到擔憂。」

「那麼你們更應該考慮跟我一起移民到美國。」

薇萊莉亞握住賽傑的手說：「我對這事的想法依然沒改變。我已經太老了，無法離開我所出生的土地，我丈夫與女兒也埋葬在這裡。」

房間陷入了沉默。這似乎是提出這個問題的好時機，「我能不能帶妳去看妳女兒的墓？」

「好，我很想去，」薇萊莉亞嘆氣說。「都過了這麼多年了。」

碗盤洗好後，薇萊莉亞坐下來說：「現在，賽傑，你一定要告訴我們你的生活——從我們悲傷的道別之後所發生的一切。」

要如何把這麼多年生活的深度與熱情，在晚餐後用短短幾句話交待？賽傑盡力簡短描述了他的復仇誓言、多年的追尋與準備，最後結束於瓦拉姆島，這時薇萊莉亞打岔——

「喔！賽傑，因為看到你實在太高興，我忘記瓦拉姆島有一封信給你，在六個月前寄到，我幫你收下了。等一下！」

薇萊莉亞衝進房間，拿著一封信回來給賽傑。他打開來讀：

賽傑．賽傑維奇：

我祈禱這封信能寄到你留給薩拉芬神父的地址，讓你收到。他會希望你知道，他在去年十二月時離開人世了。他得到安息並與神同在。或許我可以這麼說，我相信他要向你致上一份特殊的關懷。

葉夫金尼弟兄
聖阿佛朗羅斯托夫隱居院

賽傑不需要去瓦拉姆島了。在深呼吸之中，他向他的靈性父親、朋友與導師寂靜地道別。祝福你，薩拉芬，他想。我是你所拯救的眾多靈魂之一。

賽傑會在稍後花更多時間追思他與老師的時光，而現在老師跟天使同在。他讀完信，抬起頭來時只說：「一位好友過世了。」

「現在你有什麼計畫？」安卓烈問。

「跟我們住在一起，」薇萊莉亞插嘴。「我們可以空出房間——」

賽傑微笑。「也許暫住一下吧，母親，然後我就會去美國。我需要找個工作，賺取旅費——」

「不需要，」安卓烈咧嘴笑著說，「等我一下……」

安卓烈回來時，把三顆寶石放在賽傑面前的桌上，「這夠你的旅費以及更多——但我們不是要趕你走……」

賽傑看著閃亮的寶石。「安卓烈，這些一定很值錢，我不能收下你的珠寶。」

安卓烈笑了，卡蒂亞看起來也很高興，薇萊莉亞則是樂不可支。她往前傾，「賽傑，這些寶石不是安卓烈的，而是你的。」

「什麼？我不懂。」

「是藏在時鐘裡面的，」她說，好像這樣就解釋了一切。賽傑的困惑表情讓她笑得更開心，然後她收起笑容解釋，「多年前，在那可怕的一天，我送你走之後……那座鐘從壁爐上摔下來破掉了。我太傷心了，什麼都沒注意。」

安卓烈接著說：「我回家後，看到破碎的鐘，以為有人來搶劫了。我衝進房間，看到母親，得知了事情經過……

「後來我回到客廳打掃，才發現了寶石：在鐘的碎片中，許多寶石散落在地上。我把寶石全收進一個杯子，放在櫥櫃裡。我心裡知道這些寶石很值錢，但我們當時都沒有多想什麼。」

賽傑開始瞭解。「原來我外祖父藏了寶石……在鐘裡？」

安卓烈點頭。「總共二十四顆。」

沒人說話，賽傑回想著當初。他回到首次發現那座鐘、閱讀外祖父紙條的時刻。紙條上寫著：永遠要記住，真正的寶藏是在內心。賽傑微笑著想像外祖父賀修寫下那些字時，一定很得意其中的含意。

他聽到安卓烈說：「這些寶石是你要繼承的，賽傑。你無法想像我們有多麼高興可以交給你。」

安卓烈看著母親，然後卡蒂亞，然後有點尷尬地說：「我必須告訴你，賽傑，我們保管了五年，但我們都沒有任何你的消息，甚至不知道你是否還活著。所以我們賣了兩顆較小的……來幫助我做生意，以及生活開支。現在我們有足夠的錢了，可以還給你——」

賽傑舉手制止安卓烈。「請不用再說了。」

安卓烈搖著頭，薇萊莉亞打岔。「賽傑，我兒子不好意思問你，但你是否可以考慮再送兩顆給我們，為這個小家庭——」

「當然可以。」賽傑說。

薇萊莉亞拿出她做的一個小絨布袋，把寶石倒在他們面前的桌上。下午的陽光照射在寶石上，有些閃爍著綠光，有些是深紅色，透明的則反射著彩虹。

賽傑知道安卓烈只會拿較小的寶石，就挑了兩顆很大的，推到桌子另一邊給安卓烈，然後又加了兩顆。「送給你們家。」

事情就這樣決定了。

薇萊莉亞把剩下的十八顆寶石放回絨布袋，放在賽傑面前，賽傑問：「你們知道這些寶石值多少錢嗎？」

「我們賣了兩顆給雅班諾維奇，他是個珠寶商，也是你外祖父信任的朋友，」安卓烈回答。「一顆賣了一千六百盧布，另一個兩千盧布——那還是最小的兩顆。其他的他估了價。我還記得很清楚。

「我問他這些寶石的價值時，雅班諾維奇從襯衫口袋拿出一個放大鏡，一顆一顆檢視。他轉動寶石，秤了重量，然後說：『我無法告訴你價值，因為每個人的看法都不一樣，但我可以告訴你在這個市場可以賣多少錢。所以就這麼來說吧。今天，你可以用二毛五盧布到高級餐廳好好吃一頓。這顆寶石，』他指著最小的紅寶石，『可以讓你一天吃三頓，吃好多年。而這一顆，』他摸著一顆翡翠，『可以買更多。至於這些金綠石，比鑽石還要值錢，如果你簡單過日子，可以讓你在美國過一輩子。』

「你是個有錢人了，賽傑。」安卓烈最後說。

❦

薇萊莉亞與卡蒂亞把碗盤拿進廚房時，安卓烈把賽傑拉到一旁，以較嚴肅的口吻說：「現在也許不是好時間，賽傑，但是……你能不能告訴我，當天在草原上，到底發生了什麼事？我這些年來一直想問你，如果不是太痛苦……」

「永遠都會痛苦，」賽傑回答，「但你應該知道一切。」所以他告訴安卓烈，他妹妹是怎麼死的，柴可耶夫後來又做了什麼。看到安卓烈面色變得鐵青，賽傑後悔說了那麼多。

「謝謝你告訴我，」安卓烈說，看著地板。「我一直想要知道……」他抬頭說，「母親也想知道，現在我可以告訴她……不過省略細節。」

賽傑點頭。

然後卡蒂亞回來，這對夫妻就去休息了，其餘時間都留給薇萊莉亞和賽傑。她與賽傑談到深夜，彌補多年來的分離。

· 40 ·

第二天下午，賽傑帶薇萊莉亞與安卓烈到草原探墓。他們一起安靜坐著，各自沉浸於思緒與祈禱中。雲朵隨著春天的風緩慢移動，他們的情緒就像天空一樣變化著。

對賽傑而言，安雅感覺如此接近，他閉上眼後幾乎可以看到她。他看到她當年的模樣，以及永遠的年輕模樣。他聽見她的聲音，與她的笑聲。他感覺到她的觸摸，知道只要他活著，她就永遠與他同在，直到他們最後在今生之外相見。

他們回到城市，三個人很少交談，但薇萊莉亞伸手握住賽傑的手，然後非常溫柔地說出一些話，他幾乎沒聽到。「可憐的寶寶們……」

「什麼？」他說。「妳說什麼，母親？」

她以哀傷不捨的聲音回答：「喔，我只是想到還沒有機會生下，就跟著母親一起離開人世的寶寶們……他們現在都安息在草原上——」

「寶寶們？」賽傑問。「我不明白。」

「我——我以為你知道，賽傑。喔——我很抱歉，你不知道——」

「薇萊莉亞，告訴我。」

「安雅偷偷告訴過我，但是……她不想讓你失望，以免接生婆說錯了。接生婆似乎很確定安雅懷著雙胞胎。我知道她打算告訴你，我以為她已經說了。」

賽傑茫然瞪著。寶寶們。安雅懷著兩個生命。賽傑的思緒回到過去，把言語與畫面交織起來：薇萊莉亞說到安雅的肚子有多大，安雅開玩笑說：「那麼會踢，我一定有一個歌舞團。」然後是恐怖的景象，切開的傷口，血淋淋的內臟……

賽傑看到一個胎兒死亡；然後他就被打昏。他只找到一個……如果還有第二個，他應該會看到——

迪米崔．柴可耶夫也會看到。

一剎那間，賽傑知道了這個美好又可怕的事實：另一個孩子，雙胞胎的其中一個，可能還活著。經過這麼多年……活在柴可耶夫的眼前，在他的手中。他不確定，但有機會——很有機會——他們有第二個小孩，一個還活著的兒子。

這些念頭飛快運轉。薇萊莉亞以為兩個嬰兒都跟著母親死了，他也會讓她繼續這麼想，除非他能找到他的孩子帶回家。

「賽傑？……賽傑？」薇萊莉亞的聲音把他喚回來。

「抱歉，」他說，「我只是在想……安雅。我很驚訝聽到兩個寶寶。這是很難過的消息，即使現在都是……想到本來可能的情況。」

「是啊，」她嘆氣說。「本來可能……」

有時我們做出抉擇，有時抉擇找上了我們。一輩子會有一、兩次，我們瞭解先前的一切如何帶領我們來到此刻。賽傑現在感覺到一個迫切的新目標：如果他兒子還活著，他必須找到他。所以，他必須找到柴可耶夫。

但他要如何告訴薇萊莉亞？

事實上，賽傑已經不再受仇恨或個人承諾所驅使，想用暴力阻止世上的邪惡。如薩拉芬提醒他的，賽傑沒有責任或權利去扮演神的殺手。但他需要一個可以取信的理由，好突然離開，又不至於讓薇萊莉亞產生任何可能一場空的希望。所以他將告訴她事實，他要去尋找柴可耶夫一夥人。他表面上的動機——阻止邪惡的人傷害他人——是薇萊莉亞能接受的，儘管她會擔心他的安危。

當賽傑告訴她計畫改變時，她先是反對，然後只是悲傷地點頭說：「請小心，賽傑我兒。」她明白他也許要數月甚至數年才會回來，他們雖然都沒說出來，但都瞭解這可能是永別了。

佩絲卡載著賽傑往南越過連綿的山脈與平原，他審視當前情況，並參考他過去的搜尋。一個人騎馬，不太可能迅速找到一群行動快速的盜匪，而且這群盜匪不留活口，躲藏在烏克蘭的廣大荒野中。他只能相信因為野外的生活與多年的靜默而變得敏銳的感官，他的直觀能力現在也許能為他找到方向。他將騎馬前往南方，尋找由謠言、煙霧與哭泣聲所構成的線索。

等他找到了他們，他會隱匿在一旁，從遠處觀察他們的人數與作息習慣。他會找出他的兒子，找機會單獨見他。這樣的計畫並不容易，但遠比騎馬衝進營地大開殺戒要好，那樣也許會傷到他的孩子。

除此之外，賽傑只能視情況而定了。只有傻瓜才會低估對手。正如薩拉芬會說的，「一切計畫皆無常。」

・41・

在一九〇八年的那個春天，十五歲大的寶琳娜首次違背了父親的心願：她把心中長久的祕密告訴了她信任的康斯坦丁。她希望跟他分享這個負擔，也許可以減輕一些她最近感受到的黑暗。

早上寶琳娜要去練習時經過康斯坦丁身邊，她塞了一張紙條給他，寫著他教導她的字母：「在我們的特別地方見面。下午練習之前。」

康斯坦丁讀了紙條，很高興可以單獨跟她相處幾分鐘。他曾想像過與寶琳娜共度未來，但從來沒有很具體。要怎麼想像？他沒有任何東西可以給她——沒有財產，只有身上的衣服，這還是營地其他人所丟棄的，曾經被那些殺人的強盜穿過。

等到練習的空檔，趁迪米崔爸爸離開跟別人談話，寶琳娜馬上溜進樹林，越過瀑布上方溪水的獨木橋，來到他們小時候在樹叢中挖出的小洞穴，康斯坦丁在那裡等待她。

寶琳娜把握住不被人發現的短短幾分鐘時間，叫康斯坦丁靠近一點。他心跳加速，寶琳娜伸手按住他的肩膀，在他耳邊低語：「多年前，父親告訴我一個祕密，叫我不准告訴別人，那就是：艾蓮娜不是我母親……」

她等待他的反應，不知道他已經曉得這件事。然後她又說：「我的親生母親被一個白髮怪物殺了……從那天開始，我就會做惡夢，夢中一個能用聲音麻痺人的白髮巫師要殺我。我想趁他還沒開口就先殺他，但他總是說出了一個字。我一直都記不住那個字，最後我在夢中被殺死了。」

她的聲音顫抖。並沒有別人會聽到，但寶琳娜靠得更近，因為她喜歡這種親密；她需要這種親密。

「這只是阿特曼說的一個故事而已。」他回答。

寶琳娜搖頭。「迪米崔爸爸告訴我，那個怪物是真的。他叫賽傑·伊凡諾夫。」

她往後靠，仔細看著康斯坦丁，想從他臉上尋找反應，一種能夠讓她覺得冒險分享祕密是值得的反應，不管那是驚訝、好奇、甚至不相信——什麼都可以。

他只是皺著眉頭。

「怎麼了，康丁？」

腦中的回憶正在成形，他說：「只是……我聽說過妳母親的死，以及事情的經過，覺得不明白……」

他有事情沒告訴她。寶琳娜很確定。她想要問他，但突然跳了起來。「喔！時間到了——我得走了！」寶琳娜迅速離開樹叢。葉格維奇會生氣的，他不會去報告她遲到的事，但要是她父親也回來……

這個想法讓寶琳娜感到驚慌，她飛快越過溪水上的獨木橋，回到營地。

康斯坦丁還在想著那個名字，賽傑．伊凡諾夫。很久以前他曾經偷聽到有人提起這個名字，他會記得那個名字，原因很顯而易見：那人也許是他父親。

康斯坦丁一直以為自己是個孤兒，父母都被殺害了，直到他聽到蘇拉跟別人說起賽傑．伊凡諾夫。康斯坦丁聽到了幾個字：「一個嬰兒被殺了……是個男孩……另一個被帶走。」康斯坦丁覺得他們在談他自己，因為他一離開蘇拉與托莫洛夫沒多久，就馬上溜回來從牆縫偷聽。

寶琳娜告訴他的這個新祕密讓他別無選擇，他必須阻止寶琳娜傷害這個賽傑．伊凡諾夫。但他要怎麼告訴她？如果她對迪米崔爸爸說了，後果難以預料而且危險。況且，他不確定伊凡諾夫就是他父親。萬一他誤解了，一切都會無可挽救。

如果說出來，就算只是告訴寶琳娜，也可能讓他送命。但他怎麼能保持沉默呢？

8

那天晚上，寶琳娜快要睡著時，迪米崔爸爸進入她的房間，坐在她床上，凝視她很久，然後叫醒她。「寶琳娜，妳是個很好、很聽話的女兒……妳讓我很驕傲。妳不像普通女孩那樣，因為妳是不平凡的。妳有特別的天賦與特殊的命運。就像妳父親。」

他的聲調跟往常一樣和藹，他稍停片刻，讓寶琳娜完全瞭解這些話，然後他伸手到脖子解開一樣東西，寶琳娜以前沒有注意過。他把一條銀項鍊交給她。她接過去，不知道該怎麼辦。「這是一個禮物，」他說，「慶祝妳誕生的那一天。」

一顆眼淚流下寶琳娜的臉頰。她轉頭擦拭，迪米崔爸爸又開口。「打開來。」他說，指著項鍊上的小墜子。

墜子裡面有一張很小的褪色照片，上面是兩個人——一個蓄黑鬍子的男人，與一個蒼白的女人。她看著這個照片，她父親又說：「他們是我母親與父親——妳的祖父母。」然後他說，「妳記得我說過那個殺害妳母親的巫師嗎？那個賽傑．伊凡諾夫？」

她點頭。

「他也殺了妳的祖父母——妳看到的這兩個人。發生在同一天。」他深吸一口氣，寶琳娜看到他仍然為此感到悲痛。她伸手碰觸父親的手。「喔，父親……」

他移開他的手，快速地說：「我們原本全都快樂地住在一個哥薩克小村中。我必須去辦事，所以讓妳與妳母親和祖父母留在村裡。妳還只是個嬰兒。

「我提早回來，發現妳跟蘇拉在一起，她說妳母親與祖父母把妳留下，一起去湖邊草原騎馬。我決定去找他們。我騎到草原時，就被帶著武器的人包圍……」

他因憤怒而顫抖著繼續說：「我努力掙脫，但賽傑．伊凡諾夫強暴並且殺害了妳母親，然後殺了妳祖父母。我一直沒有告訴妳這個故事，但現在妳必須知道，因為……我要妳去執行一項任務。

「很久以前，我誓言要殺掉加害妳母親的兇手，那個殺害所有人的兇手……」寶琳娜從未見過迪米崔爸爸哭泣，因此她感受非常強烈。「我有我自己的人馬，」他終於說下去，「像科洛列夫那樣的厲害人物。但我妻子與父母的死不能要他們報仇。這項責任落在我身上，事關血親與榮譽。」

他凝視她的眼睛說：「我年紀大了，無法永遠活著，所以我把這個火炬、這個榮譽交給妳。」他審視她的表情，然後說：「賽傑．伊凡諾夫知道我的長相……」

柴可耶夫暫停，讓寶琳娜瞭解他的意思——她是對方素未謀面的陌生女孩，因此佔有戰略上的優勢。我的孩子，我的未來，他想，將殺掉這些年來糾纏我的怪物……

然後他說：「如果我有兒子，這就會是他的任務；但我有一個有天分的女兒。現在妳知道妳為何這些年來要接受訓練、我為何對妳有信心了，我給妳這條項鍊，希望妳永遠不會忘記，誰殺了妳母親與妳祖父母。」

「我不會忘記。」寶琳娜說，她的眼睛冰冷而嚴厲——就像她父親迪米崔．柴可耶夫。

第二天早上，寶琳娜繼續進行練習。她在路上看到老葉格維奇在穀倉裡，也看到蘇拉從小屋出來打水。她知道蘇拉一定也曉得她母親與祖父母死亡的真相，於是叫住了老婦人。

蘇拉放下水桶，很高興看到寶琳娜。但是蘇拉的微笑立刻消失，寶琳娜轉身看到迪米崔爸爸站在小屋旁，看著她們兩人。他示意寶琳娜去練習。寶琳娜轉頭看著蘇拉，但她已經拿起水桶急忙離去，沒有回頭。

那天寶琳娜的練習表現傑出，打敗了許多對手。這些年來，很多人下手有所保留，把她當成新手；現在他們對她下手很重，就像對其他人一樣。她有些瘀傷與扭傷，但很快就會痊癒。其他男人比她高大有力，但就連大葉格維奇——他可以蹲在小馬下，把小馬扛起來——都碰不到她。寶琳娜比那些男人都靈活快速。她似乎能看穿他們的身體，看到他們的弱點，然後一再把他們推倒。讓他們最驚訝的，是她的力量。寶琳娜踢起來像馬一樣。她身上發出的力量似乎不可能來自於一個這樣嬌小的女人，彷彿她從大地吸取了力量。

她用手、腳與手肘攻擊穴道，可以讓最強壯的人都無法動彈。如果對手想抓住她或揮拳，她會攻擊他手臂上的神經弱點。如果有人用右腳踢她，他會發現自己左腳被掃倒。

寶琳娜並不真的想殺任何人，甚至也不想殺那個在夢中糾纏她的白髮怪物。她不確定自己是否願意扭斷他的脖子、打碎他的氣管，或用刀子刺穿他的心臟。但是這項任務對她父親非常重要，所以她盡力準備。

她問迪米崔爸爸為何不用步槍或手槍來對付敵人，他說：「步槍可能射不準或沒有著火，手槍也是。雙手或刀子是近距離最可靠的武器，也是最讓人滿足的。」

讓人滿足。真是奇怪的說法，她想。迪米崔爸爸有時是個奇怪的人，她明白，但他畢竟是一個哥薩克部落的領導者，也是這類事情的專家。不過，她心中已經開始有了些許疑問。寶琳娜的生活變成複雜的拼圖，她才剛開始注意到缺少的片段。

現在柴可耶夫知道沒有人可以打敗她，也許除了科洛列夫，因為這個巨人仍然拒絕「跟小孩對打」。這樣也好，科洛列夫如果被激怒，可能會要人命。要防止這個藍眼巨人另有非份之想，柴可耶夫已經很傷腦筋。所以，儘管科洛列夫的拒絕有損他的權威，阿特曼柴可耶夫倒也不介意。他這麼做是為了寶琳娜。他願意為寶琳娜做任何事。

阿特曼迪米崔・柴可耶夫又從惡夢中滿身大汗地醒來。他睜開眼睛時，哭嚎聲才漸漸消退。一絲回憶浮現，然後消失。他揉著前額，想抹去鬼魅般的殘影，死者的夢境，一個老同學的聲音，一個被他強暴的女孩的臉孔，都在竊竊私語，掉頭走開……一個身影漸漸淡去的孩子，在草原上的一天，令人困惑的閃光……全都是因為賽傑・伊凡諾夫，這殺了他妻子的怪物。

他大聲呻吟，然後看看四周是否有人聽見。「夢，只是夢，」他喃喃說著，起來踱步。賽傑・伊凡諾夫很快就會死在寶琳娜手中。一定要快點發生。

寶琳娜一個人站在黑暗中，想起父親說的話，撫摸著項鍊。她嘆口氣，望著夜空，希望父親沒有告訴她關於母親的事，以及她的任務。她的天真已經消失，對這個世界的愛與仁慈的希望也隨之而去。現在康斯坦丁似乎越來越疏遠，而這項任務……這項任務籠罩著她的未來……

在那之後，她很少微笑，日漸抑鬱，並有一種可怕的決心——因為她接下了火炬，把父親的任務當成自己的。寶琳娜聽得到父親夜晚在睡夢中的呻吟，而她現在也會做奇怪的夢——一個神祕、不斷改變的樹林與草原，一個悲傷的女人臉孔，也許是她自己，但是更老……夢中女人的嘴唇動著，但寶琳娜聽不懂她在說什麼。有時候她看見那個白髮男子，但他總是背對著她，所以看不到他的臉。

她醒來面對的世界也一樣混亂。現在她的身體開始豐滿起來，男人看她的眼光不一樣了，尤其是科洛列夫，讓她起雞皮疙瘩。她容忍他的存在，假裝他只是個鬼。只要她父親擁有權威，她就會安全。她的戰技也讓她比較不怕男人。

幾天後，寶琳娜正要進小屋時，聽到歐桑娜小聲跟艾蓮娜說話。寶琳娜停下來聽到她說：「對，阿特曼越來越擔憂、焦慮……我們又有一個人，里昂泰夫，上次去巡邏時被殺……這樣整肅自己人什麼時候才會停止？」歐桑娜很快又說，「我告訴妳這些，完全出於對阿特曼柴可耶夫的關心跟愛。」

「當然。」艾蓮娜說。

寶琳娜進入小屋時，兩個女人立刻改變話題，歐桑娜急忙離開。寶琳娜發現部落已經不一樣了，大家都偷偷摸摸的，小聲說話，戴上假面具。艾蓮娜尤其小心。於是寶琳娜想：是他們改變了，還是我醒來了？

寶琳娜小時候，有一次她問為什麼他們要去巡邏，她得到的答案是：「為沙皇巡邏。」她想問蘇拉更多，但似乎都找不到機會。蘇拉會對她點頭致意，但說話都不會超過幾個字。所以有一天巡邏隊伍回來後，寶琳娜很驚訝地看到老婦人停下來看著她，似乎想說什麼。

「什麼事？」寶琳娜問。

蘇拉只是站在那裡看著她。

「蘇拉？」

老婦人看看兩旁，然後說：「我在場……妳出生後不久，我餵妳吃奶。」

想到這個，讓寶琳娜有點難為情，她說：「對，妳告訴過我——」

蘇拉瞄瞄四周，然後說：「寶琳娜……妳關心我吧？」

「當然，但我不明白——」

蘇拉又打斷她。「妳不會給我帶來麻煩吧？如果我告訴妳一些事情，妳願意保密嗎？」

「甚至不能告訴迪米崔爸爸？」

「尤其是……他。」蘇拉回答，非常焦慮。然後她似乎做出了決定。「事情不是妳看到的那個樣子。妳脖子上的記號——」

寶琳娜摸摸脖子的胎記。「我的胎記？就像我父親——」

「對——不是！」蘇拉說。「不像他的那樣。這是木柴燒的——我還可以聽到尖叫……」

「妳說什麼？」寶琳娜叫道，聲音有點大。但她看到蘇拉露出驚恐表情，臉色發白，聲音就變得溫柔。「蘇拉，我不明白……」

蘇拉只是喃喃地說：「他們帶來的時候，妳還這麼幼小……像寶貝似的孩子……妳不像他。他殺了那麼多……」

然後蘇拉看到有人接近，馬上急忙離去，留下顫抖的寶琳娜思索著老婦人所說的話。

・42・

到了一九〇九年夏天，賽傑尋找了一年多，仍然沒發現柴可耶夫一行人的任何具體線索。他找到一些燒焦的小屋與農舍，可能是柴可耶夫的傑作；他也在地圖上標示地點，但沒有什麼模式可言。

一天晚上，賽傑夢見佩絲卡與他是一個小點，像一隻蚊子大小，永遠在烏克蘭的龐大地圖上遊蕩，尋找另一個總是遠離他們的小點。他挫折地醒來，開始覺得柴可耶夫可能遷移到西伯利亞或北邊。

不，他想著，他們一定還在烏克蘭，那裡還在繼續殺戮猶太人。但烏克蘭從北到南、從西到東超過一千公里，考驗著他的堅決與毅力。他就像是在一片樹林中，尋找一枚埋藏起來的銅板。

賽傑迂迴地從西朝東，然後朝西南，前往位在烏克蘭中央的基輔。他追蹤謠言如追蹤氣味，但只找到冒煙的小徑，煙霧消散在風中。

他避開較大的城市，搜尋孤立的小屋、農場、小村等柴可耶夫一夥人比較可能攻擊的地方。在某一個村落中，他向一個猶太老人詢問，老人沒有馬或驢子，自己拉著車前進。老人從他微薄的糧食中想分享一點麵包給賽傑。

「謝謝你，但我比較需要消息，而不是食物。你最近聽過什麼屠殺嗎？」

「誰沒聽過？」老人回答。「在基輔、明斯克、波爾塔瓦以及其他地方的小村落，都有騎士突然出現。打扮得像人一樣的狼群。不是，比狼更惡劣，因為他們會殺同類——男人、女人、孩童，對他們而言都一樣。為了什麼？為了什麼呢？」

賽傑問他，這些殺戮最近在哪裡發生，他眼睛往下看，不願或無法說。他只是慢慢搖著頭，來回搖擺。

冬天來到，賽傑快要失去了耐心。他騎馬越過凍土，穿上長袍逆風而行。他憔悴襤褸，催促佩絲卡前進，但是心中充滿了疑惑。

雖然有一身功夫與能力，賽傑無法靠嗅聞空氣來追蹤，也無法從樹枝看到人臉。他需要具體的跡象、徵兆、線索——一種方向的指引。除非找到具體的東西，他只能追蹤謠言，謠言成為傳聞，傳聞指向小村，也許就能找到目擊者。在此同時，他的問題只得到困惑的目光，與指著不同方向的手指。

他禁食、祈禱，希望得到指引找到他的兒子，但沒有跡象出現。然後他想，也許我問錯了問題。他改變呼吸，進入更深的冥思，感覺不到身體的存在。在那種狀態下，他問：迪米崔·柴可耶夫在哪裡？

答案呈現的形式是他沒有料到的。從空無中，迪米崔·柴可耶夫的臉孔在他面前閃現——蠟黃的皮膚，金髮，以及死氣沉沉的眼睛。那不是想像出來的；他實際看到了，也感受到柴可耶夫的痛苦與瘋狂——彷彿那些感覺是他自己的一般。

·43·

就在此刻，迪米崔·柴可耶夫正躺著睡覺，賽傑·伊凡諾夫的臉突然浮現在他面前。他驚慌醒來，看到怪物賽傑站在他上方。他喘著氣，睜大眼睛，瞪著黑暗中。他敵人的臉沒有任何憤怒，而是某種……類似憐憫的神情。然後臉消失了。

柴可耶夫連忙起身，狂亂地踱步，握拳敲頭。突然一股衝動升起，他想告訴女兒事情的真相。但是真相是什麼？只要他還記得……

小時候，康斯坦丁與寶琳娜幾乎形影不離。現在康斯坦丁珍惜見面的每一短暫片刻。有一次，他看到寶琳娜在下課休息時間，坐在瀑布上方的溪水中泡著腳，離他們的祕密洞穴不遠。他坐到她身邊，脫掉鞋子，把腳也一起放入冰冷的水中。在那一刻，他幾乎要求她跟他一起逃走。但他說不出口——他不知道該從何說起。所以他沒說話，因為他膽怯，因為他愛她。

寶琳娜現在看到她的康斯坦丁時，有時會臉紅。她看過一個男人跟歐桑娜在一起，在穀倉的後面。看起來很粗魯不雅，還會有很多聲音。但現在她不確定了。彷彿她的頭腦與身體無法達成共識，這是純真的終結。寶琳娜無人可以分享內心的苦惱，連康斯坦丁都不行。尤其不能是康斯坦丁。

一天早上，艾蓮娜離開小屋後，寶琳娜打開她的項鍊墜子，看著她祖父母的臉，迪米崔爸爸這時經過小屋，說：「去練習。葉格維奇在等妳。」

寶琳娜嘆口氣。葉格維奇永遠都在那裡，等待著。有一天她會早起，比他更早到穀倉。但不是今天。今天她很疲倦，覺得失去了平衡，感到焦躁，以及……她說不出來的某種感覺。

迪米崔爸爸準備離去之際，寶琳娜指著照片說：「父親，我很好奇……你一點也不像你父親——你的頭髮是金色的，他是黑色，而且——」

「不要跟我胡說八道！」他說。「只要記住是誰殺了他們，更努力去訓練！」他猛然關上門。

這莫名其妙的爆發讓她感覺受傷又生氣。寶琳娜那天早上訓練非常猛烈，在摔大葉格維奇時拉傷了手臂肌肉。她感到一陣疼痛。

「怎麼了，小傢伙？」他問。

「沒什麼，大熊——只是拉到了。我沒事的；不要告訴我父親。」她試著舉起手臂，然後咬住嘴唇。

「這哪是沒事，」他說。「去把手臂泡進溪水中，直到感覺麻木。然後去休息。」

「我不休息！」她叫道。「我要更努力練習！」

「先去泡你的手，然後再說。」

「先去泡你的頭啦！」她叫道，趕緊跑開以免被大熊抓到。

寶琳娜一個人坐在房間裡，感到前所未有的沮喪。她揉著手臂，覺得也許應該去溪水泡泡，這樣她就不會再去想父親的怒火。她不知道為何這樣簡單的問題都讓他生氣，是他送那條項鍊給她的，那是很自然的問題啊。但顯然他不想聽到……

她轉身發現迪米崔爸爸站在小屋的門口，看起來很心煩意亂。寶琳娜默默責備自己為何失去控制。她想要道歉，但又不願意。她為何要道歉？因為什麼？

她只是站著，看著地板，直到他說話。「寶琳娜，我很抱歉對妳那麼兇。我不想談妳的祖父母，因為那會帶來太多可怕的回憶。」

他走過來坐在她床邊。他的聲音沙啞又充滿感情，「我知道我很不像我父親，但不是每一個小孩都像父母。幸好妳不像我。妳像妳母親。但是，妳與我有同樣的胎記……」

他撥開他稻草色的頭髮，露出脖子上一個紅色疤痕，就像她的一樣。

「妳與我有一樣的血緣，」他說，撫摸她的頭髮。「因此我信任妳……所以妳要更努力訓練。我說過，賽傑．伊凡諾夫不只是個厲害的鬥士，他的聲音有欺騙與催眠的力量，讓妳相信大地就是天空，黑就是白。所以等妳見到他時，妳不能讓他有機會說謊，不然他會迷惑妳，然後殺了妳。」迪米崔爸爸已經告訴她許多次了，她都背下來了。

他轉身離去時，寶琳娜摸摸自己脖子上的疤痕。她痛恨怪物賽傑．伊凡諾夫讓她父親受苦。有一天她會找到他。有一天他會付出代價。

幾天後，在下午的練習時，寶琳娜驚恐地發現自己褲子與腿上有血。葉格維奇沒說什麼就讓她離開；他大概也覺得很嚴重。她跑回小屋，想找到傷口。但她沒有受傷，只是肚子有一點痛。她不知道是不是生病了。

蘇拉幾分鐘後進來。「葉格維奇告訴了我，」她說——她在微笑，讓寶琳娜覺得更奇怪。「這很正常，表示妳不再是女孩子，妳成為女人了。時間也該到了；妳比其他人都要遲。以後每個月都會流一次血。現在去換下妳的內褲。妳也許要稍微減輕訓練一天。」蘇拉給她幾塊布，說：「流血的時候，放一些布在妳兩腿之間。」然後便轉身離開，寶琳娜來不及問她問題。

還有什麼神祕事件是我不知道的？她想。他們還有什麼沒告訴我？她摸摸脖子，想到蘇拉說過的燃燒的木柴。

❧

第二天寶琳娜感覺忽冷忽熱，吃不下東西，頭暈，甚至站不起來。她從來沒有這樣難受過。艾蓮娜迴避她，但老蘇拉過來照顧她，在她額頭蓋上濕布，撫摸她的臉頰，為她做喝起來很苦的熱湯。

在半睡半醒中，她腦中浮現模糊的影像。她想要問蘇拉某件事，但想不起來……然後其他問題浮現，她從來沒有想到要問的，關於她自己與周遭世界的問題。我的未來會是什麼？我要花多少年去追捕那個也許已經死掉的人？

她需要見康丁——跟他談談，握著他的手，看著他深色的眼睛。他是她的眼睛與耳朵，她與世界的聯繫——那個在穀倉之外的世界，遠離她的任務、她的囚牢……

她的意念被尖銳的聲音所打斷。「快下床！」迪米崔爸爸說，僵直地站在門口，瞪著她。「妳必須訓練，就算只練一點點也行！」

寶琳娜努力想起身，但卻倒下昏了過去。

等她又睜開眼睛時，一條濕布蓋在她灼熱的額頭上。她往上看到康斯坦丁坐在床邊，撫摸著她的頭髮。「康丁！」她低聲說。「要是我父親發現你在這裡怎麼辦？」

「噓，」他說。「他出去……巡邏了。」他坐著陪她，他的微笑振奮了她的精神，雖然這是悲傷的微笑。她閉上眼睛把他的樣子記下來。他輕聲對她說話，帶著她前所未見的溫柔。

「寶琳娜，」他悄悄地說，靠得更近，氣息碰觸到她耳朵，他的手撫摸著她的頭髮。「妳有一次告訴我一個祕密。現在我也要告訴妳一個祕密，讓妳知道我信任妳，我關心妳。」他深吸一口氣，望向遠處。「如果妳把我告訴妳的話透露給別人，我就會有生命危險……」

寶琳娜昏昏沉沉地說：「你永遠不會死……會永遠跟我在一起……」

「不，寶琳娜，聽我說——拜託！我現在就必須告訴妳，妳必須相信我！有很多事情妳被蒙在鼓裡——我還不知道全部的真相。但妳不能殺賽傑·伊凡諾夫——」

康斯坦丁回過頭看向寶琳娜。她已經沉沉睡去了。

當康斯坦丁留下進入混亂夢境的寶琳娜時，柴可耶夫與他的人馬正在攻擊一座孤立的小農場。鎮上朋友經常勸農場主人葉夏克遷移到離鎮上較近的地方，彼此可以有個照應，但葉夏克不理會他們的勸告。「誰要來這裡？」他聳聳肩說。「囤墾區這麼大，強盜連附近都沒來過。就算我靠近村落，就會比較安全嗎？」他的朋友們只是搖搖頭。葉夏克說得對——要是強盜來了，沒有地方是安全的。

柴可耶夫等人殺了葉夏克，還有他的妻子與孩子。科洛列夫在女人死前也逞了獸慾。柴可耶夫的手下放火燒了農舍，他們表情木然，像機器一樣行動，不再抱持任何為主教座堂或沙皇效勞的幻想——一切只是阿特曼的旨意。

有些人想帶走孩子，有些人不願意，因此爆發了爭執。柴可耶夫打斷他們。「現在就殺了他們。下手快一點！」這是他的慈悲之舉，他們都服從了。

放火燒屋之前，柴可耶夫的手下搜刮了一切有價值的東西。稍後，阿特曼搜尋沒有被火燒掉的箱子，翻看照片與其他的私人物件。今天他找到一個特別的禮物——他沒見過這麼出色的一匹馬，深栗色，眼神狂野。這是一匹戰馬——如果他懂什麼是戰馬。

火焰在農舍上跳躍，照亮了傍晚的天空。阿特曼柴可耶夫笑了。在狂熱的情緒下，他把轡繩套上受驚的駿馬身上，宣布說：「我將牠命名為法斯德——也就是首領！」

到目前為止一切如常，直到愚蠢的甘林諾夫脫口而出說：「牠的確是一匹好馬，阿特曼柴可耶夫。但你應該記得我的馬也叫法斯德，已經三年了。我們倆的馬當然不能有同樣的名字——」

甘林諾夫的話卡在喉嚨裡，因為他看到柴可耶夫的表情頓然平靜下來，接著柴可耶夫幾乎是很詳和地走到甘林諾夫的馬旁，對他信任的手下開玩笑說：「啊，真是感謝老天，你叫甘林諾夫而不是柴可耶夫，不然大家會無法分辨我們。」氣氛稍微緩和下來，甘林諾夫與其他人都緊張地笑了起來。

笑聲瞬間停止。因為柴可耶夫拔出長刀一揮，把甘林諾夫的馬從膝蓋處斬斷一隻腳。受驚的馬嘶叫一聲，想要後退，卻翻倒在地，被斬斷的腳噴出血來。馬痛苦地嘶鳴著，驚恐的甘林諾夫往後退，他的眼睛望著痛苦的馬，然後望著柴可耶夫。

其他人都瞪大眼睛，張著嘴，沒有出聲。他們看過阿特曼做過很多奇怪的事，但這次──殘害一匹馬──簡直是褻瀆神明，他們的哥薩克血液都沸騰起來了。

柴可耶夫最後一絲清明神智從此時開始崩解。他拿起被斬斷的馬腳，好像那是一根木頭，以平靜輕鬆的口氣說：「至少現在我們可以分辨我們的馬了。」他把馬腳朝後丟去，騎上他原來的那匹馬，抓起新馬的韁繩，對甘林諾夫說：「最好為你的馬取個新名字──或找匹新馬來命名。」

柴可耶夫轉身離去，其他人跟著走，留下甘林諾夫來結束馬的苦難。不久之後，甘林諾夫站在血淋淋的死馬旁邊。二十公尺外是一家被焚燒的猶太人。然後甘林諾夫扛起馬鞍，朝一匹被野放的老母馬走去。

甘林諾夫已經追隨這夥人十五年，不敢殺了迪米崔．柴可耶夫，但他會很尊敬敢這麼做的人。

他決定不再跟隨其他人朝北掠奪──騎一匹衰老的馬幹不了那樣的事。任他們去屠殺下一個村落吧，不需要他幫忙。「我已經厭倦殺馬，」他說，「厭倦殺猶太人了。」

❦

父親不在時，寶琳娜已恢復體力下床，開始做些伸展動作。她很喜歡伸展動作，感覺像一隻貓。

她想念康斯坦丁。她希望他再次撫摸她的頭髮——或者那時只是她想像的？也許只是一個夢，她想。但他有對她說話；她還記得他在她耳邊的氣息。是關於她父親的嗎？這時她感到一股憤怒，但不知為什麼。

第二天她問艾蓮娜：「妳有看過康斯坦丁跟其他女生在一起嗎？」

「我不知道，」艾蓮娜簡單地說，「但我想沒有。」

寶琳娜放心了，但還是擔憂。她不太相信艾蓮娜的話。這個女人只是她父親的僕人，總是客套而疏遠，對阿特曼的女兒非常小心翼翼——好像照顧寶琳娜是一樁任務，跟打掃、煮飯沒兩樣。艾蓮娜顯然並不關心她。那麼她為何要假裝？為何其他人都要假裝？

寶琳娜感覺自己活在一屋子祕密、一整個部落的謊言中。

・44・

一九一〇年四月，賽傑繼續一個村莊、一個村莊的搜尋。他越過一個小山丘，看到遠處一座小農場成了冒著煙的廢墟。惡臭讓他想起了多年前亞伯莫維奇的小屋。他感到一陣不適，為那些埋在灰燼中的人難過。

騎到更接近的時候，他看到一個人站在廢墟旁，因為悲傷而彎著腰，正在低頭祈禱。賽傑在三十公尺外下了馬，以免驚嚇到那個老人，他也許此時不很歡迎騎馬的人——尤其是一個看起來像哥薩克族的人。賽傑走過去，同時觀察地面上的痕跡。

賽傑靠近後停下來，保持敬意，等待哀傷的人抬起頭。那人終於看到了賽傑。

「我很遺憾，」賽傑說。「他們是親人嗎？」

「我們難道不都是親人嗎？」

「是的，我相信我們都是親人。」這個老人讓賽傑想起了外祖父賀修。

「他們是我的朋友。現在他們都被燒成灰了。」

「你看到事情經過嗎？什麼人幹的？」

「我騎馬來看葉夏克與他的好妻子……還有他的三個小孩……」他嘆氣，停頓許久後說：「我的馬車快到時，就看到遠處有煙。我急忙趕來，以為農舍失火了。但是——快看到農舍時，我聽到人們叫喊，然後……女人的尖叫……還有孩子們……喔，孩子們！」他用手遮住了臉。

「你聽到他們的聲音？有多少人？」賽傑問，把他從先前的景象帶回現實。

「多少人？我不知道……也許十人。我只從遠處看到他們。我躲起來……像個懦夫——」

「像個聰明的人，」賽傑說。「你看到他們騎馬離去？」

「對。」那人顫抖著，然後悲傷地搖著頭。

「他們往哪裡走？拜託，這很重要。」

那人遲疑著，指著西南方。

賽傑牽著佩絲卡往那個方向走二十公尺。他心跳加速，看到至少十匹馬的蹄印——這是他開始搜尋以來找到最新鮮的足跡。如果是柴可耶夫一夥人幹的，他們可能才走了一小時，最多兩小時。

騎馬離去前，他轉頭問老人。「你能不能描述他們的樣子？」

「不能，我躲起來了。但似乎有一個人特別高——一個巨人。我只知道這麼多。」

「謝謝你。我為你的朋友感到非常遺憾。你需要什麼嗎？」

「恐怕沒有什麼是你可以幫忙的。我會去告訴其他人。他們會來這裡。我們住在南邊二十公里外的一個小村。如果你要來，就找賀奇克。」

老賀奇克點頭道別，準備離開，卻突然抓住胸口跌倒在地。

賽傑跑過去。

「沒……沒事，」他說，想要起來，但顯然非常痛苦。「以前也這樣過。因為看到這些太讓我震驚了。」

「我能幫什麼嗎？」賽傑問。

「請你扶我上我的馬車。」他慢慢站起來，很痛苦，試著走路，但是依然邁不出步伐，所以賽傑扶著他。「謝謝你。我會沒事的。我的馬跟我一樣老——牠認得路。」

雲層變厚了，可能很快就會下雨。足跡現在還很明顯，賽傑可以輕易追蹤。他也許可以在他們進入樹林前追上。他的兒子就近在眼前了。

賀奇克又是一陣疼痛。「我會沒事的，」他堅持說。「你快走……」他幾乎無法握住韁繩。

賽傑嘆口氣，做出了決定。「等我一下——我騎馬陪你到你的小村。」賀奇克點點頭，賽傑看到他鬆了一口氣。

他騎上佩絲卡，快速繞了廢墟一圈。他發現一匹馬的屍體，喉嚨被割斷，一隻腳被切斷。一群蒼蠅圍繞著屍體。他猜想到底發生了什麼事，但毫無頭緒。

足跡朝南走。他很想趁足跡新鮮時追蹤這些人。他回頭看看老賀奇克，這老人正縮在馬車座位上。他把佩絲卡綁在馬車後面，爬上馬車，拿起韁繩。「好吧，馬兒，」他說。「帶我們回家吧！」

「這匹馬叫查迪克，」老人低聲說。「牠的名字我只讓朋友知道。」然後他就不作聲了。

他們抵達賀奇克的村莊時，已經黃昏了。烏雲密布，開始下了幾滴雨。一個女人跑出來迎接他們，指出賀奇克的家在哪裡。等賽傑扶他到門口時，天已經黑了，而且下起傾盆大雨。

沒多少足跡會留下來了。

賀奇克的妻子黛佛拉扶丈夫上床，她對待賽傑有如家人：「天黑了，而且下雨了。請把你的馬牽到對面的穀倉，留下來過夜。早上跟我們一起吃頓豐盛的早餐，填飽肚子後，你就可以啟程。也可以留下來，不管多久都歡迎。」然後她去照料她的丈夫。

賽傑也聽到了她未說出口的話：謝謝你，願天保佑你，你在這裡不是陌生人。

薩拉芬曾經說：「面臨壓力下，一個人的抉擇最能夠彰顯他的性格。」賽傑做出了抉擇；他希望是正確的。但是這個抉擇可能讓他無法找到孩子。既然他無法在下雨的夜晚找到足跡，所以他就接受了這些猶太人的招待——他們是外祖父賀修的同胞、他母親的同胞，也是他的同胞。

·45·

在一個原本應該令人愉快的春天早晨，狗開始狂吠。一個陌生人闖入了營地。他幾乎赤裸著，衣服被扯成碎片，大聲咒罵，揮舞一把長刀。他的頭髮、鬍子又亂又長，彷彿他是住在荒野中——不是人，而是一頭野獸。有一隻狗兇狠地吠叫，但沒有靠近。另一隻攻擊了他，但被砍死了。

柴可耶夫和手下出去掠奪了，幾乎所有年輕人都在樹林中採集食物，包括康斯坦丁，只有大葉格維奇看守營地。一個小孩大哭尖叫著跑開。寶琳娜從木屋出來，看到大葉格維奇跑去察看究竟。

葉格維奇與寶琳娜同時看到那個陌生人，但他們都遲了一步，無法拯救蘇拉，她剛從溪邊打水回來。受到驚嚇的陌生人轉身用長刀砍向蘇拉，幾乎把她的頭砍掉。憤怒的葉格維奇衝過去，準備結束這個入侵者的性命，但他犯下了致命的錯誤，低估了他的對手，以為他是個瘋子。葉格維奇大膽接近，想嚇跑這個無知的笨蛋。

葉格維奇靠近時，那人劃出一道弧線，射出他的長刀。刀尖刺穿了老熊的心臟，葉格維奇往後倒下，一臉驚訝的表情，然後眼中失去了生命的光彩。

寶琳娜嚇呆了。她先是以為這個瘋狂的陌生人可能是怪物賽傑・伊凡諾夫，但她很快明白這個胡言亂語的陌生人不是怪物，而是被惡魔附身的人。他一定會攻擊其他女人與小孩——

她不記得接下來發生的事，但歐桑娜從小屋的門口看到了一切。

&

幾分鐘之後，採集食物的年輕人回來了，手上抱著木柴。他們看到蘇拉與葉格維奇的屍體，以及一個俯臥在地上的陌生人，馬上丟下木柴跑過來。康斯坦丁是最先來到寶琳娜身邊的人，寶琳娜正靠著牆啜泣著。他坐在她身邊，伸手摟住她，把她摟緊。

天黑之前，迪米崔・柴可耶夫、科洛列夫與其他人回來了。阿特曼看到葉格維奇與蘇拉的屍體，還有那個倒在地上的陌生人，他叫道：「發生什麼事？寶琳娜呢？」

「我看到了，阿特曼，」歐桑娜說。「一個瘋子跑進營地！」

柴可耶夫跳下馬，搖著她。「寶琳娜呢？」他又問，但歐桑娜說得更快，彷彿想要保命。

「他殺了蘇拉後，丟出長刀殺了老葉格維奇——但寶琳娜救了我們！她走上前，對那瘋子伸出手，好像在叫他停止！瘋子從老葉格維奇身上拔出長刀，發出恐怖的尖叫攻擊寶琳娜。她的動作好快！本來在他面前，突然變成在他旁邊，所以長刀沒有砍到她。她打了他很多次，他就倒下來死了。」

柴可耶夫用力呼吸，試著控制自己。他輕聲說：「歐桑娜，我只再問妳一次。寶琳娜呢？」

她指著阿特曼的木屋。「我……我想康斯坦丁——陪她回到你的木屋——」

柴可耶夫放開歐桑娜，跑向木屋。

寶琳娜懇求康斯坦丁只要一聽到他們回來，就要趕快離開。當迪米崔爸爸找到她時，她一個人坐著，還有點昏沉，望著遠處。她已經為養育她的蘇拉報了仇，也為老師報了仇，這個學生的表現超過了老師的期望。她很震驚要取走一個人的性命是那麼容易，一方面因為她想殺掉他而感到難受，但也因為那個人所說的一些話……

剛開始時，他只是吼著一些她不懂的話，然後他說了幾句俄語。這時寶琳娜才知道他不是偶然闖入，他是尋尋覓覓才找到這個地方。他哭著說：「殺人兇手！……殺了我妻子……我孩子……為什麼？就因為我們是猶太人！」他流著眼淚。她不懂他還說了什麼，但他的聲音很真誠，彷彿說的都是真相。

這個野人說的話，讓寶琳娜面對了她一直忽略的事情。她現在知道營地的人是從哪裡找到那些馬、羊、木箱、工具、書本，與許多其他東西。她知道了他們是什麼樣的人……

這時候她父親衝進屋中。「妳還好嗎？」

她很慢才回答，語氣平淡。「我沒受傷，你是想知道這個嗎？」她抬起頭，看到了小時候從來沒看過的景象：她父親老了，他看起來蒼白、疲倦、恐懼。他的眼睛就像那個野人的。不對，還要更冷酷。

柴可耶夫大大鬆了一口氣。「很好。妳表現不錯——歐桑娜告訴我了——妳很快就會準備好了。」他伸手要摸她的頭髮，但她閃開了。

他假裝沒注意到。「妳去休息，」他說。「明天我們為妳再找一個老師。」

看著地板，寶琳娜回答：「我想我不需要另一個老師了，你覺得呢？」她抬頭時，門口已經無人。

迪米崔．柴可耶夫去河邊擦洗身體，並清理心思。然後他要睡一下。他不喜歡失去大葉格維奇與蘇拉——他們都很有用。他也很憤怒安全受到了威脅。但這件奇怪的事情考驗了他女兒的殊死格鬥能力，所以最後一切都很好。

她準備好了。

§

快了，她想。他說時間快到了。她希望如此；她想要趕快了結，結束這一切，看看在這個任務之後，她是否還有未來。這個無法逃避的現實逐漸逼近，寶琳娜感到一陣哆嗦。她知道她能夠戰鬥，現在她知道她能夠殺人。但她是否準備好殺掉賽傑．伊凡諾夫？寶琳娜摸摸墜子，輕輕握在掌心中，彷彿裡面有祖父母的靈魂。她想像著母親被白髮怪物殺害之前的感覺。

是的，她能夠殺他，她也會殺了他。一切都決定於此。不僅她的生命——如果失敗了，她必死無疑——但就算她沒死，也沒有臉活下去。她希望她父親沒有給她這個重擔。但他給了。所以她不會讓他失望。寶琳娜現在已經十七歲了，不知道自己還有多少時間、多少生命可活。

我是怎麼了？她想。我曾經有夢想；現在我只有這個黑暗的目標。寶琳娜嘆氣。不對，我還有更多，我有康丁……

§

第二天，阿特曼開始說要再次遷移營地。他像籠中的老虎般踱著步，說話漫無頭緒，彷彿在對空氣說，或自言自語。「我們變得軟弱、自滿，就像一村猶太人！」他罵道。「記得我很久以前告訴過你們：我們要像移動的目標——所以我們必須遷移！」

他時而陷入黑暗的內心世界，沒人能觸及。然後，沒有明顯理由，他會從恍惚中醒來，發布清楚的指令。有些人希望他忘掉遷移的事。有些人低聲說要自己離開。

柴可耶夫已經無法清楚分辨清醒的世界與睡眠中的惡夢，那惡夢不停飄移、變化著，如煙霧飄升入夜空。

但他感到安慰的是，不久之後，寶琳娜將是賽傑．伊凡諾夫看到的最後一個人，如果他看得到她出手的話。於是公義將得到伸張。

此時，科洛列夫看著柴可耶夫陷入瘋狂，越來越感到不耐。而且每當鮮嫩可口的小寶琳娜經過，科洛列夫冰冷的藍眼睛就會追隨在後。

・46・

賽傑離開賀奇克的村莊時，沒抱什麼希望，但帶著這家人提供的糧食與祝福。冰冷的雨天已經結束，空氣十分清新──如果還有足跡，今天是追蹤的好日子。

他回到廢墟，火已經完全熄滅，他走到發現足跡的地方。泥濘的土地上沒有任何馬蹄印。不過他知道方向。是嗎？想一想！他告訴自己。柴可耶夫率領的這群人，保密是生存的關鍵，他們離開屠殺現場時會直接朝營地走嗎？不太可能。他們最初的蹤跡是朝西南的波多利耶區，以及更外圍的比薩拉比亞區，兩者都不是躲藏的好地方。

但假設他們改變路線，繞了圈子──去哪裡？北方，他的直覺這麼說。在靠近基輔的樹林區域，有一次他發現足跡，後來消失在溪床。現在他很熟悉那個區域，如果他是柴可耶夫，他就會去那裡。

他動動膝蓋，指示佩絲卡漫步朝前走，沿著舊蹤跡的路線。前方路面也許會有線索。他走了五十公尺，沒有任何東西……一百……兩百。到大約三百公尺的地方，他看到許多騎士的模糊足跡。他追蹤下去，直到足跡消失。

然後他後退，回到有馬蹄印的地點，然後繞了一圈，朝右轉九十度，直到朝向西北方。他什麼都沒找到，於是又往後退，然後繞更大一圈尋找，找了整個下午。春天的白晝很快就過去，他正準備停止時，注意到了某種東西。一個馬蹄印。他繞了一圈，又找到更多，朝北與朝東。他找到他們的蹤跡了。

有時候他又失去了足跡，但他可以看到其他跡象，顯示他們騎馬穿過草叢或樹叢——他注意高度約莫到騎士頭部、肩膀或背上步槍的樹枝是否折斷，以及馬兒邊走邊啃食植物的痕跡，或被馬蹄踩過的樹叢。他在心中默默感謝亞歷西的綫堂追蹤課程。

他本來希望他們會直接回到營地，但足跡來到涅罕鎮的外圍，與許多其他的馬蹄或馬車輪印混在一起。沒有可追蹤的足跡了。

他們不太可能在鎮上待很久。但他還是抱持些許希望，或許可以打聽到什麼。賽傑進入小鎮，決定租個房間過夜，吃一頓餐館準備的食物。

他為佩絲卡找到馬廄，為自己找到一個小旅館。旅館由一位肥胖的中年婦人經營，一頭灰髮盤在頭上。她帶他去他的房間，宣布二十分鐘後晚餐就會弄好。

賽傑決定去街上的酒館，詢問當地人是否有騎士經過。他點了一杯伏特加，一方面可以暖暖身，一方面藉此可以跟其他客人拉近距離。他安靜地坐著一會兒，聆聽周遭的談話。他舉起酒杯時，聽到後面桌子有人在自言自語：「……受夠了……為柴可耶夫殺人……沒有榮譽……最後一次了，再也不會了……」

賽傑突然警覺起來，安靜地放下酒杯。他坐著不動，繼續聆聽，但沒聽到什麼，只有那人的呼吸聲，倒酒，喝酒。他拿起酒瓶，隨意走向另一桌，看到那人穿著哥薩克的服裝。已經過了很多年，但他對這個人感到面熟。這種人是不會被忘記的。

不久，那人搖搖晃晃地站起來，仍然自言自語，跌跌撞撞走在街上。賽傑跟了一段路，直到酒醉的人進入另一家旅店。然後他等待、監視了一整晚，渾然忘了他的晚餐與床鋪。

他想，到了早上，那個人可能會回他的營地去。

・47・

早在甘林諾夫的馬被殺之前，眾人已有未說出口的疑慮。現在一切都要瓦解了——阿特曼根本像隻發瘋的胡狼。

另一次掠奪時，又有兩個人送命。一個是被猶太人殺了，這個猶太人用草叉刺中邱托斯基，猶太人的妻子抱著小孩躲在門後，但猶太人立刻就被其他人砍倒。另一人被一個勇敢的男孩從躲藏處跳出來刺中背部而死。這也是男孩的最後一擊。

柴可耶夫的手下騎馬返回營地時，在阿特曼聽不到的距離，他們低聲談著要逃走，受不了這種生涯。其中一個對身旁的人說：「也許我該去當修士。」

另一人回答：「太遲了——我們的靈魂已經迷失了……」

寶琳娜仍然按照習慣進行下午的訓練，不過現在都是獨自一人練習。在練習之前，她趁父親出外巡邏還沒返回，先去尋找康斯坦丁。她發現他坐在瀑布上方的一塊石頭上，望著水流沖擊下方的岩石。寶琳娜坐在他身旁，告訴他，她即將離開去完成父親交付的任務。「很少女人能夠承擔這樣的任務，」她說，似乎想說服自己。「因此他不讓我被一般女人該做的雜務纏身……給我特權與保護……」

寶琳娜凝視著康斯坦丁，希望得到他的贊同，但他沒有任何表情。「他說我生下來就是為了這個。」她繼續說，目光懇求著，抓著他的手臂。「喔，康丁，我希望我準備好了！我父親非常需要這場勝利……好讓他心靈平靜。」

然後她伸手到罩衫領口中——這個動作讓康斯坦丁屏息——拿出她的項鍊。她給他看那張褪色的照片，照片連結著她不記得的一個過去。「我也是為了他們而做，」她說。「父親堅持要派托莫洛夫跟我一起去。我希望是你陪我……」

他幾乎要說出來了——告訴她一切他所知道的——但他到底知道什麼？如果告訴她，她會相信嗎？還是為他們倆帶來大災難呢？

寶琳娜希望康斯坦丁能分享她的使命感，也許能為她高興，但他臉上的沮喪表情——儘管他努力隱藏——已經讓此刻變得傷感起來。

❦

那天下午，寶琳娜去練習時，康斯坦丁終於做出決定：他要離開營地——他要告訴她一切，說服寶琳娜跟他一起走。他在腦中一次又一次演練，但不管怎麼想，似乎都是同樣的結論：他們必須一起離開，這是他們追求幸福的唯一機會。他們要一起逃命，追求未來。他們必須今晚就走。

康斯坦丁不是傻瓜，他知道要在熟悉的謊言與痛苦的真相之間抉擇，對寶琳娜並不容易。他只抱著些微的希望，希望她對他的愛足以讓她放棄所知道的一切。

如果她無法加入他，那麼他就要自己一個人離開，只希望將來有一天能功成名就，回到她身邊。至少，他可以向一個提醒他這個黑暗世界仍有愛的人道別。

康斯坦丁跑到寶琳娜練習的穀倉，確定四周沒有別人，然後很快地說：「寶琳娜，下午跟我到瀑布那裡碰面。不要告訴任何人！」她還沒開口，他就跑走了，心想如果他們當晚離開，在早晨之前沒人會發現。

本來也許會很順利，但是艾蓮娜剛好從廁所出來，聽到康斯坦丁說的話。她停下腳步，沒有被跑開的康斯坦丁發現。然後她走回到小屋。

當天下午，康斯坦丁在瀑布上方的樹叢中等待，還有時間好好思考。他想，為何迪米崔爸爸從來沒發現這個地點，然後又擔心也許他知道了。

康斯坦丁也想到要祈禱。有些人談過神與天堂、地獄，但他的宗教教育就僅限於此。他從來沒有祈禱過，雖然他看過其他人這麼做。現在他開始祈禱，不太確定是誰會聽到他的祈禱，但如果有一個萬能的神在傾聽，他祈求寶琳娜安全。他無法祈求她的愛，那是只有她才能給予的。

烏雲湧入，把明亮的下午變成黃昏。如果寶琳娜要來，不久就會到了。他低聲說出另一個祈禱：「請讓她跟我走！」

開始下起雨來，這可以幫助他們遮掩蹤跡。他會成為一隻兔子，躲開狐狸柴可耶夫。

兩隻兔子，他提醒自己。兩隻。

·48·

當天下午稍早，賽傑放慢速度，避免被前方的騎士發現。但是這樣他也無法看到他的獵物，不過足跡新鮮，很容易跟蹤，儘管已經下起雨來。最後，足跡來到一個樹林邊緣。賽傑加快腳步；現在他可以更靠近而不會被發現。

一個小時過去。有時足跡會混入其他人的足跡中，直到賽傑來到一條小溪，足跡完全消失了。足跡不會憑空消失，馬兒不會飛行，賽傑想；這個人一定是騎馬溯溪而上。所以賽傑跟上去，注意觀察兩岸，溪水淹過佩絲卡的膝蓋，然後淹到大腿。前面的水流會更深、更急。然後他聽到了流水沖擊岩石的聲音。這條河不適合行船──但很適合避開人群的營地。

賽傑聆聽是否有什麼異常的聲音，但只聽到前方瀑布的水聲。

第七部

追尋寧靜

諸行無常，
是生滅法。
生滅滅已，
寂滅為樂。

——佛陀《大般涅盤經》

· 49 ·

大夥在傍晚回來時，幾個女人與小孩出來迎接，卻只看到骯髒、疲倦與陰沉的臉孔。他們身上沾了血與灰燼，還帶回兩匹無主的馬。馬背上沒有屍體，因為死者都被丟進火堆了。

「猶太人殺了邱托斯基與拉倫提夫，」有人對歐桑娜說。歐桑娜跟邱托斯基住在一起，她哭泣失去了男人，但她無法仇恨那些只是想要保護自己的人。

阿特曼心情很惡劣。他在科洛列夫還沒搞完之前，就殺了他的女人，因此他們吵了一架。他們回來後，柴可耶夫背對著科洛列夫，好像他不存在。然後柴可耶夫把他新的馬帶進馬廄，卸下馬鞍，拿著馬鞍到穀倉，他想看看寶琳娜練習。

她完成例行練習時，看到父親站在門口，看著她但又不是真的在看她。他心不在焉地點頭，然後離開。

他回到自己的木屋，疲倦而且心煩，幾乎沒注意到艾蓮娜坐在火邊，她抬頭看到他，擠出平常那種勉強的笑容。

❦

阿特曼已經失去理智與擁戴。科洛列夫在他們吵架之後，做出這個判斷，他決定從此以後再也不接受任何人的命令。該離去了。

但是在離開之前，他要佔有那個女孩寶琳娜——算是對瘋狂的首領表態。他已經等太久，現在該摘取這個如花的年輕女人了。他只要再等一會兒，躲起來，等柴可耶夫離開穀倉回到木屋。

寶琳娜剛完成最後的伸展練習，全身都是汗水。她準備先清洗一下，然後去見康丁，很想知道他要說什麼。這時科洛列夫進入穀倉，手上拿著刀。

「跪下！」他命令，同時關上門。

寶琳娜知道終於要面對這件事——科洛列夫想要強暴她……她父親這次無法保護她。

科洛列夫靠近時，突然對她踢出一腳。腳上落空，但他已經料到。他隨即對她閃躲的方向揮出一記反手。這一拳讓她吃了一驚，但寶琳娜翻滾後立刻站了起來。

他們都知道，幾秒鐘之後格鬥就會結束，不是你死就是我亡。科洛列夫有極強大的力氣，毫無憐憫與良心；寶琳娜有速度、決心，與自己的一些特別招數。

他再次撲上來，她跳開來，往後踢起，正中他的下體。他的肺部吐出空氣，倒了下去。她準備收拾他時，科洛列夫掃踢她的大腿，踢中她的膝蓋。

寶琳娜後退吸收撞擊力道，但這一踢已經造成了傷害——她雙腿癱軟，跌倒在地。然後他騎上了她，夾住她的臀部，用膝蓋壓住她的一隻手，他流著汗，感到興奮，即將得手——

寶琳娜從眼角瞄到刀子的閃光。在一剎那間，她知道他準備殺了她，然後姦屍——對他而言沒有差別——一股怒火貫穿她身體。由於他的獨臂抓著刀子，他暫時露出了破綻。刀子朝下準備刺進她胸口時，寶琳娜一拳擊出，充滿了原始的仇恨，這一拳撥開了刀子，深深打進科洛列夫的氣管。她聽到了破碎聲……

科洛列夫放開刀子，本能地抓住喉嚨想要呼吸。寶琳娜又踢了他的下體，力道大到使這個巨人跳了起來，重重落地。他躺在那裡吸氣，喘氣，發出被嗆住的聲音。然後顫抖一下，科洛列夫死時如他活時一樣狂暴。

開始下雨了，寶琳娜跛著腳痛楚地走回木屋。沒人在裡面，她癱倒在冰冷的地上，開始哭泣。她害怕父親若知道她殺了他的副手，會有什麼反應。然後她知道不用擔心。這種人本來就該死……

但是，寶琳娜還是深受驚嚇；她需要跟康斯坦丁說話——這時她才想起：他正在等她——她希望他還在那裡！寶琳娜站起來想要跑出去，但是痛得跌倒在地。她搥著石造火爐，氣憤她的父親、她的腿、她的世界。她再次站起來，強迫自己拖著跛足，往溪邊走去，去瀑布那裡，找她的康丁。

·50·

傾盆大雨，樹林充滿了蟲鳴，讓康斯坦丁想要大吼安靜一點。又一個小時過去，他等待著她，希望，祈禱，傾聽她的腳步聲。如果她來了，一切就會沒事；他們會在一起。如果她沒來……他想著他能做什麼。

我可以讀書、寫作與繪畫，他想，我也會計算。我會到遠方的城市找到工作，也許甚至到美國。我會學習新語言，我會賺錢。然後有一天我會回來，騎著駿馬來到營地，帶著劍與長槍，還有一批我雇用的戰士。我會告訴迪米崔·柴可耶夫：「我從美國回來；我是來接寶琳娜的。」我會用英語說出來，如果他聽不懂，算他倒楣！

這時候，康斯坦丁好像從雨聲、蟲鳴聲與瀑布聲中聽到腳步聲。他很高興她終於來了，康斯坦丁鑽出樹叢，微笑迎接……

不是寶琳娜，他看到的是阿特曼迪米崔·柴可耶夫站在不到三公尺外。

❦

冰冷的驚恐穿過他全身，然後是逃跑的衝動。這麼做是沒用的。所以他站在原地等待，雨水繼續降下。

柴可耶夫沒有想要靠近。他很輕鬆地站著。康斯坦丁望望四周，阿特曼很輕柔地開口，康斯坦丁沒料到會聽到這樣的話語：「我很早就知道你非常關心寶琳娜。我也注意到她很關心你。有何不可？你有聰明的頭腦與良好的品格。

「我現在過來找你，也許你覺得很奇怪，但大家都面臨很大的壓力，我考慮了很久。你知道我一直很喜歡你，康斯坦丁……」迪米崔爸爸坐在一塊大石頭上，示意康斯坦丁也過來坐下。「我想寶琳娜不久之後會想要結婚。我不要她嫁給其他那些人，我也不要她成為男人之間的玩物。所以嫁給你可能是最好的答案。但你與我要共同瞭解一些事……」

康斯坦丁不敢相信自己的耳朵。他當然有點懷疑；但是阿特曼說得有道理，聽起來很真誠。不管如何，康斯坦丁確定兩件事：阿特曼可能說的是實話，那麼他就沒有危險，他的生活將比他想像得更好；萬一阿特曼在說謊，那麼他就面臨極大的危險。但如果他不接受阿特曼的說法，不管是真是假——如果他轉身逃跑——他絕對活不到下一刻。

他小心地靠近，迪米崔爸爸拍拍身旁淋濕的石頭。這是康斯坦丁面對真相的一刻。他坐下來，迪米崔爸爸笑了笑，一隻手輕輕放在康斯坦丁肩膀上，用聽起來很有感情的聲音說：「你長大了，康斯坦丁。但你看起來跟寶琳娜年紀一樣大。」

這時雨停了，傍晚的陽光透過雲層射下。這個好徵兆讓康斯坦丁也微笑以對。他非常想要相信迪米崔爸爸，以致於沒有考慮到三個重要問題：第一，如果迪米崔爸爸真心希望女兒幸福，他為何要訓練她當殺手——去殺人或被殺？第二，也更急迫，阿特曼怎麼會知道他在這裡等她？第三，寶琳娜人呢？

§

賽傑失去了騎士的蹤跡，但他繼續往上，憑著信心沿著湍急的河水走，直到他來到一個小池塘，周圍有石頭環繞，位在一個瀑布下方。他找到一條曲折往上的小徑——是人工建造的。賽傑把佩絲卡繫好，讓牠吃草。他把被雨淋濕的頭髮往後撥，開始爬上陡峭滑溜的小徑……

等他來到瀑布頂端，雨停了，他從瀑布的沖擊水聲中聽到有人說話。

§

寶琳娜盡快跛著前進，但她的腳痛得讓她再次跌倒。康斯坦丁，他深邃的眼睛與悲傷的笑容，都在等著她。等她找到他後，一切就會沒事。她努力走過泥濘，在雨中眨著眼睛，望向被雲遮住的天空。在距離溪水二十公尺的地方，雨停了，她看到兩個人站在激流的對岸，靠近瀑布頂端。

她停下來凝視。那是康斯坦丁……與她父親。他們站了起來，轉過身，有第三個人從樹林中現身。

§

當賽傑從樹林中出來時，還以為自己是在作夢。柴可耶夫也不太相信；他彷彿看到了一個鬼。然後柴可耶夫的臉很快恢復平日的表情，把濕頭髮撥到後面。

賽傑在安雅死後首次見到這個人，不禁感覺身體緊張起來，然後他深吸一口氣，讓自己放鬆，他的感官全面戒備，觀察著瀑布上方的區域。

只有他們在那裡，三個人：賽傑、柴可耶夫與一個年輕人，年輕人的年齡大概……

賽傑把注意力轉回到柴可耶夫身上，不多說廢話：「我是來找我兒子。」

柴可耶夫嘆口氣，彷彿認命地接受了某種不愉快的事情。他知道報應終於到了。「賽傑‧伊凡諾夫，」他說，擠出冷冷的微笑，「我們又見面了。現在你說你是來找你的兒子？連一聲問候都沒有？嗯，我可以不在乎你的無禮。事實上，你很好運。你可以看到，他就站在你面前。他叫康斯坦丁，我把他還給你。」

這奇妙的轉變讓康斯坦丁非常興奮，他想要說話，此時柴可耶夫伸手繞過他的肩膀。賽傑看到刀子亮出，柴可耶夫抓住年輕人的頭，用刀子抵住康斯坦丁的喉嚨，割了下去

——

下一瞬間，彷彿變魔術，賽傑前進了三公尺——他拍開持刀的手，往下壓制住，然後扭斷柴可耶夫的手臂，奪走了刀子。他另一手抓住柴可耶夫的頭髮，猛然往後拉，差點扭斷他的脖子；然後，他把康斯坦丁推到安全距離之外，手肘撞擊柴可耶夫，把他打倒在地上，讓他躺著無法動彈。

寶琳娜到達時感覺非常混亂。她剛剛看到了——或以為看到了——迪米崔爸爸想要割斷她的康丁的喉嚨，而白髮男人救了康丁。

柴可耶夫醒轉過來看到寶琳娜。「殺了他！殺了怪物！」他對寶琳娜吼道，以最大的權威命令她。

「不行！」康斯坦丁叫道。「寶琳娜，不行！妳不要殺他！他是我父親！」

這些話毫無道理。一切都沒有道理可言。但寶琳娜的身體回應了多年的訓練，聽從了那個扶養她長大的男人。她忘了疼痛的腿，衝向這個殺了她母親、在夢中糾纏她的白髮怪物，使出了全力的一踢——

她跌入瀑布上方的溪水中，立刻轉頭——白髮男人已經不在原地。她翻滾，跳了起來，看到他在後方，於是使出掃腿，但不知為何又沒踢中。她毫不遲疑，跳起來展開一連串快如閃電的攻擊，但賽傑．伊凡諾夫閃開了她的每一拳。

事情不太對勁。她多年的格鬥訓練從來沒有碰到這種情況。一點都說不通；怪物沒有任何攻擊之舉。他真的是個巫師？或是在耍弄她？

她再次衝向他。

那人又閃開了，還是沒有任何回擊。他們站在瀑布上方的淺水中，寶琳娜暫停片刻，思考對策。

此時雲層散開，夕陽的餘暉閃現。陽光照亮了她的臉，賽傑首次清楚看到這位不簡單的攻擊者：那是一位女孩——那張臉不是別人，而是安雅的臉。就在認出來的同時，陽光照到她頸上掛的項鍊。他的所有疑問完全解開了。

他的追尋終於結束了。

柴可耶夫再次大叫：「殺了他！妳的機會來了！」但他的聲音失去了權威。

康斯坦丁也再次哭叫：「住手，寶琳娜，拜託！他是我父親！」

「不是，」賽傑對那男孩說，眼睛還是看著名叫寶琳娜的女孩。「我希望我是你父親——但我沒有兒子。我有一個女兒，她就站在我面前。」

寶琳娜僵住了，不知道如何是好。

柴可耶夫躺在那裡，手臂斷了，眼睛搜尋著。然後他最後一次命令她：「殺了他，寶琳娜！」他叫道，聲音淒厲而絕望。「完成妳的任務！他殺了妳母親！」

她放低身體，繞著白髮男人。他只是放鬆站在那裡；表情寧靜。而且他在流淚。

寶琳娜很困惑，不知道該怎麼想，她指著柴可耶夫，對白髮男人說：「但是……他才是我父親——」

「不是！」

寶琳娜轉身，看到康斯坦丁朝她走來，他的襯衫沾了胸口被刀子劃傷流出的血。「不是，寶琳娜。我很抱歉一直都沒告訴妳……我很小的時候，記得看到他們帶妳回來——」

柴可耶夫站了起來，左手拿出另一把刀子，他心智全失，瘋狂地奔跑過來——

賽傑從寶琳娜的肩膀看到柴可耶夫撲過來，他不確定柴可耶夫想要殺誰。賽傑以寶琳娜前所未見的速度，把她推了開來——

她跌倒翻滾，以為遭受了攻擊。但當她爬起來時，看到迪米崔爸爸左手舉著刀子，朝賽傑．伊凡諾夫撲去。

賽傑看著柴可耶夫以慢動作朝他飛來。世界寂靜無聲。他等待著，放鬆著，呼吸著，手垂放在兩側。這是他長久訓練所等待的一刻。

柴可耶夫衝過來，刀子往下刺，賽傑在最後一刻像鬼魂一樣閃開——就在刀子將要刺穿衣物與皮膚時，賽傑已經不在那裡了。不知怎的，他離開了攻擊的路線，然後稍微轉動身體，手臂稍稍一揮，讓柴可耶夫撲向空中，落到瀑布的邊緣。

但是就在這位困惑的攻擊者錯失敵人時，他本能地伸手抓住賽傑的大衣——柴可耶夫加上溼滑的地面與水流，讓賽傑失去了重心。

驚恐的寶琳娜與康斯坦丁看到迪米崔・柴可耶夫與賽傑・伊凡諾夫一起滑過懸崖邊緣，消失不見。

・51・

黃昏。天空放晴了。焦急的寶琳娜由康斯坦丁扶持著，沿著河邊來到瀑布頂端，窺視下方的石頭，他們看到迪米崔・柴可耶夫扭曲破碎的屍體。

賽傑・伊凡諾夫則不見蹤影。

她還無法瞭解事實或接受所發生的一切。但是儘管她對剛發生的悲劇感到困惑與悲傷，一道咒語被解除了。她所知的生活，與她所相信的謊言，都粉碎在瀑布下面。她無法想像未來有什麼，但她首次感覺世界可能完全不一樣了，有康斯坦丁在她身旁。

她緊抓著他，慢慢走下小徑來到瀑布底。阿特曼迪米崔・柴可耶夫，她曾經稱呼他父親的人，已經死了。賽傑・伊凡諾夫，拯救了康丁的人，被沖到下游。但如果他沒死，也許能幫助她再次認清這個世界。

賽傑很驚訝自己還活著，他滿懷感恩，從瀑布下二十公尺處爬上河岸，看到佩絲卡在附近平靜地吃草，不關心人類世界的戲劇。

賽傑身上有瘀傷，很冷，但沒有受重傷。他回到瀑布底，找到柴可耶夫，把他從水中拉出來，拖到草叢裡。他有一會兒看到他們童年的影像：在軍校裡，他們的野外求生訓練，與他們之間的鬥爭。然後影像褪去，賽傑從馬鞍拿出小鏟子，為迪米崔·柴可耶夫挖了最後的安息之地，用濕土把他埋起來。

「我並不想要殺你，」賽傑說，「但我很高興你走了……」

他找不到石頭來當墓碑，也沒什麼話好說，但當他望著那個土堆，賽傑面對了這個事實：他最惡劣的敵人迎接了他的女兒到這個世界上，保護了她，訓練了她，用他的混亂方式成為了她的父親。賽傑低頭感謝女兒還活著。這時他想起安雅，她會多麼高興……

這時，寶琳娜與康斯坦丁也找到他身邊來，望著那個墳墓，無聲地訴說著他們的道別。營地的人繼續日常的活動，不知道發生了什麼事。他們三人爬上小徑，賽傑牽著佩絲卡，寶琳娜與康斯坦丁彼此緊緊攙扶。

他們往上爬時，賽傑告訴寶琳娜關於那條項鍊的故事——它來自何處，如何到她手中。不是很詳細，但足以讓她開始明白。

他們回到瀑布頂端時，賽傑說完了他的故事。天空還有一些紫色的餘暉，這時他們聽到營地發生騷動，穿過寂靜的夜晚空氣。

「科洛列夫死了！」有人叫道。

「阿特曼不見了！」另一人叫道。「我們被攻擊了！」

一會兒之後，托莫洛夫與五個人拿著刀與手槍，看到他們三個站在那裡，馬上衝過來，想殺掉白髮入侵者。

賽傑放鬆站著。沒有期待什麼，準備迎接一切——

他們靠近時，寶琳娜站到賽傑前方，面對他們。「你們所有人都站住！」她說，細嫩的聲音帶著權威。她舉起手，其他人停下來等待。「一切都結束了！」她說。「阿特曼迪米崔·柴可耶夫死了——他從瀑布上摔下去。相信我說的，你們最好不要想跟這個人較量。如果你們要，就必須面對我！」

這群無主的人怒視著她，蠢蠢欲動。他們從來沒有服從過女人——連寶琳娜都不行。但那個男人看起來有點面熟……

托莫洛夫這個哨兵有很強的記憶力，他認出了白髮男子——就是那個被他們毆打，殺了妻子與小孩，後來繼續追蹤他們的人。「走吧！」他對其他人說。「我們就到此為止吧。」

他們後退離去，像瞎子一樣衝進營地，收拾他們的東西，替馬佩上馬鞍。這地方充滿了死亡的惡臭，他們不想再待下去了。

賽傑看看康斯坦丁胸口的傷。「不深，很快就會痊癒。」他說。

「還好是傷到胸口……謝謝你救了我一命。」康斯坦丁說。「我……我也很遺憾你不是我父親。我希望你是……」

賽傑看看女兒，知道寶琳娜非常關心這個年輕人，他微笑說：「我們也許可以實現你這個願望。」

這一天所發生的事情——科洛列夫之死，康丁差點被殺，以及她所以為的父親之死——此時才衝擊到寶琳娜。她覺得暈眩，開始喘氣。康斯坦丁抱住她，讓她紓緩一些。

過了一會兒，她才能夠說話。寶琳娜抬頭看賽傑．伊凡諾夫。「我學會了仇恨你……一輩子……你怎麼會是我父親？我怎麼知道是真的？」

賽傑沒有證據，所以他說：「妳今天過得很辛苦，寶琳娜。我們都很辛苦。我們騎馬離開這裡，在樹林中紮營。到了早晨，事情也許可以比較清楚。」

他說的有道理。一個好的開始。

ℰ

賽傑、寶琳娜與康斯坦丁一起騎馬離開營地。沒人阻止或在意。有人放火燒了穀倉。寶琳娜回頭，對康斯坦丁低聲說：「今天——在我來瀑布之前，科洛列夫想要……攻擊我。我們打鬥……我殺了他。」

賽傑看著她。「妳是說妳殺了那個獨臂巨人科洛列夫？」

她點頭，咬著嘴唇。「你認識他？」

他遲疑著，然後決定她應該要知道真相：「就是科洛列夫殺了妳母親。」

寶琳娜轉頭不讓他看到她的眼淚。原來她還是完成了任務——殺了那個謀殺母親的怪物。她多年的訓練沒有白費。

那天晚上，賽傑很晚才睡，不知道該如何贏得她的信任。

第二天早上，他已經起來生火，然後康斯坦丁醒來，最後才是寶琳娜。他們沒有說話，但賽傑知道她在想什麼——她要證據。他醒來時，有了一個主意。他必須冒一個險……

賽傑給他們一些附近找到的漿果，然後他對寶琳娜說：「妳有沒有發現我與妳祖父的相似之處……在項鍊裡的那張照片上的人？」

她不需要看；她已經記住了他們的臉。「有，」她說。「但很多人都長得很相似。」

「還有一樣東西，」他說，「只要還在那裡就好。妳母親與我剛結婚時，我拿了她的五根頭髮，編成一個小圈，頭髮顏色跟妳的一樣，我把那個小髮圈放在我父母的照片後面——也就是妳說的祖父母的照片。」

寶琳娜睜大眼睛。她從來沒想過察看照片後面。她趕快打開墜子，小心拿起圓形的照片，賽傑屏住呼吸——

沒有髮圈。什麼都沒有。寶琳娜抬頭，她的目光又出現了戒備。

「等一下！」康斯坦丁說。「照片後面有東西。」寶琳娜把照片翻過來。就在那裡，被壓在褪色的照片背面，是一個小髮圈——她母親的五根頭髮。

賽傑笑了。「她名叫安雅，跟妳一樣美麗。」

不久之後，他們拔營上馬。

寶琳娜只帶了項鍊與幾件私人物品。康斯坦丁什麼都沒拿，除了幾張他的畫，折起來夾在一本書中。

「你的書，」賽傑問，他們朝北走。「內容是什麼？」

「關於一趟前往美國的旅程，由一個叫亞伯拉罕．查當明斯基的作家寫的。」他回答。

賽傑點頭，記住了這本書與作者。「我計劃要去美國，」他說。「希望你們與我一起去……」

寶琳娜只說：「我們現在要去哪裡？」

「去見妳的外祖母與舅舅，他們會非常想認識妳。」

之後他們沉默地騎了一段距離——不是因為沒話好說，而是因為有太多話要說——不知道從何開始。賽傑想，最好還是等寶琳娜準備好了再說。

大約在中午時，她開始發問，一個問題接著另一個。賽傑知無不答，說出了他的生命故事與她的傳承，直到她似乎滿意了。

到了旅程的第二天，寶琳娜才開始說話——先是緩慢，然後快速，彷彿是要確定自己的記憶，在康斯坦丁的陪同下大聲說出來。她告訴賽傑．伊凡諾夫她所記得的一切。康斯坦丁也補充了他的回憶，並說出他的觀點。

賽傑全都聽了進去，暗自哀傷她的怪異童年與他們所失去的歲月。

日子過去了，他們的故事都說完了，對話也變得越來越少，直到賽傑與寶琳娜沒有再說什麼。但現在他們之間的沉默很自在，寶琳娜有時會疑惑地看著賽傑，但抱持著一種敬意。也或許只是感激他花了如此漫長的時間回到她身邊。

·52·

他們抵達聖彼得堡後，受到家人快樂的歡迎，經過介紹與問候，寶琳娜與康斯坦丁首次享用了安息日餐點，連同賽傑、薇萊莉亞、安卓烈、卡蒂亞，還有他們的孩子艾弗隆與萊雅，一起享用。外婆薇萊莉亞·潘諾娃對神表達謝意，在這個特別的晚上喜極而泣。

賽傑的生命再次有如夢境，他看著桌子周圍的人，這些臉龐將是他畢生難以忘懷的。他知道此刻無法永久，因此更加珍惜。

賽傑也偷偷看著女兒，驚訝於她與安雅如此相像——眼睛、頭髮、臉頰、嘴型——如此相似，卻又如此不同。

寶琳娜此時才開始瞭解這個更大的世界。過去幾天中，薇萊莉亞與安卓烈帶她與康斯坦丁參觀城市。康斯坦丁對一切都很好奇，有無數關於習俗與社交禮儀的問題，以及對於銀行、商業與旅遊的好奇。寶琳娜比較少說話，但一直在觀察與聆聽。

然後，他們第二次安息日晚上，在談話的空檔，賽傑平靜地宣布，他有一個禮物要送給寶琳娜。他把三顆寶石放在她面前的桌上。「這些寶石，」他說，「來自於妳的曾外祖父賀修．拉賓諾維茲，以及他的父親。我現在把它們送給妳。這些寶石很有價值，可以讓你們有錢展開你們倆的新生活。」

寶琳娜看著寶石在燭光下閃閃發光，就像她的眼睛。她轉頭看康斯坦丁，然後看著賽傑。「我……謝謝你……賽傑。」她還不習慣稱他父親——聽起來很奇怪。

寶琳娜那天晚上後來很安靜，滿腹心思。她的理智已經接受這桌子上的人都是親戚：父親、外祖母、舅舅、舅媽與小表弟妹，但是他們對她而言都是陌生人，勇敢而慷慨的賽傑．伊凡諾夫也是，她只認識他短短幾週而已。

吃完飯後，賽傑熱忱地談起美國，他與寶琳娜和康斯坦丁不久之後就要前往。他最後一次懇請薇萊莉亞、安卓烈與卡蒂亞跟他們一起去，但沒有成功。

當賽傑談到未來時，寶琳娜對自己的過去做了一個決定：她要放下過去，永遠不再提起。甚至連這個晚上都是她的過去。她的未來還沒有開始。

就在前一晚，寶琳娜與康斯坦丁已經做下了另一個困難的決定……

接下來的一個禮拜，賽傑為寶琳娜與康斯坦丁拿到了所有需要的證明文件。「有錢能使鬼推磨。」賽傑微笑解釋。他也買了從德國啟航到美國的二等艙船票。

五天後，經過不捨的道別與承諾通信，賽傑、寶琳娜與康斯坦丁出發前往芬蘭，越過波羅的海，來到海港城市漢堡。

在旅程剛開始時，他們之間的對話有點緊張尷尬，才剛開口就不知道要說什麼。賽傑明白，寶琳娜雖然理智上接受他為父親、名叫安雅的女人為母親，但只有康斯坦丁才能進入她的心。

旅程中，寶琳娜幾乎只與康斯坦丁在一起。兩週之後，大船靠近了美國海岸，寶琳娜在晚餐時似乎想跟賽傑說話。她欲言又止，好像不知道該怎麼啟口。她瞄一下康斯坦丁，他給了她一個眼神，點點頭，然後說：「現在是最好的時候了。」

寶琳娜對賽傑說：「賽傑……父親，我們能不能到甲板上？」

在後甲板上，避開了風，寶琳娜把賽傑拉到一旁，深吸一口氣說：「我……我首先要謝謝你做的一切……救了康斯坦丁，以及努力找到了我。你的仁慈與慷慨……」

賽傑想要說話，想告訴她他瞭解，但她繼續說下去：「我很高興，你這樣的好人是我父親……也許我心中也有一些善良……」

她遲疑著，然後看著他的眼睛說：「現在你已經完成了你想要做的，而……康斯坦丁與我必須走我們自己的路。只有我們兩人……」

然後她的聲音變得堅決：「我們必須找到我們的生活，你也要找到你的。我希望你能好好過日子，賽傑．伊凡諾夫，不管你要去哪裡。我會記得你，但是……我也必須忘掉許多事情。」

康斯坦丁這時出現，伸手摟住寶琳娜，另一隻手握住賽傑的手，他說：「等我們找到了自己的生活，有消息可以分享時，我們會寫信到寶琳娜外祖母的地址。」說完後，他就離開了。寶琳娜也跟著離開，但轉身對賽傑說：「我相信我母親……會很驕傲你所做到的一切。」

然後，第一次也是最後一次，寶琳娜靠上來，親吻賽傑的臉頰——一個女兒的溫柔親吻，幾乎讓賽傑心碎。他來不及表示反對，她就從脖子解開項鍊，放在他手中，然後闔上他的手。

賽傑一個人站在那裡，望著大海，想到薩拉芬許多年前教導他的：不要有所期待，但準備迎接一切。他預見了這次分離，他知道會發生。只是沒想到會這麼快……

許多情緒湧上來，無法一一分辨。他把自己的情緒與未來都交到神的手中。等他們抵達美國海岸後，寶琳娜與康斯坦丁將從他的生命中消失，如同他們出現時一樣突然。

但是終究事情算是完滿。賽傑找到了女兒，她活著而且很健康，並幫助她開始了新生活。她也為他做了同樣的事情。她說出了真心話，為他帶來了解脫。

美國海岸出現在視野中，大船的船頭破浪前進，賽傑望著他的新大地。他飽覽一切——閃耀的陽光、海洋與天空的變化、豐饒的生命。有一天，他想，就算人類可以飛向群星，也不會比地球上此刻的這場冒險更偉大。

下一刻，海風平息，世界寂靜下來，賽傑看到了三張臉孔，一個接著一個，如此清晰，彷彿飄浮在眼前的空氣中：他先看到他的父親——不像照片中那樣嚴肅，而是帶著柔和的雙眼與笑容，開啟了賽傑的心；然後是薩拉芬的臉孔，帶來了眼淚與感激；一會兒之後，賽傑看著希臘人蘇格拉底深刻的臉孔與深邃的眼睛，就像多年前他小時候看到的……這三張臉孔在賽傑的心中與記憶中合而為一，然後他聽到一些字句，有如一首古代的歌謠：我們從一個生命死亡而進入下一個；我們也可能在同一個生命中死亡又重生；故事與旅程，不斷重演……

賽傑站著不動幾分鐘，直到他又感覺到風吹襲他的白髮。他走到背風的地方，伸手到襯衫口袋，拿出寶琳娜還給他的項鍊。賽傑小心地打開墜子，凝視著他父母的照片，然後掀開來，想看看安雅的頭髮。

頓時，賽傑忘了世界的存在，口中嚐到夾雜著海洋氣味的眼淚。因為他發現照片後面不只一縷頭髮，而是有兩縷。他將畢生珍藏。

賽傑為女兒說出無聲的祈禱。一陣風從北邊吹來，他彷彿可以聽到安雅的聲音，在他最黑暗的時刻，她曾經說：「要有信心，親愛的，我們的孩子在神的手中。」

寶琳娜的確是的，他想。我們也都是。

年輕時，我相信生命
會有條理地展開，符合我的希望與預期。
但現在我明白，生命之道就像一條河流，
一直在改變，總是在前進，隨著神的引力
流向偉大的生命海洋。
我從旅程中得知，生命之道創造出戰士；
每一條道路都通往寧靜，
一切抉擇都通往智慧。
生命一直都是，
也永遠都是，
一個神祕。

——摘自蘇格拉底的日記

後記

我的四個祖父母都來自烏克蘭，但我與我的外祖父母最親近。我小時候，我們在他們後院的橡樹下剝開核桃時，亞伯拉罕外祖父告訴我許多故事。就像上一代的許多人，他不會說烏克蘭或俄羅斯的事情，而是比較小、比較私人，在任何地方都可能發生的事件——他一直很想騎的一匹馬，他學游泳的一條河，從小船跳入冰冷清澈的水中。他的民間故事喚起了我的想像力，就像一隻彩虹鳥，沒人捉得到，除非是像我這樣聰明、有耐心的小男孩……

我四歲時，亞伯拉罕外祖父過世了。

我的外祖母，我們都叫她奶奶，她不說故事。但她會做最好吃的花生醬與果醬三明治，也很會清洗我五歲大的耳朵。我很喜歡奶奶，一位穿著花朵衣裳的白髮老婦人。

等我長大去上大學後，不再常常看得到外祖母，直到一九七〇年代初，我回到南加州那段時間。她當時約八十歲，幾乎無法下床，視力衰退，所以我讀了我最近寫的東西給她聽。

一個星期天，我決定讀這本書的初稿，加上一些蘇格拉底給我的日記摘要，其中包含了他生命的一些細節。由於故事發生在俄羅斯這個寒冷的國度，我想奶奶會喜歡聽。我開始讀時，不太確定她是否有注意聽——直到我說出了賽傑．伊凡諾夫的名字。聽到這個名字，奶奶往前傾，她混濁的眼睛睜得很大。

「妳還好嗎，奶奶？」我問。

「沒事，沒事——繼續唸。」她說，瞪著空無。

賽傑·伊凡諾夫這個名字在俄國很常見，所以我想她可能認識同名的人。

直到我說到男孩康斯坦丁時，奶奶舉起手來打斷我。「不要唸了！」她說。

我從來沒看過她口氣如此重。不僅是她的聲音，她眼中也含著淚水。她用紙輕輕擦拭，開始告訴我她的早年、她的生命故事……

她所說的家族祕密與我的傳承，遠遠超過了我的期望或想像。

在他們搭船前往美國的途中，康斯坦丁認識了一位穿著高尚的法裔加拿大移民。這位高格先生擁有一家時裝設計公司，他看過了康斯坦丁的一些素描後，當場就給他一份工作，為公司的目錄繪畫插圖。

所以就在他們抵達紐約後，康斯坦丁與寶琳娜移居到加拿大多倫多，租了一間小公寓。

寶琳娜後來生下兩個女兒。一九一六年，他們一家人旅行穿越加拿大到卑詩省溫哥華，從那裡移居到美國西岸。

至於賽傑，他徒步、騎馬、搭火車旅行了幾年，有時寫信給薇萊莉亞與安卓烈，郵戳遍及美國各地。後來他碰到了一位他在帕米爾高原認識的大師，被召喚過海進行一項緊急任務。所以通訊中斷了很長一段時間。

一九一八年，就在鐵幕關閉之前，薇萊莉亞過世之後，安卓烈設法讓家人離開共產俄國。然後，就像許多移民家庭，大家都失去了聯繫。

賽傑後來回到美國，定居在加州奧克蘭，距離他女兒只有五百哩，雖然他們都不知道彼此的下落。

有時他以為在擁擠的市場看到了寶琳娜，差點大叫她的名字。他時常想著她在何處，跟康斯坦丁過得如何。他會很高興知道寶琳娜與她丈夫過得很好，努力照顧家庭與未來。但他們的女兒從來都不知道過去，寶琳娜絕口不提，康斯坦丁也遵從妻子的希望。

然而，故事並未就此結束。

幾年前，寶琳娜與康斯坦丁剛移民時，康斯坦丁必須說出他的姓。由於他沒有姓，於是決定為這個新國家取一個新名字。他唯一想到的是亞伯拉罕・查當明斯基，他最喜歡的作家。當他們來到新國家時，移民官員寫下亞伯拉罕・查當。於是就這樣確定了，寶琳娜也用了他的新姓氏，把她的名字改成寶琳。

寶琳與亞伯拉罕把兩個女兒取名為薇薇安與艾蒂絲。兩個女兒都在南加州長大，薇薇安嫁給一個叫賀曼・米爾曼的好人，生下了兩個小孩，女兒叫黛安，兒子叫丹尼爾。

我外祖母的法定姓名，是寶琳・查當。直到外祖母告訴了我她的故事——從她在迪米崔・柴可耶夫的營地長大，到她在新土地成為了母親——我才瞭解我外祖母生命中的艱辛、心碎與最後的勝利。

所以我的曾外祖父賽傑．伊凡諾夫，我母親完全不知道的人，成為了我的導師，一九六七年我們終於在加州柏克萊見面。

現在我瞭解為何那天晚上，我一時衝動叫他蘇格拉底時，他露出的微笑，因為我的曾曾外祖父賀修．拉賓諾維茲與他美麗的女兒娜塔莉亞，都深深崇拜這個希臘哲人。

我的曾外祖父賽傑．伊凡諾夫，對我而言叫蘇格拉底，是個足智多謀的人，遠遠超過我的理解。你們若讀過《深夜在加油站遇見蘇格拉底》，也許記得一九六八年時蘇格拉底告訴我：「我已經注意你很多年了。」幾年之後，我首次打開他的日記，我注意到第一則是在一九四六年二月二十二日——就是我出生的日子，我們見面之前的二十二年。

我們在一起時，蘇格拉底從未透露我們的親屬關係——也許基於同樣的理由，他選擇不打擾寶琳（我的奶奶）的生活，或她的家人。他的日記也沒有透露這些關係。我必須從奶奶那裡得知真相，她告訴我，她多年前曾經寫信給薇萊莉亞，告訴她他們的新名字、他們的住處以及他們的孩子。

奶奶只跟賽傑短暫見過一次面，談了幾句話——在我外祖父亞伯拉罕（康斯坦丁）的葬禮上。後來，我搜尋自己的回憶，出現了這個畫面：我只有四歲大，站在母親身邊，玩弄著我的黑色衣服。他們放下外公亞伯的棺材，我母親開始哭泣。

我抬頭看四周聚集的人，注意到一個白髮男人在看我。他似乎跟其他人不太一樣。他凝視著我，點點頭，然後退到其他臉孔之中不見了。

我現在知道，蘇格拉底得知我出生後，就決定開始寫日記，等待將來有一天可以跟我分享。這本日記，加上奶奶的生命故事，讓我能夠與你們分享他的故事以及他們的故事。

我相信我的曾外祖父賽傑．伊凡諾夫一直看護著我，就像個守護天使，等待正確的時機。蘇格拉底善於等待。他在多年的追尋中，在通往光明的漫長旅程中，學會了耐心。

一天深夜，在黎明之前，
一位白髮但看不出年齡的人，安靜地坐在一家老加油站外面，
他的椅子靠著牆邊。
加油站是他的，他正在值夜班。
他叫賽傑．伊凡諾夫。
丹．米爾曼，一個年輕的大學運動員，
走路回家時，停下來，
一股衝動讓他走向加油站。
他不知道為何要這樣做——
也許是去買飲料或宵夜……
蘇格拉底眼睛半睜，露出微笑。

他來了。最後一章要開始了。

火炬交棒於：

深夜加油站遇見蘇格拉底

致謝

眾人的智慧永遠勝過個人的智慧。過去和現在，都有許多人幫助我完成本書。許多作家、哲學家和導師，就像是我的旅程加油站。

感謝康迪斯・富爾曼（Candice Fuhrman），我的文學經紀人，是他第一個告訴我寫下「關於蘇格拉底的書」，並從計畫一開始就引導我。

在早期發展故事的階段，感謝喜瑞拉・帕沙達・米爾曼（Sierra Prasada Millman）、喬伊・米爾曼（Joy Millman）和南茜・葛瑞梅莉・卡爾頓（Nancy Grimley Carleton），她們從第一個版本到最後一版的初稿，都提供了寶貴的編輯意見。感謝我的女兒對第一個版本的編輯分析，讓我能用嶄新的眼光看這個故事，修改敘事，提升了這本書的文學性。

感謝史蒂芬・漢塞爾曼出版社（Stephen Hanselman）的信心、慷慨、勇氣與獨到的眼光，購買了本書的版權。感謝吉迪恩・威爾（Gideon Weil），我能幹的編輯，在出版的各個階段協助與支援。還有其他舊金山哈波出版社（HarperSanFrancisco）團隊的人，如傑夫・哈伯斯（Jeff Hobbs）、山姆・巴瑞（Sam Barry）、琳達・瓦倫伯格（Linda Wollenberger）、克勞蒂・鮑特提（Claudia Boutote）、瑪潔麗・布坎南（Margery Buchanan）、泰麗・倫納德（Terri Leonard）、普麗西拉・史塔基（Priscilla Stuckey）、米奇・穆德琳（Mickey Maudlin）、馬克・泰柏（Mark Tauber）、吉姆・華勒（Jim Warner）、安妮・康納利（Anne Connolly）、茱莉瑞・米雪兒（JulieRae Mitchell）和基利恩（Gideon），感謝這些人讓這本書從草稿到完成，然後問世。

特別感謝泰利・藍伯（Terry Lamb）美麗的封面設計。

感謝約翰・吉達克（John Giduck），科羅拉多州戈爾登市（Golden, Colorado）的俄羅斯武術訓練中心（Russian Martial Arts Training Center）負責人，非常慷慨地提供了他的時間和專業，給予我俄羅斯文化和武術上的詳細研究和珍貴建議。

《俄羅斯系統武術入門指引》（*The Russian System Guidebook*）由世上頂尖的俄羅斯武術教師瓦德米爾・法西里夫（Vladimir Vasiliev）所撰寫，提供了非常豐富的資源。還要特別感謝瓦萊莉・法西里夫（Valerie Vasiliev），她除了照料家人，還必須擔負許多責任，回答很多問題，幫助我們讓書中的俄羅斯傳統更有真實性。

還有其他各領域的專家，幫助我釐清一些事實，包括：羅溫・畢奇（Rowan Beach）、艾莉莎・班伯瑞博士（Elissa Bemporad）、美國猶太神學院（Jewish Theological Seminary of America）的猶太歷史系大衛・費許曼教授（David E.Fishman）。芝加哥伊利諾大學（University of Illinois at Chicago）經濟系勞倫斯・歐菲瑟教授（Lawrence H. Officer）；美國加州多明尼克大學人文學院（Dominican University of California）哈蘭・史提馬克教授（Harlan Stelmach）和瑪麗・萊斯比爾教授（Mary K. Lespier）；美國北亞歷桑納大學（Northern

Arizona University）與菲爾丁研究學院（Fielding Graduate Institute）的四箭（Four Arrows），唐・特倫・傑可布〔Don Trent Jacobs〕）教授；威廉・哈里斯醫生（William Harris）和大衛・蓋倫德醫生（David Galland）；加拿大多倫多聖三一俄羅斯東正教教堂（Holy Trinity Russian Orthodox Church）瓦德米爾神父（Father Vladimir），還有在北灣合作圖書館系統（North Bay Cooperative Library System）的喬・克蘭（Joe Cochrane）。書中若有任何錯誤的事實，應該都是我而非他們造成的。

也要感謝早期手稿的讀者，道格拉斯・喬德斯（Douglas Childers）、琳達和漢爾・奎梅爾（Linda and Hal Kramer），還有莎倫與查爾斯・魯特（Sharon and Charles Root）的見解、坦率和鼓勵。

感謝我的三個女兒（依照生日排序）——荷莉（Holly）、瑟雅（Sierra）和奇娜（China）——她們實用且神祕的貢獻，激發了我的創意，並提醒了我一些重要的事情。我的妻子兼守護天使，喬伊（Joy），這三十幾年來持續不斷用深情的支持和實際的智慧來豐富我的人生。她總是我第一個也是最後一個讀者，她的明智建議幫助我改善了我的寫作和人生。

最後，我想感謝我已故父母，賀曼和薇薇安・米爾曼（Herman and Vivian Millman），對我的深情犧牲與慷慨精神，讓我的人生得以展開，還有我的外祖父母寶琳和亞伯拉罕・查當（Pauline and Abraham Chudom）、祖父母蘿絲和哈利・米爾曼（Rose and Harry Millman），他們都是烏克蘭的移民，他們的勇氣讓我們有了依靠；他們的辛勞讓我們能夠長大；他們的肩膀讓我們站立起來。

我最後想感謝寧靜戰士米凱爾・羅賓克（Mikhail Ryabko），他是俄羅斯傳統武術大師、俄羅斯司法部顧問、特種部隊上校退役，也是我敬愛的老師。

【附錄一】

給讀者的閱讀指引

編案：本附錄列出了十五組關於「蘇格拉底的旅程」的提問，讀者不妨透過思考這些問題，重新咀嚼本書的內涵。

1. 為什麼作者要將這本小說取名為「蘇格拉底的旅程」？蘇格拉底（賽傑）在這本小說中經歷了哪些旅程？他走遍了哪些地形？這些地形如何反映他內在的心境？如果要你來替這本小說取一個不一樣的書名，你會取什麼？

2. 賽傑有家嗎？他把哪裡當成他的家？他曾經找到或失去什麼樣的家？當他第一次去拜訪亞伯莫維奇的小木屋時，是否讓他對家的感覺有了想法？在這本小說中，他對家庭的觀點有什麼發展？當小說結束時，他是否回到了家？如果沒有，他什麼時候才會回到家呢？不斷地踏上旅程是否變成他的天性？

3. 在本書中，神扮演什麼樣的角色？有組織的宗教又是什麼角色？天堂和地獄是什麼？在小說前段，賽傑問外公關於「通往天堂之路」，而賀修告訴他：「我相信有一天，你會走出你自己的路，找到你自己的方向。」賽傑經歷過地獄嗎？他有找到天堂嗎？

4. 你在閱讀《蘇格拉底的旅程》時，對俄羅斯猶太人和哥薩克人瞭解到什麼？這兩種族群在賽傑的人生扮演了什麼角色？猶太人和哥薩克人天生就是敵人嗎？賽傑是猶太人，還是哥薩克人，或兩者都是？或兩者都不是？他如何調適自己的不同身分？這兩者的傳統如何影響他？

5. 野外求生訓練對賽傑的發展扮演著什麼樣的角色？在野外生存的這些日子，教導了賽傑哪些事情？他從自然中學到了什麼？他對柴可耶夫有什麼瞭解？為什麼柴可耶夫要選擇賽傑當他的夥伴？賽傑用什麼策略與迪米崔和平相處呢？策略有效嗎？他救了迪米崔之後，作者寫：「他知道救了迪米崔．柴可耶夫，就樹立了一輩子的敵人。」為什麼迪米崔會變成敵人？賽傑不能不救他嗎？為什麼？賽傑的野外求生訓練如何讓他準備未來的考驗？

6. 為什麼賽傑的外祖父母為他取了「蘇格拉底」這個小名？賀修描述希臘哲人蘇格拉底是「最有智慧、最優秀的人」，你在讀《蘇格拉底的旅程》這本書時，學到哪些關於希臘哲人蘇格拉底的事情？取這個名字是好的選擇嗎？賽傑在小說中像希臘哲人蘇格拉底嗎？你對這位古代智者還知道些什麼？

7. 年幼的賽傑失去了父母和祖父母，遇見莎拉．亞伯莫維奇是他第一次找到母親的感覺嗎？在他的旅程中，他遇到一些父親形象的男人，例如總教官伊凡諾夫、賀修、班傑明、亞歷西．歐洛夫、雷辛、薩拉芬。這些人之中有很多成為了他的生命導師。他從這些人學到了哪些重要課題？他們如何影響賽傑的信念和行動？到小說結束時，讓他學到最多的是誰？

8. 迪米崔．柴可耶夫稱我們的主角「好學生賽傑」，賽傑喜歡這個稱呼嗎？為什麼喜歡或不喜歡？在這本小說中，善與惡是扮演什麼角色？賽傑總是「善」嗎？柴可耶夫總是「惡」

嗎？賽傑的復仇決心，如何改變他對善惡和正義的觀念？他跟隨薩拉芬學習的那幾年，如何影響他的觀念？

9. 薩拉芬的影響力，如何改變了賽傑的誓言和任務？薩拉芬告訴賽傑：「想要屠龍，你就會變成惡龍。」你同意嗎？有可能去對抗邪惡而不變成惡龍嗎？薩拉芬如何劃分人的責任和神的責任？薩拉芬如何建議賽傑找到寧靜？

10. 迪米崔・柴可耶夫像極權主義的領導人，如史達林或毛澤東嗎？為什麼有人會跟隨他？為什麼他們最後對他的領導感到厭煩？柴可耶夫的個性是因為小時候的成長環境，還是其他原因所造成的？賽傑和柴可耶夫是否有相似之處？而柴可耶夫是否也在尋求寧靜呢？他能找到救贖之道嗎？賽傑是否可能踏上柴可耶夫的道路？或他們在本質上有所差異？這種差異可能是什麼？

11. 書中的女性角色（娜塔莉亞、艾莎、薇萊莉亞、安雅、蘇拉、寶琳娜）是如何展現力量與勇氣？她們如何影響生命中的男人？安雅是怎樣吸引賽傑的？薇萊莉亞・潘諾娃跟莎拉・亞伯莫維奇有什麼差別？這些女人如何塑造出了這個故事？（如果她們不存在，這個故事會如何不同呢？）

12. 在故事的尾聲，那對年輕的情人離開了賽傑，開始他們自己的新生活。為什麼他們必須要離開他呢？賽傑瞭解他們的決定嗎？他的旅程和奮鬥如何讓他能夠接受自己的回憶、承受當下的痛苦和接受未來的不確定？

13. 什麼是戰士？在《蘇格拉底的旅程》這本書中，哪幾位是戰士？是什麼樣的環境條件讓他們成為了戰士？賽傑在這本書中的哪一個時間點成為了戰士？（當他被選入菁英護衛時？或是當他離開軍校時？或是當他完成與薩拉芬的訓練時？或是當他擊敗了柴可耶夫時？）年輕的寶琳娜是戰士嗎？當她選擇停止戰鬥時，她就不再是戰士了嗎？

14. 什麼是「寧靜戰士」（註）？為什麼賀修稱希臘哲人蘇格拉底為寧靜戰士呢？寧靜戰士和戰士有什麼不同？賽傑在什麼時候變成了寧靜戰士？

15. 賽傑・伊凡諾夫（蘇格拉底）在這本小說中如何轉變？在小說的最後，他變成了什麼人？薩拉芬建議他，真正的戰士必須「為比自己更大的理由而戰」。賽傑發現了這個理由嗎？他的戰鬥繼續移到新的舞台嗎？或他已經找到平靜？蘇格拉底要展開一個新旅程，接下來他要去哪裡呢？

註　同第四頁註。

【附錄二】

丹・米爾曼專訪：談蘇格拉底的旅程與寧靜戰士之道

1.是什麼激發你寫《蘇格拉底的旅程》？

我的每一本書都有不一樣的原因和目的，有一些不同的動機促使我開始寫這本書。多年來，許多《深夜加油站遇見蘇格拉底》的讀者想知道我這位老師的人生。我分享賽傑的旅程，讓我們對自己的人生能有新觀點；當我們抱怨著天氣、壞掉的家電、一個損失、改變或失望，我們就忘記了真正的考驗。我們的祖先忍受這些考驗，才讓我們在新土地上享有更好的生活。我想對我們的祖先致敬。

為了描述一個人為何變成戰士，更重要的，一個戰士如何找到平靜──超越看似具有正當性的懲罰和報復心態──我希望他的人生故事能夠提供具啟發性且有教育意義的模範，給現代社會做為參考。

2.為什麼你在《深夜加油站遇見蘇格拉底》出版二十五年後才出版此書？

有些書需要很長的醞釀才會誕生。我的寫作生涯一直很曲折，依靠直覺而非策略。在出版《深夜加油站遇見蘇格拉底》後，我有十年的時間沒有寫書。然後，我的生命有新的刺激，催化我在接下來二十年再度有熱情寫作，去指引和激勵大家，一本接著一本。每次我都在等待召喚來填入另一塊拼圖，每個寫書計畫都有新的內容與目的，都是寧靜戰士之道的另一種面向。直到現在，終於該分享蘇格拉底的故事了。

3. 你如何準備寫這本書？

林肯曾經說過：「花四個小時去砍倒一棵樹時，請先花兩小時磨利斧頭。」當我準備要寫書時，我盡力磨利我的智慧，設法進入故事的核心。

一般來說，我會經歷五到六個階段：首先，會有一段拖延前期，與正式的拖延期，這真的是很必要的階段，讓我的文思能夠沉澱，準備生產。這時候很適合整理花園、清理辦公室、安排事情、處理瑣事。

最後，我會坐下來，開始進入「參與」階段，實際開始打字；然後進入「興趣」階段，我寧願去寫字，而不是去磨斧頭。然後進入「沉浸」階段，我變成了一個隱士，或試著變成一個隱士。

然後，當終點線已經在望，截稿日期一天天逼近，隨之而來的是「著魔」階段，很快變成「拚命」階段，於是完成了整個過程。

在準備寫《蘇格拉底的旅程》這本書時，我挑戰自己去寫一個在我生命以外的故事——一個具有文學價值的作品，或至少是好的藝術品。我用將近五年的時間來創作，四次草稿，非常多次的修改，直到最後把九百頁的手稿刪減成定稿。

4.《蘇格拉底的旅程》是虛構還是非虛構？

二十五年來，當《深夜加油站遇見蘇格拉底》這本書面對這個問題時，我會很小心地明確回答。我覺得有此必要，因為在新時代與靈修文學中，有太多虛妄的東西。所以我詳細說明哪些部分或事件在我的第一本書中是真的，哪些是虛構的。但對於《蘇格拉底的旅程》這本書，我寧願讓故事自己來說明。

幾乎所有虛構的作品都會反映作者生平的影響，而幾乎所有非虛構的作品都包含了一些敘事元素來重組現實。正如一句諺語：「藝術是幫助我們看到真相的謊言。」我希望讀者把《蘇格拉底的旅程》當成一個能夠反映我們生活真相的故事。除此之外，我請讀者去接受這個神祕。

5.說故事與教學，何者對你來說比較重要？

對我來說，區分這兩者並非易事。我最初的動機是關於教學。當我是年輕的體操選手時，我了解不管我多麼努力，只有一個人獲益。但如果我能用正面的方式影響別人，會讓我的人生更加有意義。所以我開始教導我所知道的——體操、運動、學習法則。我的第一本書是關於運動界的事情，後來演變為《身心靈的整合》。

隨著時間過去，我的視野與興趣擴展，從如何發展體育能力，到如何發展生活能力。我發現在體能訓練上有某些共通的原則，可以應用在日常的生活競技場上。曾經有幾年，我撰寫非虛構的指導書籍，提供一些原則、練習和觀點，做為生命中的提醒。

《蘇格拉底的旅程》這本書象徵著我回到說故事的方式，而且我才剛剛暖身而已。這並不代表我放棄了指導書籍，但我採用敘事或說故事可能會持續一段時間。等著瞧吧。將來仍然是一個謎，甚至對我而言也是如此。

6.在你寫的這些書中，你最喜歡哪幾本？

有時候一些有小孩的人會問我這個問題，我會反問這些父母，他們特別喜愛哪一個小孩？他們才恍然了解——書跟小孩其實有很多相似之處。他們都是從一個種子漸漸成長；我們這些寫作的人也要經歷陣痛，才辛苦的把書生下來。每一本書都很獨特，有著自己的生命，我怎麼可能比較喜歡某一本書呢？

7.《蘇格拉底的旅程》這本書介紹了相當多的戰士訓練。你曾經學過武術嗎？

我一直對武術有很深的興趣，從我九歲看過一場柔道的表演就開始了，之後我踏入柔道的道場學習。我在青少年的時候學過不少武術，包括不同門派的空手道。然後在高中和大學時，開始我的體操訓練。

七〇年代初在史丹佛大學擔任體操教練時，我開始學習合氣道，最後拿到黑帶認證。後來我學習太極拳，也接受菲律賓棍法的一些訓練。直到最近，為了寫《蘇格拉底的旅程》這本書，我學習了傳統的俄羅斯武術，它被稱為系統武術。

為了融入故事情節中，我前往莫斯科和聖彼得堡，坐船從涅瓦河上行到拉多加湖，參訪瓦拉姆島上的修道院。我重新拜訪我祖先的土地，見到一些傑出的武術大師，沉浸在那個氛圍中。我們是第一批獲准進入俄羅斯特種部隊基地的外國人，在那裡，我們帶著AK47步槍完成了障礙訓練場的挑戰，並且與一些從事戰術訓練的專業人員一同訓練。這個經驗讓我有了個人的體驗，使我撰寫蘇格拉底的生活時能夠有一些真實性，不然可能就會不真實。

8.你如何定義「寧靜戰士」？

好的，我想先解釋為什麼我的作品使用「戰士」這個詞。

從我很小的時候，就對武術感到有些特別。它和運動不同，古代的戰士關心的不是在比賽中贏得勝利，而是生死的問題。因此他們的訓練表現出某種程度的專注和激烈。此外，老一輩的戰士知道存活所依靠的並不只是身體的技術，還需要專注的心智和清晰的情感。所以戰士的訓練是全面的——針對身、心、靈的——生活方式。因此，柔道、合氣道、劍道和弓道都包含了「道」，這個字代表著「道路」。訓練本身不是目標，而是一種生活之道，讓心靈成長與進化的方法——一條光明的道路，讓人能夠超越區區的戰技。

所以當我寫第一本書時，包含了生命的重要課題，像是活在當下、冥思的要素、飲食習慣、意識的鍛鍊等等，我視之為一個戰士的訓練。但是人生最重要的戰場是在內心。因此寧靜戰士的想法誕生了——有一顆平靜的心，但用戰士的精神來生活。

不論我們是不是在武術中鍛鍊自己，我們每天都必須面對戰鬥，需要付出最大的努力。在我的腦中和心中有一些現實世界中的寧靜戰士，像聖雄甘地、馬丁・路德・金恩博士、海麗特・塔布曼（Harriet Tubman）和其他很多人。

9. 蘇格拉底是你唯一的導師嗎？或還有其他人？例如賽傑的老師那樣的人？

我生命中有很多指導者：未曾謀面過的作家，如阿藍・瓦特（Alan Watts）、拉姆・達斯（Ram Dass），還有一些藝術老師等等。在我遇到這位蘇格拉底到我寫下那本書之間，相隔了十三年之久。在這期間，與之後，我向其他四位大師學習，每一位大師都非常獨特，每一位也象徵了我自己不同階段的成長。

所以當我寫《深夜加油站遇見蘇格拉底》和最後這本《蘇格拉底的旅程》時，其他那些老師們（全都是屬於造物主的光明核心）也影響了我看待生命與在書中表達自己的方式。也許有一天我會寫出這個幕後的故事，關於我的靈修追尋。

10. 你有預見或預料到你的第一本書與現在這本《蘇格拉底的旅程》會越來越受歡迎嗎？

我寫第一本書時，部分是因為對那麼多心靈書籍感到氣餒，它們充斥著理想觀念、抽象概念、深奧的想法與許多文化術語。有天我突然想到，我可以寫一本更簡單易懂的書，傳達一些共通的理念，讓我這種人也能夠讀完。

我並沒有打算要成為一位作家，但我發現我喜歡寫作與修改，讓文章更加精簡清楚，有時甚至讓它具有啟發性。我開始寫我知道的東西，然後投稿幾篇文章到國家體操雜誌，標題像是「體操是一門藝術」和「學習的自然法則」等主題。我寫了一系列相關的文章，有一天我看著我所寫的厚厚一疊紙，第一次有種嚇了一跳的感覺，因為那看起來像一本書的手稿。在那一刻之前，我從來沒有想過要寫書。

那厚厚的一疊紙在接下來的十年不斷演變，隨著我人生各階段而不斷改寫，直到變成我的第一本書。

我想有一些大學生可能會喜歡。我不知道《深夜加油站遇見蘇格拉底》會在二十五年之後，跨過一個世代，受到新一批讀者的喜歡，並把這個故事拍成了電影。

我以更有經驗的眼光來看待《蘇格拉底的旅程》這本書。即使如此，我還是沒有辦法知道它是否能延續下去。這要由我的讀者和命運來決定。到目前為止，反應還相當正面。我知道我盡了最大努力撰寫這本書，或許將來某天也會被拍成電影。我們拭目以待吧！

心靈工坊 PsyGarden

Story 014

蘇格拉底的旅程

The Journeys of Socrates: An Adventure

作者—丹・米爾曼 Dan Millman
譯者—野夫

出版者—心靈工坊文化事業股份有限公司
發行人—王浩威　總編輯—徐嘉俊
執行編輯—陳乃賢、趙士尊　特約編輯—鄭秀娟
內頁排版—李宜芝　封面設計—黃昭文
通訊地址—10684台北市大安區信義路四段53巷8號2樓
郵政劃撥—19546215　戶名—心靈工坊文化事業股份有限公司
電話—02）2702-9186　傳真—02）2702-9286
Email—service@psygarden.com.tw　網址—www.psygarden.com.tw

製版・印刷—彩峰造藝印像股份有限公司
總經銷—大和書報圖書股份有限公司
電話—02）8990-2588　傳真—02）2290-1658
通訊地址—248新北市新莊區五工五路二號
初版一刷—2014年10月　初版六刷—2023年8月
ISBN—978-986-357-015-8　定價—380元

THE JOURNEYS OF SOCRATES: An Adventure
by Dan Millman

國家圖書館出版品預行編目資料

蘇格拉底的旅程 / 丹.米爾曼(Dan Millman)著 ; 野夫譯. -- 初版. --
臺北市 : 心靈工坊文化, 2014.10
面；　公分

譯自 : The journeys of Socrates : an adventure

ISBN 978-986-357-015-8 (平裝)

874.57　　103018845

心靈工坊 PsyGarden 書香家族 讀友卡

感謝您購買心靈工坊的叢書，爲了加強對您的服務，請您詳塡本卡，
直接投入郵筒（免貼郵票）或傳眞，我們會珍視您的意見，
並提供您最新的活動訊息，共同以書會友，追求身心靈的創意與成長。

書系編號－ST014　　書名－蘇格拉底的旅程

姓名　　是否已加入書香家族？ □是 □現在加入

電話（公司）　（住家）　手機

E-mail　生日　年　月　日

地址 □□□

服務機構／就讀學校　職稱

您的性別—□1.女 □2.男 □3.其他

婚姻狀況—□1.未婚 □2.已婚 □3.離婚 □4.不婚 □5.同志 □6.喪偶 □7.分居

請問您如何得知這本書？

□1.書店 □2.報章雜誌 □3.廣播電視 □4.親友推介 □5.心靈工坊書訊
□6.廣告DM □7.心靈工坊網站 □8.其他網路媒體 □9.其他

您購買本書的方式？

□1.書店 □2.劃撥郵購 □3.團體訂購 □4.網路訂購 □5.其他

您對本書的意見？

封面設計	□ 1.須再改進	□ 2.尚可	□ 3.滿意	□ 4.非常滿意
版面編排	□ 1.須再改進	□ 2.尚可	□ 3.滿意	□ 4.非常滿意
內容	□ 1.須再改進	□ 2.尚可	□ 3.滿意	□ 4.非常滿意
文筆／翻譯	□ 1.須再改進	□ 2.尚可	□ 3.滿意	□ 4.非常滿意
價格	□ 1.須再改進	□ 2.尚可	□ 3.滿意	□ 4.非常滿意

您對我們有何建議？

□ 本人＿＿＿＿＿＿（請簽名）同意提供真實姓名/E-mail/地址/電話/年齡/等資料，以作為心靈工坊聯絡/寄貨/加入會員/行銷/會員折扣/等用途，詳細內容請參閱：http://shop.psygarden.com.tw/member_register.asp。

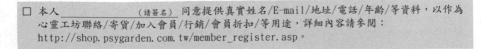

廣告回信
台北郵局登記證
台北廣字第1143號
免貼郵票

心靈工坊 PsyGarden

台北市106 信義路四段53巷8號2樓

讀者服務組　收

免貼郵票

（對折線）

加入心靈工坊書香家族會員
共享知識的盛宴，成長的喜悅

請寄回這張回函卡（免貼郵票），

您就成爲心靈工坊的書香家族會員，您將可以——

⊙隨時收到新書出版和活動訊息

⊙獲得各項回饋和優惠方案